MIRA®

Der Preis dieses Bandes versteht sich einschließlich
der gesetzlichen Mehrwertsteuer.

Umwelthinweis:
Dieses Buch wurde auf chlor- und säurefreiem Papier gedruckt.

Nancy Madore

VERZAUBERT!

13 märchenhafte Bettgeschichten

MIRA®

MIRA® TASCHENBUCH
Band 35013
1. Auflage: November 2007

MIRA® TASCHENBÜCHER
erscheinen in der Cora Verlag GmbH & Co. KG,
Valentinskamp 24, 20350 Hamburg
Deutsche Erstveröffentlichung

Aus dem Amerikanischen von
Steffi von Wolff / Bernd Gutberlet
Juliane Korelski / Christine Janson

Titel der nordamerikanischen Originalausgabe:
Enchanted: Erotic Bedtime Stories For Women

erschienen bei: SPICE Books
Published by arrangement with
HARLEQUIN ENTERPRISES II B.V./S.àr.l.

Konzeption/Reihengestaltung: fredebold&partner gmbh, Köln
Umschlaggestaltung: pecher und soiron, Köln
Redaktion: Stefanie Kruschandl
Titelabbildung: Mauritius Images, Mittenwald
Satz: Buch-Werkstatt GmbH, Bad Aibling
Druck und Bindearbeiten: Ebner & Spiegel, Ulm
Printed in Germany
ISBN 978-3-89941-401-1

www.mira-taschenbuch.de

Inhalt

Man nennt mich die Schöne. Möglicherweise haben Sie schon von mir gehört. Meine Geschichte wurde unzählige Male in leuchtenden Farben geschildert. Oder zumindest das, was man für meine Geschichte hält.

In Wahrheit war jedoch alles ganz anders. Aber vielleicht ist die Wahrheit einfach zu fantastisch, um sie glauben zu können. Ich versichere Ihnen: Es gab Zeiten, da konnte ich die Wahrheit selbst kaum glauben. Alles kam mir vor wie ein längst vergangener sinnlicher Traum.

Natürlich stimmt auch einiges von dem, was man sich über mich erzählt: dass ich mit einer furchterregenden Kreatur zusammengelebt habe, um meinen Vater vor dem Tod zu bewahren. Und dass ich mich in das Biest verliebt habe.

Doch dann folgt in den Märchenbüchern stets das glückliche Ende: Es wird erzählt, dass meine Liebe das Biest von seinem bösen Fluch erlöst habe. Aus dem furchterregenden Geschöpf wurde ein schöner Prinz, und wir haben noch am gleichen Tag geheiratet. Und von da an lebten wir glücklich bis an unser Ende.

Aber das ist nicht die Wahrheit.

Denn wissen Sie, es ist so: *Ich vermisse mein Biest.*

Manchmal wandere ich hier durch die riesigen, menschenleeren Gemächer des Schlosses und muss an den ersten Tag denken. An den Tag nach meiner Ankunft.

Ich hatte in der ersten Nacht hier nicht eine Sekunde geschlafen, war ängstlich und wusste nicht, was mich erwartete. Bei ihm, diesem Fremden, der wollte, dass ich bei ihm war. Was würde er von mir verlangen? Warum war ich hier?

Ich verbrachte diesen ersten Tag in der Fremde ganz allein. Und mir blieb nichts anderes übrig, als herumzuwandern, nachzudenken und abzuwarten.

Nein, ich wurde nicht gegen meinen Willen im Schloss festgehalten. Es war eine … Abmachung. Meine Gefühle waren gemischt. Noch nie war ich allein von zu Hause weg gewesen. Mein bisheriges Leben war völlig ereignislos verlaufen. Deshalb war ich nun ebenso ängstlich wie aufgeregt.

Bis zu diesem Tag hatte ich noch nie ein Schloss von innen gesehen. Aber das prächtige Anwesen des Biests war genau so, wie man es sich vorstellt. Aus der Ahnengalerie blickten strenge Gesichter in goldenen Bilderrahmen stumm auf mich herab. Prachtvoll gefertigte Teppiche und ausladende Ölgemälde mit seltsam exotischen Motiven zierten die Wände. Die Möbel waren ausgesucht und edel und die Teppiche ungemein weich. Kurz, alles strahlte außerordentlich vor Eleganz und Pracht.

Ich hatte das Biest nicht getroffen, als ich durchs Schloss gewandert war. Nach meiner Ankunft am Abend zuvor hatte er einen Diener angewiesen, mich unverzüglich in meine Gemächer zu führen. Mir blieb kaum Zeit, mich von meinem Vater zu verabschieden, der mit zwei voll beladenen Kisten nach Hause zurückkehrte. Der Gedanke an die Freude, die meine Familie beim Auspacken empfinden würde, stimmte mich froh und glücklich.

In dieser ersten Nacht tat ich kein Auge zu. So lag ich da und dachte nach. Über mein bisheriges Leben und über das, was nun kommen würde. Die Stunden vergingen quälend langsam, und ich traute mich auch nicht, meine Gemächer zu verlassen. Erst am nächsten Tag wagte ich es, und ich wanderte von Raum zu Raum, ohne auch nur einer Menschenseele zu begegnen.

Gegen Abend verkündete ein heller Glockenschlag, dass es nun Zeit war, sich in den Speisesaal zu begeben. Hier traf ich das Biest wieder. Trotz seiner Furcht einflößenden Erscheinung und seiner rauen Stimme war ich angenehm überrascht: Er war ein formvollendeter Gastgeber, höflich und zuvorkommend, und wir verbrachten dieses Abendessen mit angenehmer Konversation und Speisen und Getränken, die dem Gaumen schmeichelten.

Und dann, nachdem die Teller und Platten abgeräumt waren, beugte das Biest sich ein Stück nach vorn und sah mich über den Tisch durchdringend an. „Willst du mich heiraten, Schöne?“, fragte er.

Ich starrte ihn an. Was sollte ich darauf nur erwidern?

Mein Herz hämmerte wild in meiner Brust. Doch obwohl ich sorgsam darauf bedacht war, das Biest nicht zu verärgern, gelang es mir irgendwie, „Nein“ zu flüstern.

Das Biest nickte nur düster. „Nun gut.“ Seine Stimme klang, als hätte er meine Antwort schon erwartet. Dann verließ er jäh den Speisesaal.

Erleichtert darüber, dass ich das Biest mit meiner Zurückweisung nicht gereizt hatte, verließ auch ich den Raum, um mich zur Nachtruhe zu begeben.

Habe ich etwa vergessen, mein Schlafgemach zu beschreiben? Hierfür die passenden Worte zu finden fällt mir schwer. Es ist schlichtweg märchenhaft, der allerschönste Raum im ganzen Schloss.

Als ich es am Abend meiner Ankunft zum ersten Mal betreten hatte, war ich zu sehr mit mir beschäftigt gewesen, um seine prachtvolle Schönheit richtig wahrzunehmen. In dieser Nacht jedoch schweifte mein Blick über unzählige wundervolle Kleinigkeiten, die nur einen einzigen Zweck hatten: mir zu gefallen. Und schließlich verweilte mein Blick auf dem prunkvollen Bett, in dem ich von nun an schlafen würde. Entlang seiner gewaltigen Pfosten waren kunstvoll wilde Tiere geschnitzt, die sich spiralförmig nach oben wanden, wo ein wunderschöner Mann mit einer Krone abgebildet war. Ich verstand nicht, was diese Schnitzereien zu bedeuten hatten. Aber ich bewunderte ihre Schönheit.

Auf dem Nachttisch befand sich ein enorm großer Strauß von nicht weniger als hundert betörend duftenden blassrosa Rosen in einer riesigen Vase. Von diesem Tag an fand ich jeden Abend, wenn ich mein Schlafgemach betrat, einen stets aufs Neue bemerkenswerten Blumenstrauß neben dem Bett vor.

Jeder Zoll des Bettzeugs war ebenso wundervoll wie alles andere, was meine Augen an diesem Tag erblickt hatten. Und als ich zwischen die kostbaren seidenen Laken geschlüpft war, überlief mich ein wohliger Schauer. Dieses Gefühl war so aufregend, dass ich schon mein Nachthemd ausziehen wollte, um es am ganzen Körper genießen zu können. Doch stattdessen fuhr ich nur mit den Händen über den feinen Stoff. Meine Sinne schienen plötzlich wie berauscht inmitten all dieses Luxus.

Ein Lichtstrahl, der plötzlich durch die Tür meines Schlafzimmers fiel, riss mich jäh aus meiner Verzückung.

„Wer ist da?“, fragte ich leise und zog die Seidendecke bis zum Kinn hoch.

„Ich bin es, dein ergebener Diener … das Biest“, hieß die höfliche Antwort. Seine Stimme klang verunsichert.

„Komm herein“, antwortete ich.

Das Biest öffnete die Tür weiter, machte jedoch keine Anstalten, den Raum zu betreten, sondern blieb im Türrahmen stehen. Trotz des dämmrigen Lichts konnte ich seine Silhouette deutlich sehen, die furchterregend gewesen wäre, wäre er nicht ein so vollendeter Gentleman. Ich wartete darauf, dass er weitersprach.

„Ich wollte wissen, ob alles zu deiner Zufriedenheit ist“, fragte er, ohne die Türschwelle zu übertreten.

„Zu meiner Zufriedenheit?“, wiederholte ich langsam und ein klein wenig amüsiert, während ich über das Seidenlaken strich. „Gott im Himmel, nein! Dieses Quartier ist nun wirklich nicht zufriedenstellend.“ Ich lachte fröhlich über meinen kleinen Schabernack, während ich die Decke zur Seite schob, um die Lampe neben meinem Bett anzuzünden.

Das Biest antwortete nicht und starrte mich stattdessen nur wie versteinert an. Als ich seines Ausdrucks gewahr wurde, erkannte ich, dass meine scherzhafte Antwort ihn beleidigt hatte. Daher beeilte ich mich, die Dinge richtigzustellen.

„Verzeihung. Was ich sagen wollte, ist … nun, natürlich ist hier alles ganz und gar nicht zu meiner Zufriedenheit – es ist viel mehr als das!“

Aber irgendetwas stimmte nicht. Fast kam es mir so vor, als hätte das Biest mich überhaupt nicht gehört. Ohne weiter darüber nachzudenken, sprang ich vom Bett, um mich ihm noch einmal von Angesicht zu Angesicht zu erklären. Aber ich kam nur ein paar Schritte weit, bevor mir das Blut in den Adern gefror.

Hatte ich ein Knurren gehört? Mein Verstand taumelte

zwischen Schock und Unglauben. Das war unmöglich! Und doch, seine Augen glitzerten auf eine unnatürliche Art und Weise. Er stand vor mir wie eine Raubkatze, die kurz davor war, zum Sprung auf ihre Beute anzusetzen.

„Biest?", wisperte ich, mehr bittend als fragend.

Und dann war er plötzlich verschwunden.

Ich blieb eine Weile stehen und versuchte die Fassung zurückzuerlangen. Ich blickte auf meine zitternden Hände, und in diesem Moment bemerkte ich mein Nachthemd. Es war ganz und gar durchsichtig, von oben bis unten! Seit ich das Licht angezündet hatte, hatte der dünne Stoff mehr hervorgehoben als verborgen – ich hatte nahezu nackt vor ihm gestanden!

Erst am nächsten Abend sah ich das Biest wieder. Er war ebenso freundlich und zurückhaltend, wie ich ihn von unserem letzten Mahl in Erinnerung hatte. Dennoch errötete und zitterte ich jedes Mal, wenn sich unsere Blicke begegneten. Doch durch sein tadelloses Verhalten nahm er Argwohn und Angst von mir, und schließlich entspannte ich mich und genoss die vergnügliche Konversation und seine zuvorkommende Gesellschaft sogar. Nach dem Essen stand er auf und stellte mir die gleiche Frage, die er mir schon am Abend zuvor gestellt hatte und von nun an jeden Abend stellen würde: „Schöne, willst du mich heiraten?"

Erneut schüttelte ich den Kopf. „Nein, Biest."

Unsere Freundschaft erblühte. Und doch raubte mir jedes nächtliche Geräusch den Schlaf. Hellwach lag ich dann in meinem Bett und wartete atemlos auf den Lichtschein unter meiner Tür.

Doch das Biest wagte sich nie wieder in die Nähe meines Schlafgemachs.

Ich war es, die sich eines Abends heimlich in seine privaten Gemächer schlich.

Da ich wieder einmal nicht schlafen konnte, wollte ich mir ein Buch aus der Bibliothek borgen. Als ich auf meinem Weg durch die endlosen Gänge des Schlosses an seinem Schlafzimmer vorbeikam, nahm ich ein Geräusch wahr. Es war ein Stöhnen, das durch die Tür drang. Ich hielt inne.

Einen Moment später hörte ich es erneut. Das musste das Biest sein. Ich lauschte und war gleichzeitig besorgt. War er krank?

Ohne länger nachzudenken, klopfte ich an die Tür. Doch auf eine Antwort wartete ich vergeblich. Nach einer Weile klopfte ich erneut.

„Geh weg“, hörte ich ihn bittend sagen.

„Ich gehe nicht“, antwortete ich bestimmt, „bevor ich mich davon überzeugt habe, dass es dir gut geht.“

Er antwortete nicht.

„Bitte“, sagte ich dann und klopfte erneut. „Öffne die Tür und lass mich …“

„Geh von dieser Tür weg, Schöne!“, kam es barsch von drinnen. „Geh jetzt! Du bringst dich sonst in Gefahr!“ Sein Ton war beherrscht, aber seine Stimme klang verzweifelt.

Ich habe mich oft gefragt, warum ich nicht einfach gegangen bin. Ich redete mir ein, ein Freund bräuchte meine Hilfe. Ich redete mir ein, ich wäre neugierig. Ich redete mir eine Menge ein, aber ich fürchte, Sie werden mir ebenso wenig glauben wie ich mir selbst.

Ich drehte den Knauf und öffnete die Tür zum Schlafgemach des Biests.

Tiefe Dunkelheit empfing mich. Zögernd wagte ich ein paar Schritte, während ich hoffte, dass sich meine Augen bald an die Finsternis gewöhnen würden. Hinter mir fiel die Tür ins Schloss. Meine Nackenhaare stellten sich auf.

Wo war er? Jemand zog den Vorhang beiseite, ich hörte das Quietschen der Eisenringe, die oben am schweren Stoff befestigt waren, und dann warf der Mond seinen kühlen Glanz in den Raum. Jetzt konnte ich das Biest deutlich sehen. Er kam auf mich zu. Er atmete schwer und unregelmäßig, zwischendurch keuchte er sogar.

Ich selbst bekam kaum Luft und stand einfach nur hilflos da. Das große Zimmer wirkte plötzlich erdrückend klein, als wäre es auf die Hälfte seiner Größe zusammengeschrumpft, als würde das Biest es gänzlich ausfüllen. Angst ließ mich erschauern. Ich war hellwach. Das Biest kam langsam auf mich zu und blieb so dicht vor mir stehen, dass ich seinen warmen Atem spüren konnte. Mir war, als würde ich gleichsam die Hitze seines Körpers wahrnehmen. Er war viel, viel größer als ich, und seine Schultern waren gut dreimal so breit wie meine. Seine dunklen Augen glänzten fiebrig. Trotz der Hitze, die sein Körper ausstrahlte, fror ich.

„Wenn du nicht willst, dass dein Nachtgewand zerrissen wird, solltest du es jetzt ausziehen", sagte das Biest schließlich. Seine Worte klangen gelassen, aber er wirkte so angespannt, als könnte er sich nur mit äußerster Kraft beherrschen. Seine Stimme war ruppig und so tief, dass sie kaum noch menschlich klang. Seine Nähe verschlang und überwältigte mich. Sein Blick hypnotisierte mich. Sein Atem verbrannte mich. Nichts an ihm erinnerte noch an den gütigen Freund, mit dem ich so viele Abende verbracht hatte.

Ein neues Gefühl nahm schleichend von mir Besitz, während ich in seine dunklen, glitzernden Augen sah, die mich zu hypnotisieren schienen.

Während ich so dastand, betrachtete ich meine Lage für einen kurzen Augenblick wie die einer Fremden. Ich hatte nicht die geringste Chance. Er war mir körperlich überlegen, und er hatte gerade zu mir gesagt, dass ich mein Nachthemd ausziehen sollte, damit es nicht zerriss. Würde er es zerreißen wollen?

Während diese Gedanken durch meinen Kopf schossen, stand er weiterhin vor mir und sah mich an. Lauernd, abwartend. Was sollte *ich* tun? Was würde *er* tun, wenn ich ihm nicht gehorchte? Würde er sich auf mich stürzen, sobald ich mich bewegte? Oder würde er mich vielleicht doch gehen lassen?

Während ich dastand – und es kam mir vor wie eine Ewigkeit –, plagte mich diese quälende Erregung, die beständig in mir gewachsen war. Und mir wurde plötzlich etwas klar: Ich wollte gar nicht gehen.

Im nächsten Augenblick ließ ich mein Nachthemd entschlossen auf den Boden fallen. Ich rührte mich nicht vom Fleck und wartete atemlos darauf, was er als Nächstes tun würde, aber er starrte mich bloß an. Ich fragte mich, ob er meinen Herzschlag hören konnte, der in meinen Ohren brauste.

Das Biest hob langsam seine riesige Hand und strich sachte über meine Wange. Ich erstarrte vor Schreck, als ich seine Berührung spürte. Seine Hand war rau, es fühlte sich an, als würde Sandpapier über meine Haut gleiten.

Als ich zurückzuckte, hielt er inne. Angst flackerte in seinen Augen auf. „Ich will dir nicht wehtun, Schöne", sagte er leise. „Du hältst unser Schicksal in deinen Händen."

Ich konnte den Sinn seiner Worte nicht verstehen. Es schien, als wollte er mich vor irgendetwas warnen. Aber was meinte er damit? *Sollte ich ihn etwa aufhalten?* Konnte ich ihn überhaupt noch aufhalten? Wohl kaum. Ich fühlte mich viel zu schwach, um mich zu bewegen.

Währenddessen erkundeten seine Hände, seine riesigen Pranken, meine zarte Haut und arbeiteten sich langsam zu meinen Brüsten vor. Zu meiner Überraschung reagierten meine Brustwarzen auf ihn und versteiften sich unter seiner Berührung. Während er sie zwischen seine kräftigen Finger nahm und erst sanft, dann fester zudrückte, stöhnte ich laut auf. Dieses neue, unbekannte Gefühl brachte mich fast um den Verstand.

Seine Hände glitten weiter über meinen Körper und erreichten schließlich den empfindlichen Punkt zwischen meinen Beinen. Meine Wangen glühten vor Scham, als seine Finger über meine feuchte Mitte glitten. Mit jedem Moment, der verstrich, wurde seine tierische Natur deutlicher.

„Auf die Knie“, stöhnte er zwischen zwei tiefen Atemzügen. Sprachlos starrte ich ihn an. Plötzlich wurde mir klar, was er vorhatte. Er war nun ganz Tier, und so würde er mich auch nehmen. Bevor ich etwas sagen konnte, hatte er mich schon fest an der Taille gepackt und mich herumgedreht, bis ich die Position eingenommen hatte, die er forderte. Seine starken Arme hielten mich fest nach unten gedrückt. Selbst wenn ich es gewollt hätte – es wäre unmöglich gewesen, mich aus seinem Griff zu befreien.

Und so verharrte ich kniend vor ihm und bewegte mich auch nicht, als er mich losließ, während er sich hastig seiner Kleidung entledigte. Da ich es nicht wagte, mich umzudrehen, konnte ich mir nur ausmalen, wie er wohl unter seiner Kleidung aussah. Doch schließlich siegte meine Neugier über meine Furcht, und ich wandte den Kopf zu ihm um. Mir stockte der Atem.

Das Biest war unbekleidet bis auf sein offenes Hemd, das seinen dicht behaarten Oberkörper enthüllte. Von der Hüfte abwärts ähnelte sein Körper dem eines Löwen, mit mächtigen Tatzen anstelle von Füßen und einem langen Schwanz, der bis zum Boden reichte. Aber noch viel erschreckender als das war, was sich meinen Augen direkt unterhalb seiner Gürtellinie darbot. Ich war sicher, dass ich ihm niemals würde standhalten können.

Das Biest hörte mein Keuchen und bemerkte das blanke Entsetzen in meinem Gesicht. Er ließ ein entsetzliches Brüllen hören. „Dreh dich um!“

„Du wirst mich umbringen!“, schrie ich voller Angst, obwohl ich seinen barschen Befehl befolgte.

„Ich verspreche dir, du wirst leben“, antworte er, und seine Stimme klang wieder so freundlich wie eh und je. „Dies ist der Weg, den wir beide beschreiten müssen, bevor du uns beide von diesem Schicksal erlöst.“

Seine Worte verwirrten mich, aber mir blieb keine Zeit, zu grübeln, denn plötzlich spürte ich seinen heißen Atem direkt zwischen meinen Beinen. Doch trotz dieser Warnung war ich auf das, was passieren sollte, nicht vorbereitet.

Rauer als Sandpapier fühlte ich seine lange, nicht enden wollende Zunge an meinem feuchten, geschwollenen und bebenden Lustpunkt. Gleichmäßig und unnachgiebig saugte er an und in mir, und es machte nicht den Anschein, als wollte er je wieder damit aufhören. Es reizte ihn offenbar, mich ein klein wenig zu quälen, denn er wechselte die Geschwindigkeit, mal ließ er seine raue Zunge langsam auf und ab gleiten, dann wurde das Tempo wieder schneller. Ich konnte mich auf nichts verlassen, und das erregte mich noch mehr. Mein Unterleib brannte wie Feuer, ich schob ihn rhythmisch vor, bot mich ihm dar. Dann beugte ich mich wieder zurück, und eine Sekunde später reckte ich mich erneut seiner Zunge entgegen, wieder und wieder. Ein paarmal dachte ich, nun würde mich ein erlösender Höhepunkt befreien. Doch dieses Ungeheuer wusste anscheinend ganz genau, wie er diesen Moment hinauszögern konnte. Er ließ seine Zunge zwischen meinen Beinen tanzen, aber immer nur so lange, bis er merkte, dass ich so weit war – dann machte er eine Pause, um kurz darauf erneut mit seinem quälend lustvollen Spiel zu beginnen. Ich gab mich ganz meinen Empfindungen hin, spürte seine Pranken, die meine Hüften umschlangen und mich immer wieder näher zu sich heranzogen.

Und dann, ganz plötzlich, hörte er auf, und wieder vernahm ich dieses Knurren, das ich vor Kurzem schon einmal gehört hatte. Doch nun machte es mir keine Angst mehr, sondern steigerte meine Lust ins Unermessliche. Keuchend bemerkte ich, dass seine langen, kräftigen Finger nun ihren Weg in mein Inneres suchten. Er fuhr sanft und gleichzeitig fordernd um meine feuchte Mitte, erkundete sie zaghaft und dann mit wilder Entschlossenheit, und ich machte es ihm leicht, indem ich ihm meinen Unterleib darbot wie eine reife Frucht. Ich fühlte mich wie in einen Strudel gezogen, genoss meine heißen Gefühle wie ein kostbares Geschenk. Ich wollte mehr, immer mehr.

Inmitten dieses Rauschs verspürte ich plötzlich ein neues Gefühl, als das Biest mich dicht an sich heranzog und seine enorme Männlichkeit sich langsam, aber mit Nachdruck den Weg in mein Innerstes suchte. Ich schloss die Augen und stöhnte leise auf. Als er mich ganz nahm, brannte mein Körper wie ein Feuerball. Ich schrie laut auf.

Das Biest zwang sich, sich zurückzunehmen, und hielt inne. Er zitterte am ganzen Körper, doch er lockerte seinen eisenharten Griff nicht. „Gleich hast du dich an mich gewöhnt", presste er mit erstickter Stimme hervor.

Doch ich hatte mich schon an ihn gewöhnt, bevor er den Satz beendet hatte. Mein Schoß glühte, meine Hände krallten sich in den Teppich. Ich hob meine Hüften hoch und spürte, dass ich noch feuchter war als vorher, dass mein Körper mehr wollte, jede meiner Faser danach lechzte, von ihm ausgefüllt zu werden. Mein Becken hob und senkte sich, und mit jedem Zentimeter, den er weiter mein Innerstes erforschte, wuchs meine Gier auf immer mehr. Ich bemerkte, dass ich schweißnass war, die kühle Luft streifte meine heiße Haut, und ein wohliges Stöhnen entrang sich meiner Kehle. Dann begann ich mich heftiger zu bewegen. Ich wollte ihn ganz und gar, wollte ihn, alles von ihm.

„Langsam, ganz langsam“, flüsterte er und begann dann, mich mit kraftvollen, rhythmischen Stößen an meine Grenzen zu bringen. Wieder musste ich schluchzen, doch innerlich glühte ich vor Verlangen und betete, er möge niemals mehr aufhören. Mit jedem Millimeter, den er mich weiter eroberte, steigerte sich meine Lust.

Niemals, wirklich niemals hätte ich geglaubt, dass er es tatsächlich schaffen würde, mich vollends auszufüllen. Doch als er es schließlich tat, loderte ich innerlich.

Seine Hände krallten sich in meine Taille, dann fuhren sie über meinen Hintern, während er nicht aufhörte, mich zu nehmen. Immer wieder zog er mich an sich heran, und bei jedem neuen Stoß flackerte das Feuer erneut in mir auf. Ich bewegte mich wie in Trance, und doch waren alle meine Sinne hellwach. Während ich ihn in mir spürte, ließ ich eine Hand zwischen meine Beine gleiten und berührte meine feuchte, heiße Knospe. Doch die Bewegungen des Biests wurden noch heftiger, noch fordernder, und dann spürte ich, wie es heiß aus ihm hinausfloss.

Ich beugte mich nach vorn und fühlte, wie es an meinen Schenkeln warm und klebrig wurde. Ein Gefühl des

Triumphes machte sich in mir breit. Ich hatte ihn besiegt. Er war in mir zum Höhepunkt gekommen! Nun wurden seine Stöße langsamer und endeten schließlich ganz, und behutsam ließ er mich frei, wich vorsichtig zurück, bis ich ihn kaum noch spürte. Doch dann, ehe ich mich versah, fing er erneut an, mich auszufüllen. Und er nahm meine Hand in seine und führte sie unter mir zu meiner aufgeworfenen, beinahe wunden Mitte und bedeutete mir, daran zu reiben und so zu meiner wohlverdienten Lust zu kommen.

Ich tat, was er verlangte. Ich rieb und ließ meine Finger tanzen, während er noch immer in mir verharrte, sich ein Stück nach vorn beugte und seine Zähne in meinem Rücken und dann in meinen Schultern vergrub, was mich noch aufgeregter und wilder werden ließ. Meine Haut brannte und kribbelte unter seinen Liebkosungen, während ich meine Knospe mit immer heftiger werdenden Bewegungen streichelte und rieb. Fast war es, als sei ich aus mir hinausgetreten und beobachtete mich von außen, so unwirklich war es. Während mein Höhepunkt sich anbahnte, schrie ich vor Wollust und Begierde auf, ich nahm ihn an, ließ ihn zu, während er seine Männlichkeit immer noch in mich presste. Dann, einige Sekunden später, spürte ich, dass es nun so weit war, der Orgasmus überrollte mich in einer heftigen Woge, erbarmungslos und hart – und mit einer Intensität, dass ich glaubte, mein Herzschlag würde aussetzen.

Ich schrie und tobte unter ihm, während meine Finger wie von selbst weiterkreisten und -rieben, ich warf den Kopf hin und her und fror und schwitzte zugleich, und immer noch waren seine Zähne überall an meinem Körper und spürte ich ihn hart in mir. Nach Sekunden, Minuten oder Stunden ebbte das Gefühl langsam ab, ich fand wieder zu mir selbst, konnte atmen und strich mein verschwitztes Haar aus dem Gesicht …

So begann eine Reihe von nächtlichen Besuchen in seinem Schlafgemach. Jede Nacht war unvergleichlich, jede Nacht brachte neue Lust und … verschaffte mir noch mehr Befriedigung. Oh, ich wurde verwegen. Nie wieder zögerte ich, mich hinzuknien, oder wagte es, das Biest zurückzuweisen. Nie wieder dachte ich, er könnte mich wirklich zerreißen. Und mein Mut wurde belohnt. Er nahm mich mit zärtlicher Wildheit und stillte meine Gier und mein Verlangen stets aufs Neue. Er bemerkte wohl, dass ich Gefallen an unserem Tun fand, und so fragte er mich jeden Abend erneut, ob ich seine Frau werden wollte. Doch jeden Abend gab ich ihm die gleiche höfliche Antwort.

Eines Tages, einige Monate waren ins Land gegangen, erhielt ich einen Brief von meinem Vater. Er war sehr krank. Ich wartete bis zum Abendessen, um dem Biest davon zu erzählen. Panik breitete sich auf seinem Gesicht aus.

„Bitte, Schöne, geh nicht weg“, bat er mich.

„Ich muss!“ Ich weinte. „Wenn meinem Vater etwas passiert, bevor ich ihn noch einmal gesehen habe, würde ich dir das nie verzeihen!"

Er schwieg für einen kurzen Moment.

„Schöne", sagte er dann leise. „Wenn du dieses Schloss verlässt, bedeutet das meinen sicheren Tod."

Fragend sah ich ihn an. „Ich verstehe nicht." Seine Worte klangen so mysteriös, wie er die ganze Zeit immer noch für mich war. Er hatte irgendein Geheimnis, das er nicht preisgeben wollte. Was konnte er nur meinen? „Würdest du mir deine rätselhaften Worte bitte erklären?"

„Das kann ich nicht." Er schüttelte den Kopf, und fast hatte ich den Eindruck, als ob er es mir gern sagen wollte, aber tatsächlich nicht konnte oder durfte. Er sah traurig aus. Dann sprach er weiter: „Ich werde dich nicht daran hindern, das Schloss zu verlassen, wenn du mir versprichst, in spätestens einem Monat wieder zurückzukehren", sagte er. „Wenn du länger wegbleibst, werde ich sterben."

„Ich verspreche es." Nochmals nachzufragen, was genau er denn meinte, würde nichts nützen. Er würde nicht mehr erzählen.

„Ich hoffe, du hältst dein Versprechen, Schöne." Er verzog das Gesicht und lächelte schief, um dann aufzustehen und zur Tür zu gehen. Dort angekommen, drehte er sich noch einmal zu mir um. „Ich werde veranlassen, dass zwei Truhen zu dir gebracht werden. Füll sie mit allem, was dir gefällt und bring sie zu deiner Familie.“

An diesem Abend hatte ich noch mehr Lust, ihn in seinem Schlafzimmer zu besuchen, als in all der Zeit vorher. Doch zunächst musste ich packen und vieles für meine Abreise vorbereiten, doch dann, irgendwann, war ich bereit, seine Gemächer aufzusuchen, um mich auf meine ganz besondere Art von ihm zu verabschieden.

Rasch ging ich zu seinem Schlafzimmer, öffnete lautlos die Tür und trat ein. Der Raum war dunkel, doch ich konnte ihn sehen; er saß auf einem Stuhl, recht weit hinten in einer Ecke. Ohne ein Wort zu sagen, zog ich mein Nachtgewand aus, ging zu seinem breiten Bett und begab mich dort auf dem Laken auf alle viere, mein Hinterteil war ihm zugewandt. Im gleichen Augenblick, als ich so da kauerte und auf ihn wartete, schoss die Lust in großen Schüben in mich, und ich spürte, dass es in meinem Unterleib feucht wurde und ich bereit war für ihn.

Ich erschrak sehr, als ich plötzlich seine Hand auf meinem Rücken spürte. Er musste sich herangeschlichen haben wie eine Raubkatze, ich hatte ihn nicht kommen hören.

„Dreh dich um“, flüsterte er mit rauer Stimme.

Ich hielt inne und tat nichts.

„Heute Nacht möchte ich dein Gesicht sehen“, sagte er schlicht, und ich drehte mich folgsam auf den Rücken und lag schließlich vor ihm, beobachtete ihn schweigend, während er sich vor mir auszog, langsam auszog. Lange hatte ich ihn nicht mehr so gesehen. Doch nun durchlief mich ein Schauer wie damals in der ersten Nacht, als er in seiner wilden, animalischen Nacktheit vor mir gestanden hatte. Oh ja, er hatte wirklich mehr von einem Tier als von einem Mann.

Aber er ist ein Mann, rief ich mir innerlich zu. Wieder einmal – ja, ich hatte schon oft daran gedacht – flackerte in mir Panik auf. Was, wenn diese nächtlichen Begegnungen, diese wunderbaren Stunden, aus irgendwelchen Gründen einmal ein jähes Ende finden würden? Das durfte nicht sein, oh bitte nicht! Ich schloss meine Augen, als das nackte Biest näher kam.

„Öffne deine Augen, Schöne", wisperte er.

Ich gehorchte. Seine Männlichkeit befand sich direkt vor meinen Lippen. Er umfasste meinen Kopf mit beiden Händen, aber ich wich zurück. Das Biest wartete ab.

Ich konnte nichts weiter tun, als dieses pulsierende, purpurrote Schwert anzustarren, das darauf wartete, von mir verwöhnt zu werden. Ich ließ meinen Blick über die ganze Pracht gleiten und nahm verwundert wahr, dass es vollkommen war. Es war um so vieles dicker und länger als das eines gewöhnlichen Mannes, aber ich gebe ehrlich zu, dass es mich reizte, meine Zunge nur kurz darübergleiten zu lassen. Immerhin hatte dieses wunderbare Etwas mir schon eine Menge schöner Stunden beschert und mich viele wunderbare Wonnen erleben lassen.

Langsam fuhr ich über die leicht gewölbte, zarte Haut, spürte die Wärme und die Härte und bekam Lust auf mehr. Mein geliebtes Biest schloss die Augen und stöhnte leise und begierig auf, und nun öffnete ich meinen Mund und ließ seine Männlichkeit ein Stück weit in mich hineingleiten, nicht sehr weit, nur ein wenig, doch es genügte, um ihn zu einem weiteren Aufstöhnen zu bewegen und dazu, mit seinem Unterleib ein bisschen näher zu kommen. Nun wagte ich mehr und begann langsam an ihm zu saugen, behutsam. Ich wollte ihn nicht zu sehr erregen, obwohl meine eigene Lust ständig stieg.

Plötzlich stoppte er – ganz abrupt – und entzog mir seinen Unterleib. Er drückte mich hinunter aufs Bett und spreizte meine Beine. Ich starrte wortlos in seine fast schwarzen, magischen Augen. In ihnen lag wieder dieses wilde Glitzern, diese animalische Glut. Ich wollte mich abwenden, mich diesem Blick entziehen, doch es gelang mir nicht. Seine Augen hielten meine gefangen. Ein Anflug von Angst durchzog meinen Körper, leise wie ein Windhauch.

Das Biest nahm mich daraufhin mit unendlicher Leidenschaft in Besitz. Mir stockte der Atem, als er sich über mich beugte, in meine feuchte Mitte eindrang und ich ihn vor Lust schreien hörte. Meine Beine waren bis ins Unendliche gespreizt, und ich nahm ihn auf in seiner ganzen Wildheit. Wieder gruben sich seine Zähne in meine Schultern, meine Brüste, und wieder genoss ich die Intensität dieser Begegnung so sehr, dass ich es nicht in Worte fassen kann. Niemals vorher und niemals nachher würde ich etwas Ähnliches erleben, da war ich mir sicher.

Ich spürte seinen dicht behaarten Körper auf meinem, sah sein Gesicht, dass halb Tier, halb Mensch war, seine noch dunkler gewordenen Augen blendeten mich fast, seine animalischen Laute ließen meinen Unterleib zucken, während er von ihm ausgefüllt und beglückt wurde. Seine rauen Hände fuhren über jeden Zentimeter meines Körpers und hinterließen ein Gefühl auf meiner Haut, als ob sie zerschnitten würde. Mein lautes Schreien ließ ihn noch wilder und meine sichtbare Lust noch zügelloser werden. Wir waren verschmolzen zu einem Ganzen, wir waren nicht mehr zwei, sondern eins. Die Wellen der Erregung durchfluteten mich ununterbrochen, der Schweiß rann über mein Gesicht und über meinen restlichen Körper, beide stöhnten wir so laut wie nie zuvor, und beide genossen wir den anderen. Meine Höhepunkte kamen wie eine Sturmflut, unvorhersehbar und mächtig. Ich krallte mich an ihm fest, zog ihn dichter zu mir heran, und nach einer Ewigkeit oder einer Zeit, die mir wie eine Ewigkeit erschien, und als ich sicher war, dass ein weiterer Höhepunkt mich umbringen würde, schrie er auf. Es war ein lang gezogener Schrei, der nichts Menschliches mehr an sich hatte, und wieder verspürte ich seine Hitze, die meinen Körper durchfloss …

Dann graute der Morgen. Meine Abreise stand bevor.

Zu Hause angekommen, war ich in den ersten Tagen viel zu aufgeregt und beschäftigt, um an das Biest zu denken. Mein Vater wurde nach meiner Heimkehr schnell wieder gesund, meine Familie nahm mich in Anspruch, und ehe ich's mich versah, war der Monat um, und es war Zeit für mich, ins Schloss zurückzukehren.

Zweifellos lassen die Geschichten, die über mich geschrieben wurden, mich undankbar erscheinen, sogar als hätte ich nicht zu meinem Biest zurückkehren wollen. Nichts liegt der Wahrheit ferner als das. Ich vermisste ihn so sehr! Ich wollte nichts lieber, als ins Schloss zurückzukehren, aber meine liebe Mutter brach jedes Mal in Tränen aus, wenn ich dorthin aufbrechen wollte.

So vergingen ungefähr zwei Monate, bis ich eines Nachts aufwachte, weil ich einen schrecklichen Traum vom Schloss und meinem Biest gehabt hatte. In diesem Traum wanderte ich durch die Hallen, stets auf der Suche nach ihm, und fand ihn schließlich in seinem Schlafzimmer. Er lag im Bett, und ich dachte, er würde schlafen. Doch er war tot. Schreiend fuhr ich im Bett hoch. Mein Herz klopfte wild, und nun musste ich wieder an seine Worte denken. Er hatte mir gesagt, dass er sterben würde, sollte ich nicht rechtzeitig zurück sein.

Schneller als der Wind stürzte ich zu meinem Schrank,

um meine Sachen zu packen, und noch bevor der Morgen graute, verabschiedete ich mich von meiner traurigen Familie, um meine Rückreise ins Schloss anzutreten. Zu ihm, meinem Biest, meinem Liebhaber. Auf der Reise kreisten meine Gedanken um nichts anderes.

Es war fast Abend, als ich das Schloss erreichte, und mit schnellen Schritten eilte ich durch die düsteren Gänge, bis ich vor seinem Schlafzimmer stand. Zaghaft öffnete ich die Tür und erschrak fürchterlich: Er lag im Bett, genau wie in meinem Traum die Nacht zuvor. Ich eilte zu ihm. Alles in mir war kalt. Ich hatte solche Angst.

„Nein!“, schrie ich, als ich an seine Seite hastete. „Bitte nicht! Du darfst nicht sterben!“

Er wandte seinen Kopf zu mir und sah mir in die Augen, als er meine Stimme hörte. Tränen strömten über mein Gesicht, während ich mich zu ihm hinabbeugte und ihn hingebungsvoll umarmte. „Danke, dass du nicht tot bist“, hauchte ich in sein Ohr.

„Du bist zurückgekehrt“, war alles, was er herausbrachte.

„Ja, ich bin wieder da.“ Ich wusste, ich würde ihn nie wieder verlassen.

„Willst du mich heiraten, meine Schöne?“, fragte er mich.

„Ja, mein Biest, das will ich“, wisperte ich und wischte meine Tränen fort. „Ja, ja, ja!“

Im gleichen Moment erstrahlte der Raum in gleißendem Licht, und als ich es wagte, meine Augen wieder zu öffnen, saß ein Mann vor mir, den ich noch nie gesehen hatte. Mein Biest war verschwunden. Erschrocken taumelte ich einige Schritte zurück und starrte den Fremden an.

„Oh meine Schöne", sagte er liebevoll. „Du hast mich von meinem Fluch befreit."

In meinen Augen standen immer noch Tränen. Ich blinzelte ihn wie durch einen Schleier an und versuchte die Worte des Mannes zu begreifen. Er erklärte mir, dass er in Wirklichkeit ein verwunschener Prinz war, der durch einen Zauberspruch in das Biest verwandelt wurde. Die grausame Hexe hatte ihm die scheinbar aussichtslose Bedingung auferlegt, erst dann erlöst zu werden, wenn seine wahre Liebe einwilligte, ihn zu heiraten – obgleich sie ihn nur in Gestalt des Biests kannte.

Dieser Fremde ist also mein Biest, dachte ich verblüfft. Ich blickte in sein Gesicht und sah einen wunderschönen Prinzen. Ich konnte mir nicht erklären, warum ich einen Hauch von Enttäuschung verspürte. Mein Biest hatte nie zuvor so glücklich ausgesehen.

Wir heirateten noch am gleichen Tag.

Und jetzt muss ich meine Geschichte beenden, denn es ist schon spät und mein Ehemann, der Prinz, wird mich bald in meinem Schlafgemach aufsuchen, um mir Wonne und Lust zu spenden. Ich sollte für ihn bereit sein, wenn er zu mir kommt.

Aber ich sollte endlich aufhören, in seinen Augen nach dem wilden Glanz zu suchen.

Oder darauf zu lauschen, ob ohrenbetäubendes Gebrüll seiner Kehle entweicht.

Es ist vergebens.

BLAUBART

Es war einmal ein mächtiger Mann, der über ein großes Vermögen verfügte, über beträchtlichen Grundbesitz und über Häuser, Schlösser und Burgen. Er blieb nie lange an einem Ort, sondern zog rastlos umher. Oftmals wusste man gar nicht, wo er gerade war. Der Mann hatte einen Bart, was an sich nichts Ungewöhnliches war. Nur war sein Bart leuchtend blau. Man munkelte, der Mann habe keinen guten Charakter. Wie er wirklich hieß, das hatte man schon längst vergessen. Gemeinhin wurde er „Blaubart“ genannt.

Blaubarts geheimnisvolles Leben gab den Menschen eine Menge Rätsel auf. Seine Nachbarn konnten gar nicht genug über ihn tratschen. Man fragte sich, warum er so reich war und wie er diesen Reichtum ständig vermehren konnte, und man munkelte, dass er seine vielen Anwesen für seine zahlreichen Ehefrauen angeschafft hatte. Komisch war nur, dass keine der Frauen, die Blaubart geheiratet hatte, lange blieb, nein, jede von ihnen war eines Tages ganz plötzlich verschwunden, und man hatte sie nie wieder gesehen. Diese Tatsache war für einige Menschen erschreckend, doch keiner wagte es, nachzufragen. Viele Frauen fürchteten sich vor Blaubart und bekamen es mit der Angst zu tun, wenn er auftauchte.

Dann trug es sich zu, dass eine Witwe mit ihren beiden

Töchtern in die Nachbarschaft zog, und als Blaubart sah, dass die beiden jungen Frauen ausnehmend hübsch waren, suchte er ihre Mutter auf und bat sie um die Hand einer ihrer Töchter. Welche ihn heiraten würde, das wollte er ihnen überlassen. Doch die Frauen lehnten Blaubarts Wunsch ab; zu viel hatte man ihnen über diesen Mann erzählt. Außerdem wollte sich keine der beiden mit einem Mann vermählen, der einen blauen Bart hatte.

Doch Blaubart wollte sie unbedingt davon überzeugen, dass er ein rechtschaffener Mann war, der ein gutes Herz hatte und nur das Beste für seine Frau wollte, und machte ihnen einen Vorschlag: Er würde sie auf eines seiner Schlösser einladen und dort ein großes Fest für sie geben, sodass sie sich davon überzeugen könnten, welch ein Gentleman er war. Die Töchter stimmten zu, weil sie neugierig darauf waren, wie Blaubart lebte.

Und so reisten sie auf eines von Blaubarts prächtigen Schlössern. Sie waren nicht allein, denn sie durften alle Freunde und Bekannte mitnehmen. Noch großzügiger und beeindruckender war allerdings der Umstand, dass das Fest einen vollen Monat andauern sollte.

Oh, es wurde großartig, pompös, eine Aneinanderreihung von wundervollen Bällen, herrlichem Essen und allem Luxus und Annehmlichkeiten, die man sich nur vorstellen konnte. Blaubart selbst war der perfekte Gastgeber und zeigte sich nur von seiner besten Seite. Er las seinen

Gästen, bevorzugt natürlich den beiden jungen Frauen, jeden Wunsch von den Augen ab. Die Töchter waren geschmeichelt, und die Ältere von ihnen war geradezu angetan von Blaubarts charmantem Auftreten. Je länger sie auf dem Schloss in all dem Luxus verweilte, desto mehr dachte sie darüber nach, dass es doch schade wäre, künftig auf all das zu verzichten – und wenn man es mal ganz genau nahm, war Blaubarts blauer Bart doch gar nicht so blau.

Und so kam es, dass die junge Frau Blaubart kurze Zeit später heiratete. Sie führte daraufhin ein wunderbares Leben. Ihr Ehemann war fürsorglich und überhäufte sie mit Komplimenten und Geschenken. Jeder Wunsch wurde ihr erfüllt. Sie hatte den Eindruck, ja, die Gewissheit, dass diese Ehe das Beste war, was ihr je passieren konnte. Sie genoss jeden Tag und war sehr glücklich mit ihm.

Eines Tages musste Blaubart für eine Woche verreisen. Seine junge Gattin war darüber nicht erfreut. Wie sollte sie sich nur die Zeit vertreiben? Blaubart lachte. Sie könnte sich all ihre Freunde ins Schloss einladen, schlug er ihr vor, so würde diese eine Woche sicher schnell vergehen. Dann übergab er ihr einen großen Eisenring, an dem unzählige Schlüssel hingen, sodass sie zu jedem Raum im Schloss Zutritt haben würde.

Doch dann zeigte er auf einen kleinen, unscheinbaren, verrosteten Schlüssel und befahl seiner Frau mit grimmiger Miene, ihn auf gar keinen Fall zu benutzen. Der Schlüssel gehörte zu einem Raum, der sich weit hinten im Keller befand, und Blaubart verbot ihr mit drohender Geste, ihn zu betreten. Sollte sie sich seinem Verbot widersetzen, so würde er sie dafür büßen lassen.

Die junge Frau starrte auf den Schlüssel und fragte sich, warum ihr Mann ein so großes Geheimnis daraus machte. Doch sie fragte nicht weiter nach, und kurze Zeit später verabschiedete sich Blaubart von ihr.

Nun würde manch einer annehmen, dass sie nach seiner Abreise unverzüglich nach ihren Freunden schicken ließ, um sich die Langeweile zu vertreiben, doch nichts dergleichen geschah. Sie stand am Fenster und blickte ihrem davonreitenden Gatten nach, und als dieser auf seinem Pferd hinter einem Hügel verschwunden war, betrachtete sie erneut den kleinen Schlüssel, der unter all den anderen so winzig an dem Ring wirkte und den sie nicht benutzen durfte. Obwohl sie sich um Ablenkung bemühte, gelang es ihr nicht. Ihre Neugierde trieb ihre Gedanken immer wieder in dieselbe Richtung. Sie wanderte nachdenklich durch die langen, zugigen Gänge des Schlosses. Was verbarg sich hinter der Tür in diesem Raum, den sie nicht betreten durfte? Und plötzlich, ohne dass sie es mitbekommen hätte, befand sie sich im Keller und stand vor dieser Tür.

„Ich werde nur einen flüchtigen Blick hineinwerfen, nur einen einzigen, sonst finde ich keine Ruhe", sagte sie zu sich selbst, und dann steckte sie mit einer schnellen Bewegung den Schlüssel ins Schloss und drehte ihn um. Die Tür ließ sich leicht öffnen, und neugierig blickte sie in den Raum, konnte aber nichts erkennen, denn es war stockdunkel. Sie entzündete ein Streichholz und ging zögernd ein, zwei Schritte nach vorn. Langsam gewöhnten sich ihre Augen an das flackernde Licht. Ihr Blick fiel zuerst auf einen langen Tisch aus Holz, an dessen beiden Enden sich Hand- und Fußschellen befanden. Daneben hing ein dickes Seil mit Fesseln von der Decke. Weiter unten teilte sich das Seil, und es war an zwei Fußschellen befestigt, die nebeneinander in den Boden eingelassen waren.

An der Wand befanden sich Lederriemen und Peitschen in unterschiedlichen Größen. Ängstlich dachte sie an die Gerüchte, die um ihren Mann kursierten. Man munkelte, jede einzelne von Blaubarts Frauen sei verschwunden, und niemand wusste, wohin.

Jetzt wusste sie es. Er hatte seine Ehefrauen hier in diesem Raum umgebracht, wenn er ihrer überdrüssig geworden war. Etwas anderes war nicht möglich. In diesem Augenblick erreichte die Flamme ihre Finger. Mit einem kleinen Aufschrei warf sie das Streichholz von sich. Es erlosch. Vor Schreck ließ sie daraufhin den Ring mit den vielen Schlüsseln fallen und bückte sich rasch in der Dunkelheit, um ihn aufzuheben. Daraufhin verließ sie beinahe fluchtartig den Raum, rannte durch den Keller, fand die Treppe, lief diese hinauf und öffnete die Tür zum erstbesten Raum, der sich ihr im Erdgeschoss bot. Ganz außer Atem ließ sie sich in einen Sessel fallen, um nachzudenken.

Nun, er würde nicht herausfinden, dass sie dort gewesen war. Schließlich hatte sie nichts berührt oder verändert. Er würde es nie erfahren. Doch als sie den Schlüsselring nach oben hielt und einen nachdenklichen Blick auf den verbotenen Schlüssel warf, erstarrte sie vor Entsetzen. War sie verrückt geworden? Der kleine Schlüssel hatte seine Farbe geändert. Er war nun nicht mehr rostig, sondern leuchtete in einem strahlenden Rot. Sie rieb ihn an ihrem Kleid und hoffte, dass die rote Farbe abging, doch was auch immer sie tat – der Schlüssel blieb rot.

Sie dachte fieberhaft nach. Was konnte sie nur tun? Endlich kam ihr die rettende Idee. „Ich werde den Schlüssel einfach abnehmen. Blaubart wird denken, er sei verloren gegangen“, sagte sie zu sich selbst und war von diesem Plan sehr angetan.

Doch fast im gleichen Moment fiel ein Schatten über sie. Entsetzt sah sie hoch. Vor ihr stand niemand anderes als ihr Ehemann. Schnell legte sie die Hand, in der sie die Schlüssel hielt, hinter den Rücken und versuchte ein erfreutes Gesicht zu machen, aber es nützte nichts. Sie war leichenblass. Er wusste sofort, was passiert war: Sie hatte sich seinem Verbot widersetzt. Aber Blaubart ließ sich nichts anmerken. Mit freundlicher Stimme erzählte er, dass die Umstände sich geändert hätten und er die lange Reise nun doch nicht antreten müsste. Es entging ihm keineswegs, dass seine Frau sich nach Kräften bemühte, ihm aufmerksam zuzuhören und freudig zu lächeln. Doch sie war mit ihren Gedanken ganz woanders.

Und so fragte er gezielt nach den Schlüsseln. Sie wand sich hin und her und versuchte ihn abzulenken, doch er bestand darauf, dass sie ihm die Schlüssel übergab, sodass sie sie ihm schließlich aushändigte.

Mit einer langsamen Bewegung nahm er den großen Ring entgegen und sah ihn sich an.

„Der Schlüssel, den du nicht benutzen solltest, ist rot", stellte er mit hochgezogenen Brauen fest. „Warum, Geliebte?"

Und nun konnte seine Frau nicht mehr. Sie begann zu weinen und flehte und bettelte um Vergebung. Doch Blaubart packte seine Gattin und zog sie mit sich, erst den Flur entlang, dann in den Keller. Kurze Zeit später stieß er sie in den Raum, den sie kurz zuvor entdeckt hatte.

„Nun wirst du sehen, was du von deinem Ungehorsam hast", sagte er und verriegelte die Tür.

Die Tränen rannen wie Sturzbäche aus ihren Augen. Sie fiel auf die Knie und schluchzte herzzerreißend, steinerweichend, doch Blaubart zeigte keinerlei Gefühlsregungen. Er ging umher und zündete Fackeln an, die den Raum unheilvoll und flackernd erleuchteten. Dann kam er zu ihr, die mittlerweile aufgestanden war, zurück. Zitternd stand sie vor ihm und brachte kein Wort heraus. Alles in ihr bebte vor Angst, denn sie war sich sicher, dass er sie nun töten würde – wie all seine Ehefrauen vorher. Noch vor einigen Stunden war er zärtlich und liebevoll zu ihr gewesen, und nun würde er sich in einen Mörder verwandeln.

Er stand nun direkt vor ihr und legte seine Hand unter ihr Kinn, hob ihren Kopf und sah sie einige Zeit an. Die andere Hand wanderte ihren Rücken entlang und löste die Schnüre ihres Korsetts. Sie wagte nicht, zu protestieren. Geschickt zog er sie aus; ein paar Minuten später stand sie völlig nackt vor ihm. Nun fühlte sie sich ihm ganz und gar ausgeliefert, und er zerrte sie erbarmungslos zu dem Seil, das von der Decke hing. Er schob ihre Hände durch die Fesseln und zog am Ende des Seils, das durch einen Eisenring lief, sodass ihre Arme nach oben gestreckt wurden. Ihre Füße steckte er in die im Boden eingelassenen Fesseln. Sie konnte sich nicht einen Zentimeter mehr bewegen.

Ihre Augen waren vor Angst weit aufgerissen, und sie brachte kein Wort heraus. Hilflos beobachtete sie, wie er langsam zur Wand ging, an der sich die Riemen und Peitschen befanden. Als ihr voller Entsetzen klar wurde, was er vorhatte, wand sie sich in ihren Fesseln, um freizukommen, doch es gelang ihr nicht. Als Blaubart mit einer langen schwarzen Lederpeitsche zurückkam, entfuhr ihr ein gellender Schrei.

Ihr Mann lächelte sie freundlich an. „Weil ich dich,

meine Ehefrau, so sehr liebe, werde ich gnädig sein. Du wirst nur dreißig Hiebe bekommen."

Ungläubig starrte sie ihn an. Ihr wurde heiß und kalt zugleich. Dreißig Hiebe. Nein, das konnte er nicht tun. Das *durfte* er nicht tun.

„Hilfe! Hilfe! Warum hilft mir denn keiner!" Verzweifelt riss sie an den Fesseln und bäumte ihren Oberkörper auf. „Lass mich los! Bitte, lass mich los! Ich tue alles, was du sagst, aber bitte mach mich los! Ich ... ich möchte das nicht. Ich habe Angst! Du darfst mich nicht schlagen!" Wieder schossen Tränen aus ihren Augen. „Bitte nicht!"

Er unterbrach sie mit lauter Stimme. „Du wirst jeden einzelnen Schlag mitzählen, hast du verstanden? Wenn du nur ein einziges Mal nicht mitzählst, beginnen wir erneut mit dem ersten Schlag und alles geht von vorn los. Du darfst schreien, aber du wirst die Strafe akzeptieren, weil du sie verdient hast. Solltest du sie ein einziges Mal infrage stellen, so werde ich von vorn anfangen."

Ohne ihre Antwort abzuwarten, hob er die rechte Hand, holte weit aus und ließ die Peitsche mit heftiger Wucht auf ihr Hinterteil sausen. Sie schrie laut und schmerzvoll auf, während die Tränen auf den Boden tropften.

Blaubart wartete drei Sekunden. „Nun, wir werden also von vorn beginnen", sagte er dann lächelnd, und erneut klatschte die Peitsche auf ihren Po nieder.

Sie schrie wieder voller Pein auf, rief dann aber schnell:

„Eins.“ Die beiden nächsten Schläge kamen schnell und noch härter als die vorangegangenen, doch auch hier stieß sie zwischen Wimmern und Schreien „Zwei“ und „Drei“ aus.

Und Blaubart war erfinderisch. Sie wusste nie, wann er zuschlagen würde, manchmal beliebte es ihm, ein paar Minuten zu warten, und dann kam völlig unvorbereitet der nächste Hieb, und jeder einzelne war schärfer und unbarmherziger als der vorige. Sie zählte demütig weiter mit, und Blaubart machte sich einen Spaß daraus, kleine Spiele mit ihr zu spielen. „Wie viele Schläge möchtest du noch haben, Liebste?“, fragte er sie, oder: „Sag mir, wie viele Hiebe hast du wohl noch verdient?“, und obwohl sie sich entsetzlich gedemütigt fühlte, antwortete sie jedes Mal mit der Zahl, die noch ausstand, um die dreißig Hiebe vollzukriegen. Ihr Po und ihr Rücken brannten wie Feuer, lange bevor er fertig war, und sie hatte mehr als einmal das Gefühl, gleich in Ohnmacht zu fallen.

Nach einer Ewigkeit, wie ihr schien, hörte er auf und trat vor sie. Kraftlos hing sie in den Fesseln und stöhnte leise vor sich hin. Unendlich behutsam strich er ihr das verschwitzte Haar aus dem Gesicht, wischte ihr sanft die Tränen von den Wangen und küsste ihre geschwollenen Lippen, auf die sie sich während der Bestrafung fortwährend gebissen hatte. Trotz allem machte sich eine unendliche Erleichterung in ihr breit. Er hatte sie nicht umgebracht!

Hingebungsvoll erwiderte sie seine Küsse und beteuerte ihm ihre Liebe, um dann erneut zu betteln, dass er sie losbinden solle.

Er ließ von ihr ab. „Eine brave Ehefrau gehorcht ihrem Mann und widersetzt sich nicht seinen Anordnungen", sagte er nur, löste dann aber tatsächlich ihre Fesseln. Doch statt sie freizulassen, schob er sie zu dem langen Tisch.

„Auf alle viere!", befahl er und reichte ihr die Hand, um ihr zu helfen. Folgsam tat sie, was er sagte, und nachdem sie wie ein Hund auf dem Tisch kniete, schob er ihre Hand- und Fußgelenke in die Schellen und ließ sie zuschnappen. Sie wurde rot, denn ihre Beine waren nun weit gespreizt und sie kniete völlig geöffnet auf der Tischplatte. Er drückte ihren Kopf nach unten, und sie sah, dass hier eine metallene Halsfessel eingelassen war. Diese legte er ihr um und verschloss sie ebenfalls. Sie konnte ihren Kopf nun nicht mehr heben.

Sie hörte seine Schritte, die sich von ihr fortbewegten und dann, so nahm sie jedenfalls an, am Tischende haltmachten. Er inspizierte ihre geöffneten Schenkel, und sie musste die Augen schließen, weil ihr diese Situation peinlicher war als alles andere. Einige Sekunden später spürte sie seinen heißen Atem an ihren Oberschenkeln und zuckte zurück, weil etwas sie berührte.

Es dauerte tatsächlich einige Sekunden, bis die junge hilflose Frau bemerkte, dass es seine Zunge war, die sich mit ihr beschäftigte. Ihre Gefühle waren nun gespalten: Einerseits fand sie die Situation, in der sie sich befand, würdelos, doch andererseits verschaffte seine Zunge ihr unglaubliche Wonnen, und Lustschauer durchströmten ihren gesamten Körper. Blaubarts Zunge erforschte ihren Unterleib, glitt über ihren pulsierenden Lustpunkt, und sie stöhnte laut auf, weil er seine Sache so wunderbar machte. Mal ließ er nur seine Zungenspitze kreisen, dann füllte er sie wieder ganz aus. Doch auch hier zeigte er ihr seine Macht: Immer wenn sie kurz davor war, einen Höhepunkt zu bekommen, ließ er von ihr ab, wartete eine Zeit lang, um dann erneut von vorn zu beginnen. Ihr Bitten, nicht aufzuhören, ignorierte er geflissentlich.

„Nun, meine Liebe, sag mir, wem willst du ab heute gehorchen, so wie es sich gehört?“, fragte er immer wieder, und sie beteuerte ihm ohne Unterlass, dass sie ihm gehorchen wollte, für immer und ewig. Wenn er bloß weitermachen würde …

Doch dann hörte er auf, ließ von ihr ab, und während sie immer noch vor Lust zitterte, trat er vor sie, löste die Halsfessel und hob ihren Kopf hoch. Sie öffnete die Augen. Er hatte seine Hose geöffnet, und sein großer, geschwollener Penis bot sich ihr dar. Sie begriff sofort, was er wollte. Bereitwillig öffnete sie ihre Lippen und ließ es zu, dass er näher kam und seine Männlichkeit in ihren Mund schob. Rhythmisch begann sie zu saugen, mal schnell, mal langsam, und an seinen heftiger werdenden Bewegungen merkte sie, dass sie ihre Sache gut zu machen schien.

Nach einiger Zeit wurden seine Stöße heftiger und unkontrollierter, doch nun spielte sie sein Spiel mit ihm – immer wenn sie merkte, dass er kurz davor war, seine Lust in sie zu entladen, drehte sie schnell ihren Kopf zur Seite, sodass sein Stab aus ihrem Mund hinausglitt. Doch dann, als sie sich irgendwann anschauten und sie in seinen Augen eine flehentliche Bitte las, machte sie weiter. Sie bog ihren Kopf weit in den Nacken und nahm das pralle Stück in sich auf, saugte, leckte und ließ ihre Zunge an ihm kreisen. Er zog sie noch näher zu sich, dann bäumte sich sein Oberkörper zuckend auf, und ein lang anhaltendes Stöhnen war zu hören. Er wurde in ihrem Mund noch größer, und schließlich ergoss sich sein heißer Lustsaft in sie, und sie nahm ihn bereitwillig auf.

Keiner von ihnen sprach ein Wort. Blaubart schob ihren Kopf wieder in die Halsfessel zurück und verschloss sie. Dann verließ er den Raum. Sie blieb allein, gefesselt und hilflos zurück. Ihr blieb nichts, als abzuwarten.

Als er wiederkam, hatte er etwas mitgebracht. Aus den Augenwinkeln erkannte sie eine längliche Büchse. Was hatte er nun vor? Wie würde er sie nun bestrafen? Wieder trat er ans Fußende des Tisches. Einen Moment später schrie sie laut auf, als ein schneidender, kalter Schmerz sie durchzuckte. Was war das? Es fühlte sich an, als würde jemand ein Messer in sie stoßen. Sie versuchte ihm ihren Unterleib zu entziehen, doch er hielt sie fest, und erneut verspürte sie einen kalten Schmerz, der sich nach einer Weile in glühende Lust verwandelte. Etwas schien in ihr zu schmelzen, und immer und immer wieder wurde es erst unerträglich kalt, und dann wurde die Kälte durch ihre Körperwärme gemildert, und Erregung und süßer Schmerz durchflossen sie – doch nur für kurze Zeit, denn die Eiseskälte kam zurück. Er lachte zwischendurch auf und schien sein Tun zu genießen. Und wieder achtete er darauf, dass sie keinen Orgasmus bekam.

Während sie dalag und wimmerte, verließ er wieder den Raum und ließ sie zurück, und sie stöhnte kraftlos auf. Ihr gesamter Körper war ein einziger Schmerz, und nur zu gern hätte sie sich in eine andere Position gebracht, um ihn zu entlasten. Ihr ganzer Unterleib brannte wie Feuer. Doch sie musste abwarten. Allein konnte sie sich aus dieser Lage nicht befreien.

Kurze Zeit später hörte sie seine Schritte. Wieder betrat er den Raum und stellte sich hinter sie. Einen Moment später spürte sie seine Hand, die zärtlich ihre Pobacken streichelte. Sie genoss seine Berührungen, bis sich im nächsten Augenblick genau an dem Punkt, an dem sich seine Hand befand, eine unerträgliche Hitze ausbreitete. Vor Schreck und Schmerz schrie sie laut auf. Doch wieder half Ausweichen nichts, denn er hielt sie unbarmherzig fest, während er sie erst streichelte und dann wieder dieser entsetzlichen, lodernden Hitze preisgab. Das Wechselspiel von Zärtlichkeit und Schmerz brachte ihren Unterleib und auch ihren ganzen restlichen Körper zum Glühen. Wieder und wieder tauchte sie in dieses Gefühlsbad ein, und obwohl die Hitze kaum zu ertragen war, wurde sie immer erregter. Und er achtete immer darauf, dass sie nicht zum Höhepunkt kam, und diese Tatsache brachte sie schier zur Verzweiflung. Sie brauchte so dringend eine Erlösung, dass sie das Gefühl hatte, wahnsinnig zu werden.

Nach endlos langer Zeit merkte sie, dass sie am Ende ihrer Kräfte war. Sie wimmerte leise und schluchzte vor sich hin, und auch Blaubart sah, dass es nun genug war. Sie hatte alles ausgehalten und alles gegeben. Vorsichtig löste er die Fesseln, und sie stieg vom Tisch hinab und lehnte sich an ihren Mann. Er umfasste sie und hielt sie fest, streichelte ihren Rücken und ihre Haare und wiegte sie sanft in seinen Armen, während er seine Liebe beteuerte. Nun wollte er sie erlösen und ihr die Befriedigung geben, die sie so dringend benötigte. Er schob sie zur Tischkante, und bereitwillig setzte sie sich darauf und spreizte die Beine. Behutsam und mit viel Gefühl begannen sie sich zu lieben und verschmolzen zu einer Einheit. Er wollte sie so lange befriedigen, bis sie wirklich erfüllt war, ganz egal wie lange es dauern mochte. Und so verbrachten sie den Rest des Tages in wunderbarer Eintracht und mit der schönen Sicherheit, dass beide das bekommen hatten, was sie brauchten. Sie genoss es in vollen Zügen, und all der Schmerz, den sie vorher erlebt hatte, war vergessen.

Und wann immer sie vergaß, dass sie ihrem Ehemann Gehorsam gelobt hatte, fand sie sich in dem kleinen, verbotenen Raum wieder, um an ihr Versprechen erinnert zu werden.

KATZ UND MAUS

Das Spiel von Katz und Maus hat eine lange Tradition, und vor allem Dichter fühlten sich von diesem Thema immer wieder angezogen. Wieso finden wir dieses Spiel so faszinierend und gleichzeitig auch abstoßend? Es handelt sich um eine komplizierte Angelegenheit, über die sich so mancher Philosoph den Kopf zerbrochen hat. Auch ich habe viele Versuche unternommen, um dieses Rätsel zu lösen.

Es scheint, als ob dieses Spiel vor allem in früheren Zeiten seinen besonderen Reiz hatte. Heutzutage ist es zweifellos weniger befriedigend. Als die Einsätze sich erhöhten, wurden die Spieler drohender und das Spiel gnadenloser. Um ganz ehrlich zu sein, wird das Spiel heute nicht mehr in der Weise gespielt, wie es früher der Fall war. Das liegt zum einen daran, dass das Objekt des Spiels fast ausgestorben ist.

Wir wissen zum Beispiel seit Langem, dass Katz stärker ist als Maus, aber Maus hat dafür einen besseren Instinkt und eine enorme Willenskraft. Im Laufe der Jahre hat Katz einige unfaire Vorteile gegenüber Maus bekommen; von Fairness kann deshalb inzwischen keine Rede mehr sein. Diese Entwicklung hatte interessanterweise zur Folge, dass das Spiel für Maus sogar noch verlockender wurde, aber Katz sich dabei eher ein wenig zu langweilen begann.

In der Geschichte, die ich erzählen möchte, ist Katz

ganz klar in der überlegenen Position. Maus hat in vielen Bereichen weniger Macht: Sie verdient und besitzt weniger, kann sich in der Welt nicht so viel bewegen und hat, ganz allgemein gesprochen, weniger Vorteile als Katz. Wie unter diesen Voraussetzungen zu erwarten, hat Maus einiges von ihrer Lebensfreude verloren. Katz fühlt diesen Verlust, ohne ihm allerdings eine größere Bedeutung beizumessen. Wenn Katz deshalb auf eines der wenigen erfreulichen Exemplare von hartnäckigen Mäusen trifft, die sich nicht so leicht einschüchtern lassen, fühlt sich diese neue Generation von Katzen völlig verängstigt und kann nicht mehr angemessen darauf reagieren.

In der Zwischenzeit hat Maus bereits ziemlich viel Respekt für Katz verloren und findet diese Kreaturen träge und völlig verzogen. Das Spiel hat fast das letzte Stadium seiner Existenz erreicht, und nur in den seltensten Fällen, wie in der nachfolgenden Erzählung, wird es noch mit dem Elan alter Zeiten gespielt.

Am Anfang meiner Geschichte lebte Maus ziemlich zurückgezogen in der Welt der Katzen, in einem kleinen Loch in der Wand. Sie war in dünne Lumpen gekleidet, was durchaus der Mode der Katzenwelt entsprach. Aber ihre Nacktheit wurde dadurch kaum bedeckt, und sie fühlte sich immer ein wenig entblößt. Dennoch fühlte sich die von Natur aus rebellische Maus vor Katz relativ sicher, und diese interpretierte eine solche Eigenschaft als kaltherzige Boshaftigkeit. Maus hatte damit kein Problem, denn sie fand Katz ziemlich abstoßend.

„Ha! Feiglinge!“, lachte Maus, als schon wieder eine Katze an dem kleinen Loch in der Wand vorbeihuschte und eilig der vermeintlich gefährlichen Kreatur im Inneren zu entkommen versuchte. „Wie ängstlich doch diese großen, starken Katzen werden, wenn sie dem Zorn einer schwächlichen kleinen Maus begegnen! Ich werde dem Schicksal meiner Schwestern leicht entkommen, einzig durch meine Feindseligkeit als meine größte Waffe.“

Es war in der Tat nicht schwierig für sie, dieses Gefühl immer wieder in sich aufleben zu lassen. Sie hasste es, in dieser von Katzen dominierten Welt ausgenutzt zu werden und sich niemals verstanden oder wertgeschätzt zu fühlen. Sie war eine intelligente und sensible Maus und wünschte sich, als solche erkannt zu werden! Und trotzdem, jedes Mal wenn eine Katze vor ihrem Loch anhielt und sie begutachtete, überkam sie eine seltsame Mischung von aufregenden und beängstigenden Gefühlen. Natürlich würde sie sich vor einer Katze ihre Angst niemals anmerken lassen. Aber insgeheim hoffte sie sogar darauf, einmal einem *richtigen* Kater zu begegnen, so wie sie es in Liebesromanen gelesen hatte. Bis dahin zischte und verspottete sie sie und lachte sich anschließend tot, wenn Katz über die eigenen Pfoten stolperte, um sich so schnell wie möglich wieder aus dem Staub zu machen.

Maus hatte bereits einen Gesichtsausdruck stolzer Verachtung aufgesetzt, als sie das Herannahen einer weiteren Katze hörte. Es war sogar ein Kater, und er war viel größer als sie. Aber das waren die anderen auch, und sie ermahnte sich, dass Größe ja nicht alles sei. Schließlich fühlte sie sich ihm in ihrer Willenskraft überlegen.

Maus versuchte möglichst gleichgültig zu wirken, als Katz vor dem Eingang stand und seine Augen träge über ihren Körper glitten. Der übliche Zorn brannte in ihr. Was gab Katz das Recht, eine Maus so schamlos anzustarren? Wie hatte es dazu kommen können, dass das als normales Verhalten akzeptiert wurde? Wenn sie sich wie die anderen Mäuse verhielte, so würde jetzt von ihr erwartet werden, dass sie sich von der Aufmerksamkeit geschmeichelt fühlte! Sie hob ihr Kinn noch etwas höher und begegnete den Augen von Katz mit einem angewiderten Blick.

Dieser Kater war ungewöhnlich attraktiv, wie sie widerwillig feststellen musste. Dieser Tage war es sowieso ungewöhnlich, einem Kater zu begegnen, der überhaupt Wert legte auf sein Äußeres. Sie waren normalerweise so rau und ungepflegt, dass man nicht in ihrer Nähe sein wollte. Aber andererseits waren Mäuse meistens so sehr mit dem eigenen Aussehen beschäftigt, dass sie selten Zeit fanden, sich Gedanken zu machen, ob ein Austausch mit Katz sich lohnte oder nicht.

Diese Katze, oder um genau zu sein, *dieser Kater,* war

eines der wenigen Exemplare, für die es sich eventuell lohnen würde. Aber in den Augen von Maus war das eher noch ein Grund mehr, sich vor ihm zu hüten. Attraktive Kater waren noch schlimmer als ungehobelte. Sie wussten um ihre Anziehung, und es bedurfte großer Anstrengung, ihre Gunst nur für einen einzigen Augenblick zu erhaschen. Von einer liebevollen Zuwendung über längere Zeit mal ganz zu schweigen.

Seinem selbstbewussten Gesichtsausdruck nach lagen diesem Kater eine ganze Reihe von Mäusen zu Füßen. Sie zwang sich dazu, seine körperliche Attraktivität nicht zu beachten. Aber es war unmöglich, seine kräftigen Haare zu ignorieren, die in kurzen, dunklen Wellen sein Gesicht einrahmten. Oder seine perfekt gemeißelten Gesichtszüge, die eine solche Selbstsicherheit und Grazie ausstrahlten. Sein muskulöser Körper bewegte sich mit unübertrefflicher Eleganz und Leichtigkeit. Ihr scharfer Verstand warnte Maus, ihn so schnell wie möglich wieder loszuwerden.

Sie machte von ihrer wirkungsvollsten Waffe im Umgang mit Katzen Gebrauch: ihrer scharfen Zunge. „Schau so lange du willst, du Schwein“, schnauzte sie ihn an. „Aber anfassen darfst du mich deshalb noch lange nicht.“ Zumindest war es in dieser seltsamen Welt, in der sie lebte, den Katzen nicht erlaubt, Mäuse gegen ihren Willen zu unterwerfen. Meistens hatten sie auch nicht die geringste Veranlassung dazu, denn viele Mäuse boten sich diesem undankbaren Pack nur zu gerne als devote Sklavinnen an.

Zum Erstaunen von Maus lächelte der Kater über ihre freche Bemerkung und langte langsam mit der Pfote in ihr kleines Versteck. Sehr vorsichtig, um ihre Haut nicht zu berühren, fuhr er eine Kralle aus und hob das dünne Material, in das sie sich gehüllt hatte, bis zu ihrer Schulter hoch. Ihr nackter Körper war nun ganz seinem Blick ausgesetzt. Mit einem ärgerlichen Zischen schlug sie seine Pfote fort.

„Du hast mir doch eben gesagt, dass ich mir ansehen darf, was mir gefällt. Oder etwa nicht?“ Er lachte.

Nun, Maus besaß eine große Schwäche, die mit ihrer Freude am Wettbewerb zu tun hatte. Sie liebte rhetorische Auseinandersetzungen und genoss es, sich mit anderen zu messen. Damit erfüllte sie eine Grundvoraussetzung für das Spiel von Katz und Maus. Die kluge Erwiderung des Katers, in Kombination mit seiner lässigen Haltung und dem Übergehen ihres frechen Benehmens, brachte sie dazu, ihre inneren Widerstände aufzugeben. So schnell wollte sie ihn jetzt doch nicht mehr loswerden. Erst wollte sie ihn ein wenig quälen.

Plötzliches Interesse flammte in ihr auf. Sie hielt seinem Blick stand, und ihre Lippen verzogen sich zu einem gezierten Lächeln. Sie zuckte mit den Schultern und versuchte betont gleichgültig zu wirken. „Ich habe dabei nur an dich gedacht“, erwiderte sie mit gespielter Aufrichtigkeit. „Ich möchte nicht, dass dein Ego leidet, wenn es nicht bekommt, wonach es sich sehnt.“

„Wie rührend du um mein Wohlergehen besorgt bist“, antwortete Katz grinsend. Seine Augen brannten sich in sie ein, als er hinzufügte: „Aber wie wir beide wissen, musst du dir darüber keine Sorgen machen.“

Sie überlegte, ob er damit andeuten wollte, dass er sie nicht begehrenswert fand. Oder vielleicht war er sich ihrer auch so sicher, dass er keine Zurückweisung von ihr erwartete. Er sah ihre Verwirrung und lachte.

Neugieriger als je zuvor, wagte sie einen schüchternen Vorstoß. „Da du wahrscheinlich mehr als genug Mäuse zur Auswahl hast, ist es schon erstaunlich, dass eine einzelne Maus überhaupt noch dein Interesse weckt. Ich könnte mir denken, dass du über einen ganzen Harem williger Sklavinnen verfügst.“

Es sollte sich wie ein Kompliment anhören, aber die Botschaft war trotzdem ziemlich klar. Am schrecklichsten fand sie in der modernen Katzenwelt, dass es so viele Mäuse gab, die sich erniedrigten und ihre Körper als willige Sexsklavinnen verkauften. Und trotzdem wusste sie, dass sie den Stolz des Katers verletzt hatte. Auch wenn Katzen von Mäusen alles bekamen, was sie sich wünschten, so waren sie doch letztendlich gezwungen, die Mäuse für ihre Dienste zu vergüten. Auch er musste wahrscheinlich für Gefälligkeiten bezahlen, obwohl sie sich in seinem speziellen Fall nicht so sicher war.

Der Kater zeigte jedoch keine Regung und antwortete scheinbar gleichmütig: „Selbst wenn es so wäre, würde ich dir die Gelegenheit geben, meine Sklavin zu sein – wenn du mich nett darum bittest." Er liebte es, wie zornig ihre Augen jetzt funkelten. Der Kater hatte großen Spaß dabei, sie ein wenig zu provozieren.

„Ich bin mir ausgesprochen sicher, dass ich nicht zu deiner Sklavin werden möchte!", antwortete sie verärgert. Wie konnte er nur alles so komplett verdrehen? Von ganzem Herzen wünschte sie sich, dass sie dieses dämliche Grinsen aus seinem Gesicht wischen könnte!

„Wenn du dir nicht insgeheim wünschen würdest, meine Sklavin zu sein, hättest du dieses Thema nie zur Sprache gebracht", konterte er.

Seine Arroganz machte sie rasend. Ihre Augen blitzten, als er höhnisch auflachte. „Wie kann man nur so eingebildet sein? Wie kommst du nur darauf, dass ich auch nur das geringste Interesse daran hätte, deine Sklavin zu sein?"

„Ich würde meinen Schwanz darauf verwetten."

„Ziemlich arrogant, nicht wahr?" Sie würde ihm bei der ersten Gelegenheit schon beweisen, wie falsch er lag. Sie war viel zu unerfahren, um zu erkennen, dass sie bereits in die Falle getappt war.

„Soll ich es dir beweisen?", fragte er herausfordernd.

„Versuch's doch!" Seine Unverschämtheit war wirklich zu viel für sie. Ihr inneres Alarmsystem riet ihr zur Vorsicht, aber sie war bereits zu tief verstrickt, um darauf zu hören. Außerdem war es aufregend, endlich mal einem Kater zu begegnen, der etwas Rückgrat besaß und dazu noch witzig war. Der Mut ihrer Vorfahren brodelte in ihr hoch. Es war einfach ihre Pflicht, ihn in seine Schranken zu weisen! Ohne weiter darüber nachzudenken, sprudelte es aus ihr heraus: „Wenn du mir beweisen kannst, dass ich irgendetwas anderes für dich empfinde als Ekel, werde ich heute Abend deine Sklavin sein!"

Fast im gleichen Moment überkam sie eine Welle von Angst. Hatte sie das wirklich gesagt? Und wann hatte sie eigentlich ihr sicheres Mauseloch verlassen?

Egal. Sie würde ihm niemals nachgeben, und er würde sie schließlich mit eingezogenem Schwanz verlassen, erfolglos und gedemütigt. Bei diesem Gedanken musste sie lächeln.

Auch der Kater lächelte. Er hatte schon fast geglaubt, all diese süßen, kleinen Mäuse seien Närrinnen, bereit, sich dem Erstbesten hinzugeben. Und nun war er auf dieses kleine Juwel gestoßen. Sie war diejenige, nach der er sein ganzes Leben lang gesucht hatte. Nicht auszudenken, dass die anderen Kater ihn fast von ihr ferngehalten hatten! Vor ihr gewarnt hatten sie ihn sogar; sie sei „zickig", so hatten sie sie genannt. Was für Dummköpfe! Sie war so außergewöhnlich, dass sie sich instinktiv einen Kater wünschte, der es mit ihr aufnehmen konnte. Und weil er die erregende

Auseinandersetzung ebenfalls liebte, konnte er diesen Wesenszug auch in ihr erkennen.

Er, Kater, musste sich ständig wieder aufs Neue beweisen, dass er seine Partnerin besitzen konnte, und sie, Maus, suchte jemanden, der ihrer würdig war und keine Angst hatte. Sein Instinkt sagte ihm, dass sie beide diesem Spiel zugeneigt waren, auch wenn er ahnte, dass Maus sich dessen noch nicht gänzlich bewusst war.

Der Kater ging ein wenig auf Maus zu und strich ihr sanft über die Haare. Sie fühlte seinen warmen Atem über ihrem Gesicht, als er murmelte: „Und wie finden wir heraus, welche Gefühle du für mich hast?"

Sie hielt die Luft an. Ein oder zwei Gedanken schossen ihr spontan durch den Kopf, aber sie blieb stumm. Sie war ziemlich verblüfft.

„Wie wäre es mit einem Kuss", schlug er schließlich vor, nachdem etwas Zeit verstrichen war und sie ihren Gedanken nachhängen konnte.

Maus seufzte erleichtert auf. Alles was sie tun musste, war, einen Kuss auszuhalten, ohne in Ohnmacht zu fallen. Sie war sich sicher, dass sie das schaffen würde. Was für ein süßer Triumph, wenn er sich trollen würde, nachdem er sie nicht einmal mit seinem leidenschaftlichsten Kuss überzeugt haben würde. Sie kicherte beinah bei diesem Gedanken.

Er sah die Belustigung in ihren Augen. Anscheinend

gratulierte sie sich bereits zu ihrem Erfolg? Sehr gut! Er würde sie überrumpeln müssen. Aber er musste vorsichtig sein. Sie war einzigartig, und er hatte nicht vor, sie jemals wieder gehen zu lassen.

Selbstbewusst legte die Maus ihren Kopf in den Nacken und sah den Kater erwartungsvoll an. Er erwiderte ihren Blick. Sein Mund schwebte direkt über ihren Lippen. Und zwar eine ganze Ewigkeit lang. Ein Funken Unsicherheit glomm in ihren Augen auf, und plötzlich wurde Maus ungeduldig. Würde er es jetzt endlich tun oder nicht? Welcher Schwachkopf gab vor, jemanden küssen zu wollen, und tat es dann doch nicht?

Seine Lippen waren so nah, dass er sie fast berührte. „Nun“, flüsterte er schließlich. „Wo hättest du ihn denn gerne?“

„Wie bitte?“, flüsterte sie zurück.

„Den Kuss“, erklärte er ihr. „Wo möchtest du ihn gerne haben?“

Schockiert starrte sie ihn an. Die wildesten Fantasien gingen ihr durch den Kopf, aber sie versuchte, nicht daran zu denken. Trotzdem begann sie zu zittern. Wieder ermahnte sie sich, dass es am klügsten sei, diese Angelegenheit so schnell wie möglich hinter sich zu bringen.

Wie sollte sie seine Frage beantworten, ohne dabei so zu klingen, als ob sie von ihm geküsst werden *wollte?* Er hatte eine äußerst unerquickliche Art, sie auflaufen zu lassen. In Wirklichkeit wollte sie … Plötzlich hatte sie eine Idee.

„Ich glaube, der Ort, der mich am wenigsten beleidigen würde, wäre mein Fuß“, sagte sie endlich mit einem belustigten Lächeln.

„Dann soll es dein Fuß sein“, erwiderte er, ohne dabei enttäuscht zu wirken. Etwas anderes hatte er von ihr sowieso nicht erwartet. Außerdem hatte seine anzügliche Frage ihre Wirkung auf sie auch nicht verfehlt. Er hatte bemerkt, wie sie für einige Momente aus der Fassung geraten war.

Er kniete sich vor sie, in einer gespielt demütigen Haltung. Als Maus sich darauf einstellte, fühlte sie eine seltsame Enttäuschung darüber, dass er so schnell aufgegeben hatte und alles bald vorbei sein würde. Es dämmerte ihr, dass sie anscheinend gehofft hatte, er sei stärker oder so etwas in der Art. Aber sofort schalt sie sich dafür, so dumm zu sein. Immerhin standen ihr Stolz und ihre Freiheit auf dem Spiel.

Der Kater hob sanft ihren Fuß hoch, drückte seinen warmen Mund darauf und verweilte so in einem längeren Kuss. Sobald der Kuss beendet war, zog Maus ihren Fuß in einer plötzlichen Bewegung zurück. Sie hatte sich eigentlich vorgenommen, den Kater ins Gesicht zu treten … eine Geste, die ihm ein für alle Mal ihre Selbstständigkeit gezeigt hätte – und wie wenig er ihr bedeutete.

Aber als ihr Fuß durch die Luft flog, um ihn zu treten, kam seine Hand mit rasierklingenscharfer Präzision auf sie zu und griff nach ihrem Knöchel. Sie schnappte nach Luft. Damit hatte sie nicht gerechnet. Die Kraft, mit der er sie festhielt, ließ sie erschauern. Erfolglos versuchte sie ihn abzuschütteln, aber er hielt sie so mühelos, wie man einen Schmetterling an seinen Flügeln festhält. Sie war ihm hilflos ausgeliefert.

Sie versuchte sich auf einem Bein zu halten, aber sie verlor die Balance. Mit Armen und Beinen in der Luft rudernd, fiel sie zu Boden. Mit der Geschmeidigkeit eines Panthers griff der Kater nach ihr und fing sie auf. Zuerst war sie erleichtert, doch dann geriet sie in Panik. Seine Hände umfingen ihren Po. Sie versuchte aufzustehen, aber er hielt sie fest.

„Wir haben uns noch nicht darüber geeinigt, welche Wirkung der Kuss nun auf dich hatte", sagte er mit einem Lächeln.

„Wie meinst du das?", fragte sie und versuchte immer noch, sich aus seiner Hand zu befreien.

„Damit meine ich", erklärte er ruhig, „dass wir sehen wollten, ob ich mit meinem Kuss etwas anderes in dir auslösen konnte als *Ekel.*"

„Oh … ich kann dir versichern, dass Ekel es ziemlich gut zusammenfasst." Sie log und versuchte ruhig und unbeteiligt zu klingen. Aber von ihm dabei auf diese Art und

Weise am Po berührt zu werden, machte es nicht gerade leichter.

„Ich glaube dir nicht“, erwiderte er. „Und ich würde gern überprüfen, ob es wirklich stimmt, falls das möglich ist.“

„Nun, es ist leider nicht möglich“, gab sie schnippisch zurück. „Du musst dich schon an mein Wort halten.“

„Natürlich ist es möglich“, widersprach er. „Es ist nicht nur möglich, sondern sogar ganz leicht und schmerzlos.“ Während er sprach, nahm er seine Hand von ihrem Po und spreizte ihre Beine.

Spätestens jetzt merkte sie, was er vorhatte. Seitdem er sie geküsst hatte, spürte sie dieses unaufhörliche Kribbeln zwischen ihren Schenkeln, und jetzt konnte sie ihr Verlangen kaum mehr verbergen. „Nein“, protestierte sie. „Nein.“ Sie schüttelte heftig den Kopf, als sie verzweifelt versuchte, ihre Beine wieder zu schließen.

„Wenn es so ist, wie du gesagt hast“, belehrte er sie schulmeisterlich und ließ dabei ihre Beine für einen Moment los, „dann werde ich dich jetzt kurz untersuchen und dich niemals mehr belästigen. Aber falls du, wie ich vermute, gelogen hast, wirst du für den heutigen Abend meine Sklavin sein.“

Sie schnappte panisch nach Luft. Wann hatte sich das Blatt gewendet? Wann war er zum Sieger gekürt worden?

„Du kannst es aber auch einfach zugeben, wenn dir das

lieber ist", schlug er geduldig vor.

„Niemals!", kreischte sie.

„Nun, dann hast du ja nichts zu verbergen, nicht wahr?", fragte er. Seine Augen bohrten sich in ihre, und sie fühlte sich wie hypnotisiert, als sie ihm gestattete, ihre Beine erneut zu öffnen. Er berührte sie vorsichtig. Seine Finger ließen sie vor Lust erzittern, und sie verfluchte ihren trügerischen Körper, während er mühelos in ihre verräterische Nässe glitt. Er gab ein heiseres Stöhnen von sich und schloss sie in seine Arme.

„Ich habe gewonnen", sagte er, bevor seine Lippen von ihr Besitz ergriffen.

Ihr Stolz war gebrochen, und sie konnte nicht länger leugnen, dass er den Kampf gewonnen hatte. Trotzdem wollte sie sich das nur ungern eingestehen. Ihre Augen funkelten böse, und sie biss auf seine Zunge, die er ihr in den Mund gesteckt hatte. Das enttäuschte ihn nicht im Geringsten, denn er hatte von ihr nichts anderes erwartet. Er ließ es zu, dass sie ihrem Zorn Ausdruck verlieh. Schließlich konnte er gut nachempfinden, wie ärgerlich es für sie sein musste, zu verlieren.

Sanft hielt er ihre Arme fest, bis sie aufgehört hatte sich zu wehren. Währenddessen hörte er nicht auf, sie zärtlich zu küssen. Sie versuchte gegen ihre Verliebtheit anzukämpfen, aber schließlich gab sie sich diesem süßen Verlangen hin, das er in ihr auslöste. Sie akzeptierte ihre Niederlage und erwiderte seine Küsse mit einer Leidenschaft, die seiner in nichts nachstand.

Sie schlang ihre Arme um seinen Hals und die Beine um seinen Körper. Er genoss ihre völlige Hingabe in diesem Augenblick. Allerdings hatte er für sich bereits beschlossen, dass er mehr von ihr wollte als nur eine einzige Nacht von erzwungenem Sklaventum. Es war an der Zeit, den Einsatz des Spiels zu erhöhen.

Der Kater entzog sich der Umarmung von Maus und fragte sie: „Wie kann es sein, dass ich, dein Meister, gerade dich, meine Sklavin, verwöhne?"

Sie war zu verblüfft von der groben Unterbrechung, dass sie nichts zu antworten wusste. Sie hatte gedacht, dass allein ihre Hingabe ausreichte, um ihn zu befriedigen. Aber anscheinend hatte sie sich da getäuscht. Er wartete jedenfalls nicht auf ihre Antwort. Mit einer schnellen Bewegung schlug er auf ihren Po und sagte: „Auf, Sklavin."

Mit brennenden Backen stand Maus abrupt auf und versuchte, möglichst gerade zu stehen und ihre Kleidung zu ordnen. Auch wenn ihr das nicht so recht gelang. Sie sah den Kater an und schwor sich, einen Weg zu finden, es ihm heimzuzahlen. Aber er tat so, als ob die Welt völlig in Ordnung sei.

„Folge mir, Sklavin", sagte er und ging voran. „Auf deinen Knien", fügte er hinzu, bevor sie den ersten Schritt gemacht hatte.

Sie schnappte nach Luft und verschluckte sich fast an ihren eigenen Worten, so entsetzt war sie. „Das werde ich nicht tun“, brachte sie schließlich heraus.

„Wie bitte?“, fragte er und tat völlig schockiert, obgleich er in der überlegenen Position war. Aber auch diesmal war er nicht überrascht. Niemals würde sie freiwillig vor ihm auf die Knie gehen, und ihr Stolz würde nicht zulassen, dass sie ihr Wort brach. Das war ihm durchaus klar.

„Du hast mich schon richtig verstanden“, bemerkte sie und stand steif vor ihm.

„Soll das heißen“, sagte er betont langsam, „dass du dich weigerst, deine Wettschuld einzulösen?“

Sie dachte einen Augenblick darüber nach. „Ich werde heute deine Sklavin sein, allerdings nicht auf allen vieren.“

„Du warst damit einverstanden, meine Sklavin zu sein. Sklaven müssen *alles* tun, was ihr Herr von ihnen verlangt“, argumentierte er geschickt. „Ich versichere dir, dass diese Position für Sklaven nichts Ungewöhnliches ist ... unter anderem.“

Maus verstummte. Sie war noch nie zuvor eine Sklavin gewesen.

„Sag“, fuhr er fort, „wenn ich dein Sklave wäre, würdest du mich nicht auch auf den Knien vor dir haben wollen?“

Auch diesmal blieb Maus stumm. Sie konnte schwerlich leugnen, dass sie etwas darum gäbe, wenn er jetzt in dieser Position vor ihr knien würde, und der Kater spürte, dass jetzt der richtige Zeitpunkt gekommen war, um ein anderes Spiel zu beginnen.

„Du warst diejenige, die den Einsatz festgesetzt hat", erinnerte er sie. „Falls wir unsere Wette jetzt nicht wiederholen, musst du mir gehorchen."

Es dauerte nur eine Sekunde, bis ihre Augen wieder funkelten und sie nach dem Köder griff, den er ihr vor die Nase hielt. „Eine Wiederholung?"

„Ja", sagte er sanft. Dann, als ob er seine Meinung geändert hätte, fügte er hinzu: „Ach, ich weiß nicht. Nein! Ich glaube doch nicht, dass das eine gute Idee ist. Immerhin habe ich einen guten Handel gemacht mit dir als Sklavin für diesen Abend."

Er musste fast grinsen, als sie genau das sagte, was er vorausgesehen hatte. „Aber wir könnten den Einsatz verdoppeln. Alles oder nichts!"

„Wieso sollte ich die eine Nacht, die mir gewiss ist, aufs Spiel setzen für zwei Nächte, die unsicher sind?", fragte er. „Nein, vergiss es einfach. Du verschwendest deine Zeit. Würdest du dich bitte jetzt hinknien!"

„Was würdest du denn vorschlagen?", fragte sie.

„Na ja, wenn man in Betracht zieht, dass ich einen Abend als dein Gebieter aufgeben soll, dann muss der Anreiz für mich schon größer sein. Wie wäre es damit, dass du dann … meine Frau wirst." Er war genauso schockiert wie sie, als er das sagte. Eigentlich hatte er nur vorgehabt, ein wenig Zeit mit ihr zu verbringen. Aber nachdem er es ausgesprochen hatte, wusste er, dass er es auch genau so meinte. Ihre herausfordernde Art zog ihn ungemein an. Sie würden sich niemals miteinander langweilen.

Aber als Maus diese Worte hörte, musste sie fast lachen. „Du erwartest, dass ich eine einzige Nacht als Sklavin aufs Spiel setze, um es dann vielleicht für den Rest meines Lebens zu sein?", fragte sie ungläubig.

„Als meine Frau würdest du keinesfalls meine Sklavin sein", beschwichtigte er sie. „Aber es schmeichelt mir, dass du dich instinktiv als Verliererin siehst."

Das kränkte natürlich ihren Stolz, und sie schimpfte verärgert: „Du hast mich das letzte Mal schon reingelegt, um die Wette zu gewinnen. Das war völlig unfair, und ich versichere dir, dass das nicht noch einmal passieren wird." Noch während sie sprach, erinnerte sie sich an seine neugierige Hand und ärgerte sich über ihre vorlaute Bemerkung.

„Verstehe ich dich richtig? Du möchtest eine Revanche?", fragte er mit einem spöttischen Lächeln.

„Nein!", platzte sie gekränkt heraus. Sie versuchte ihre geröteten Wangen zu verbergen, indem sie den Kopf arrogant wegdrehte. „Ich meinte damit, dass ich deine barbarischen Methoden infrage stelle."

„Oh, ich versichere dir, dass man damit der Wahrheit näherkommt als mit Worten", argumentierte er. „Was ich bei dir gefühlt habe, war ganz bestimmt kein Ekel."

Sie war verärgert und beschämt gleichzeitig, als er sie daran erinnerte. „Wenn du mich wirklich so beeindruckt hättest, wäre es dir nicht schwergefallen, mir ein Lippenbekenntnis zu entlocken."

„Soll das eine weitere Wette sein?", fragte er.

„Ich ... na ja", stammelte sie ein wenig unsicher. Aber plötzlich schien sie sich entschieden zu haben. „Ja!"

Er reichte ihr seine Hand. „Du bist also mit den Bedingungen einverstanden? Wenn du gewinnst, sei dir diese Nacht als meine Sklavin erlassen – und im umgekehrten Fall wirst du meine Frau."

„Das ist nicht fair, und das weißt du auch", protestierte sie.

„Ob das fair ist oder nicht, sei dahingestellt", erwiderte er. „Aber da ich der Gewinner der letzten Runde bin, darf ich die Bedingungen festsetzen. Spiel mit, oder lass es bleiben."

Sie biss verärgert die Zähne zusammen und funkelte ihn böse an. Um nichts in der Welt würde sie dieser unerhörten Wette zustimmen! „Dann lass uns diese Nacht einfach irgendwie rumkriegen", blaffte sie ihn an.

Er seufzte und überlegte sich insgeheim, wie lange es dauern würde, bis er ihren Widerstand gebrochen hatte und sie seine neuen Bedingungen akzeptierte. Zwei bis drei Minuten? Er legte seine Hand auf ihre Taille und schubste sie sanft nach vorne. „Dann auf alle viere mit dir, Sklavin!"

Sie atmete tief durch und versuchte sich einzureden, dass sie mit dieser Situation schon fertig werden würde. Aber ihr erster Versuch scheiterte kläglich. Ihre Glieder fühlten sich ungewöhnlich steif an. Es kam ihr fast so vor, als ob ihr Körper einen eigenen Willen hätte und sich einfach nicht beugen wollte. Sie bekam einen knallroten Kopf, als sie endlich vor diesem arroganten Kater kniete.

Diese Position war neu für sie. Sie fühlte sich gedemütigt und schämte sich. Aber da war noch etwas anderes. Sie war nervös und unerklärlich sensibel. Sie kämpfte gegen die Tränen an, die ihr in die Augen traten und unterdrückte ein Schluchzen. Auf keinen Fall sollte ihr Peiniger mitbekommen, wie schrecklich sie sich fühlte. In der Zwischenzeit hatte er sich hinter sie gestellt. Obwohl sie ihre Beine so weit wie möglich zusammenpresste, war sie seinem Blick ausgeliefert. Das wusste sie. Ungewohnte Gefühle wurden dadurch in ihr angerührt, und das regte ihren Tränenfluss noch stärker an.

Der Kater tätschelte ihren Po und umkreiste ihn besitzergreifend. Er lachte leise, als er zum zweiten Mal ihr feuchtes Verlangen spürte. Panisch schnappte sie nach Luft. Ich muss mich zusammenreißen, dachte sie. Aber sie befand sich so in Aufruhr, dass sie nicht wusste, wo sie anfangen sollte.

Ihr Gebieter schlug sanft auf ihren Po und sagte: „Vorwärts, Sklavin." Unbeholfen kroch sie vorwärts und hasste ihn immer mehr. Er ging neben ihr und erfreute sich an diesem Anblick, aber eigentlich fand er keinen Gefallen daran, ihren Willen so zu brechen. Es gefiel ihm durchaus, wenn sie die Oberhand hatte.

Maus versuchte ihre Tränen zu unterdrücken und blinzelte heftig. Zumindest wollte sie rein äußerlich Haltung bewahren. Aber mit jeder Bewegung fühlte sie sich noch mehr erniedrigt, und Verzweiflung machte sich in ihr breit.

„Würdest du bitte hier nach links kriechen“, befahl der Kater fröhlich.

Abrupt blieb sie stehen.

„Aber dieser Weg führt nach draußen“, protestierte sie verschreckt. Es grenzte sowieso schon an ein Wunder, dass sie bisher niemandem begegnet waren. Aber die Chance, auf andere Katzen und Mäuse zu treffen, würde weitaus größer sein, wenn sie ihren Unterschlupf verließen. Sicherlich handelte es sich um einen Irrtum. Dieser Besessene würde sicherlich nicht von ihr verlangen, ihn nach draußen zu begleiten.

„Ich weiß, wohin dieser Weg führt“, sagte er. „Ich verspüre den Wunsch nach frischer Luft, und du wirst mich begleiten.“

„Aber dort draußen sind Katzen!“ Sie würde nicht … konnte nicht … unter keinen Umständen nach draußen gehen. Jeder würde sie in dieser demütigenden Position sehen und sie für eine Sklavin halten. Was sollte sie nur tun?

Er sah diesen Blick von wilder Verzweiflung in ihrem Gesicht, aber er durfte jetzt nicht nachgeben – nicht so kurz vor dem Ziel. Er wünschte sich ihre völlige Hingabe. Er wusste, dass das nur möglich war, wenn er auf allen Ebenen gewann. Es war erstaunlich, wie lange sie überhaupt durchhielt. Aber er ahnte, dass sie nicht mehr viel ertrug. Alles war ihr lieber als eine öffentliche Demütigung. Natürlich plante er überhaupt nicht, sie anderen Katzen vorzuführen.

Mit einem Anflug von Ungeduld stieß er sie ein wenig mit dem Bein nach vorn. „Weiter, Sklavin!“, befahl er.

Sie bewegte sich nicht. Tränen rannen über ihr Gesicht. Er musste sich zusammenreißen, um das Spiel nicht abzubrechen und sie in den Arm zu nehmen. Aber dafür hatten sie später genügend Zeit, und er zwang sich, sie erneut mit dem Fuß anzustoßen. „Lass uns gehen, Dienerin!“ Aber seine Stimme verlor an Autorität. Er war überrascht über ihre Starrköpfigkeit. Nimm die neue Wette an!, dachte er. Du wirst zwar so oder so verlieren, aber wenigstens wirst du deine Würde bewahren.

„Ich nehme die Wette an“, brachte sie schließlich schluchzend hervor.

Erleichtert seufzte er. „Dann steh wieder auf“, sagte er betont gleichgültig. „Es sei denn, es gefällt dir dort unten inzwischen schon besser.“

Maus schoss wie eine Rakete nach oben. Sie zitterte vor Erleichterung und machte sich daran, den Staub von ihren Händen und Knien zu streichen. Langsam gewann sie ihre

Fassung wieder. Aus welchem Grund hatte sie sich überhaupt auf diese Demütigungen eingelassen? Dass der neue Einsatz unverhältnismäßig hoch war, kümmerte sie in diesem Augenblick wenig. Diesmal würde sie nicht verlieren! Denn dann müsste sie ein Versprechen ablegen. Über ihren Mund hatte sie zum Glück immer noch völlige Kontrolle, im Gegensatz zu anderen Teilen ihres Körpers. Nein, er würde sie niemals dazu bringen, die Worte auszusprechen, die ihr Körper schon lange preisgegeben hatte.

Der Kater führte Maus in seine Behausung, die natürlich viel geräumiger war als ihr kleines Loch in der Wand. Es ärgerte sie, dass Katzen immer mehr besaßen als Mäuse. Zumal in Wirklichkeit Mäuse genauso hart, wenn nicht noch härter arbeiteten als Katzen. Sie sah ihn aufgeregt und unsicher an.

„Hier soll ich also mit dir bleiben, ohne dass ich …“, sie zögerte einen Moment. „Ohne …“

„Ohne dass du deine wahren Gefühle für mich zugibst?“, schlug er grinsend vor.

„Ohne dass ich dir die Illusionen bestätige, die du dir über meine Gefühle machst“, korrigierte sie ihn. Sie schöpfte wieder Hoffnung und hatte sich mehr im Griff. „Und wie lange soll ich hier bleiben?“

„Meinst du, zwei Stunden reichen aus?“, fragte er schmeichelnd. „Ich werde natürlich auf keinen Fall zwei Stunden benötigen, um dich zu einem Geständnis deiner leidenschaftlichen Gefühle für mich zu bewegen. Trotzdem fände ich das eine angemessene Zeit dafür." Er schlenderte beiläufig zum Fenster, um seinen Gesichtsausdruck zu verbergen. Er konnte sie nur bezwingen, wenn sie anbiss.

„Es ist mir gleichgültig, welche persönlichen Vorlieben du hast", brauste sie auf. Wenn er doch nur ein einziges Mal seine überhebliche Selbstsicherheit verlieren würde.

„Meinst du, wir sollten lieber drei Stunden dafür einplanen?", neckte er sie.

„Zwei Stunden in deiner Gegenwart sind hart genug zu ertragen", antwortete sie. „Und du wirst der Einzige sein, der irgendwelche Geständnisse macht."

Er gratulierte sich dazu, dass er es auch diesmal geschafft hatte, sie um den Finger zu wickeln. Trotzdem könnte sie eine gefährliche Gegnerin sein, wenn sie nur nicht so hitzköpfig wäre. Er unterdrückte das Lächeln auf seinen Lippen und wandte sich ihr zu.

„Was wünschst du dir, falls du gewinnen solltest?"

„Nun ..." Sie dachte einen Moment nach. „Ich glaube, ich könnte dich eine Nacht lang als *meinen* Sklaven ertragen. Jawohl!"

„Nur damit wir uns richtig verstehen", beeilte er sich, ihr den Todesstoß zu versetzen. „Wenn du dein bereits offensichtliches Verlangen nach mir zuerst zugibst, wirst du meine Frau? Und wenn ich mich zuerst offenbare, dann werde ich dein Sklave?"

Sie dachte einen Augenblick nach. „Ja. Stimmt."

„Nun denn", sagte er lächelnd. „Wenn du irgendeine Chance haben willst, gegen mich zu gewinnen und meine Leidenschaft zu erwecken, dann musst du das dort drüben machen." Er zeigte mit dem Daumen zum überdimensional großen Bett, das in der Mitte des Raumes stand.

Maus biss sich auf die Lippen, als sie zum Bett hinüberschaute. Daran hatte sie auch schon gedacht. Wieso auch nicht? Sie hatte nichts dagegen, sich ein wenig von diesem Kater verwöhnen zu lassen. Immerhin hatte er sich bis zu diesem Zeitpunkt an ihr erfreuen dürfen.

Der Kater stöhnte laut, als er diese Gedanken von ihrem Gesichtsausdruck ablas. Vielleicht wäre es doch besser gewesen, wenn er sich mit ihr als Sklavin für eine Nacht zufriedengegeben hätte. Aber nein, das wäre ihm nicht genug gewesen. Er wünschte sich diese Maus als seine Spielgefährtin und Gegenspielerin.

Er trat auf sie zu und hob ihr Kinn an. Ihre Blicke begegneten sich. Da er ihr Herz gewinnen wollte, senkte er seine Lippen zu ihr herab. Da sie das Spiel gewinnen wollte, begrüßte sie seine Lippen leidenschaftlich. Endlich konnte sie ihrem Verlangen Ausdruck verleihen, das während des Spiels immer stärker geworden war. Sie legte ihre Arme um seinen Hals und drückte ihren Körper an ihn. Solange sie nicht sprach, war alles in Ordnung.

Mit einem Ruck hob der Kater sie auf und trug sie zum

Bett. Er wollte seine Kleider ablegen und ihre weiche Haut spüren, aber solange er die Kleider anbehielt, war er in der stärkeren Position. Außerdem wollte er, dass sie sich wohlfühlte und so entspannt wie möglich war. Deshalb war er besonnen genug, das Licht zu dämpfen. Der Kater lehnte sich über sie und zog ihr das dünne Kleidchen aus, das sie trug. Er hörte nicht auf sie zu küssen, während seine Hände leidenschaftlich ihren nackten Körper erforschten.

Obwohl seine Hände und Lippen sie lustvoll erzittern ließen, hörte Maus im Hinterkopf eine warnende Stimme. Allerdings zunächst nur ziemlich leise. Sie versuchte wieder die Kontrolle über ihren Verstand zu bekommen. Keinesfalls wollte sie nur passiv daliegen und sich von ihm verführen lassen. Im Gegenteil: *Sie* sollte *ihn* verführen! Schließlich wollte sie nicht nur vermeiden, dass er gewann; sie wollte gewinnen. Sie konnte es kaum erwarten, ihn auf Händen und Knien vor sich herumkriechen zu sehen.

Sie erhob sich und drückte ihre Hände gegen seinen Brustkorb, um ihn dazu zu bringen, sich auf den Rücken zu legen. Als er ihr gehorchte, begann sie langsam seine Kleider auszuziehen. Er hatte einen unverschämt attraktiven Körper, und insgeheim fürchtete sie bereits, sich mit dem Ausziehen keinen Gefallen getan zu haben. Schließlich wollte sie nicht ihre Wette gefährden und sich in Versuchung führen.

Sie holte tief Luft und senkte langsam ihre Lippen auf

sein Gesicht. Er versuchte sie mit seinem Mund einzufangen, aber sie entzog sich ihm immer wieder. Sie spielten dieses Spiel so lange, bis er nachgab und ihr die volle Kontrolle über diesen Kuss gewährte. Nachdem dieser kleine Kampf gewonnen war, wanderten ihre Küsse nach unten, über sein Kinn und seine Brust … und noch weiter nach unten … bis er leise zu stöhnen begann. Sie erkannte, dass sie ihm gegenüber einen großen Vorteil hatte: Seine Erregung war für alle Beteiligten sichtbar. Es war nicht zu leugnen, wie deutlich er auf sie reagierte. Ihr Selbstbewusstsein wuchs, als sie ihre Lippen auf diesen deutlich hervorstehenden Teil seines Körpers presste, der ihn verraten hatte. Er unternahm einen halbherzigen Versuch, sie davon abzuhalten, ihre Lippen um ihn zu schließen und sanft an ihm zu saugen. Ein tiefes Stöhnen entfuhr seinen Lippen. Ob das wohl schon zählte? Wenn man dieses Stöhnen in Sprache übersetzte, würde es sein offensichtliches Verlangen nach ihr bekunden. Aber sie brauchte noch mehr Beweise. Nun denn, es gab mehr als einen Weg, eine Katze zu häuten! Sie nahm ihn noch tiefer in den Mund, und da er so gut gebaut war, nahm sie sogar in Kauf, dass er bis tief in ihre Kehle eindrang. Plötzlich stieß er sie von sich.

„Was ist denn los?“, fragte sie mit weit geöffneten Augen und gespielter Unschuld. Aber da Humor die beste Waffe war, grinste sie ihn ein wenig boshaft an. „Hast du Angst?“, neckte sie ihn.

„Nicht im Geringsten“, antwortete er betont höflich. Allerdings zuckte ein Muskel in seinem Kiefer verräterisch. „Ich will nur einfach mehr.“

Während er sprach, zog er ihren Körper an sich, sodass sie neben ihm lag, aber mit dem Gesicht zum anderen Ende des Bettes schaute. Ihr Kopf lag nun zwischen seinen Beinen, und er hatte seinen Kopf zwischen ihren. Sie wollte protestieren, aber er hob die Augenbraue und sah sie ebenso herausfordernd an, wie sie es getan hatte. Was konnte sie schon tun?

Diesmal war sie nicht ganz so zuversichtlich, als sie ihn wieder in den Mund nahm. Seine starken Hände umfassten ihren Po, und er rückte sie zurecht, um seine Lippen auf sie zu pressen und seine Zunge in ihr zu vergraben. Mit der Präzision eines Kompasses landete seine Zungenspitze genau auf ihrem magischen Punkt. Er begann ihn mit festen, kreisenden Bewegungen zu lecken. Sie versuchte ihrem geübten Gegner zu entkommen, aber er hielt sie fest umschlungen. Welch ein süßes Folterinstrument seine Zunge doch war!

Plötzlich wurde ihr bewusst, dass sie ihre eigenen Verführungskünste aufgegeben hatte. Verzweifelt versuchte sie sich aus seinem festen Griff zu befreien und sich darauf zu konzentrieren, was jetzt nötig war. Ihre Lippen umfassten ihn, und sie leckte und saugte ihn fieberhaft, um ihm die gleiche Befriedigung zu verschaffen, die er ihr gegeben hatte. Einen Moment lang fühlte er sich von ihrer wollüstigen Attacke überrumpelt und geriet aus dem Konzept. Aber dann hatte er sich wieder gefasst. Beide stöhnten und zitterten von den Wonnen, die sie erdulden mussten.

Aber sie achteten darauf, dass keiner von ihnen befriedigt wurde, denn dann hätten sie die Macht über den anderen verloren. Stattdessen erregten sie sich bis kurz vor dem Höhepunkt, um dann wieder abzubrechen. Sie wünschten sich so sehr, der andere würde sie von dieser süßen Qual erlösen. Der Kater war so erregt, dass Maus seine Lust schmecken konnte. Sie leckte die kleinen salzigen Tropfen, die sich gebildet hatten und Ausdruck seines Verlangens waren. Auch der Kater spürte ihre Erregung, als er seine Zunge in ihre Feuchtigkeit tauchte. Es freute ihn sehr, dass er diesen Effekt auf sie hatte. Sie war schon kurz davor, das wusste er. Wenn er noch ein klein wenig durchhalten konnte, dann würde er diese Freuden der Liebe für immer mit ihr teilen können. Aber er spürte, dass er schnell handeln musste, wenn er gewinnen wollte. Bald würde er die Kontrolle über sich verlieren.

Deshalb veränderte er seine Taktik, erhob sich und begann ihre Beine weit zu spreizen. Als er in sie eindrang, begann sie zu stöhnen, und ihre Lust erregte ihn so sehr, dass er am liebsten das Spiel abgebrochen hätte, um ihr zu sagen, wie sehr er sie begehrte. Er wusste, wie gefährlich es war, ihr auf diesem Weg zu begegnen, wenn er selbst so erregt war.

Aber es war seine einzige Chance. Körperlich war er stärker als sie, auch wenn sie ihm sexuell gesehen in nichts nachstand. Er biss sich auf die Lippe und versuchte die Oberhand zu bekommen und ihre Lust noch mehr zu schüren. Er legte seine Hand auf den magischen Punkt, den er schon zuvor mit seiner Zunge gespürt hatte. Er rieb sie zärtlich, und gleichzeitig drang er unnachgiebig in sie ein.

Maus stand kurz vor dem Höhepunkt. Ihr Gesicht war gerötet, und sie rang nach Luft. Er bemühte sich um Kontrolle, und jeder Muskel in seinem Körper stand unter Hochspannung. Dabei beobachtete er sie genau. „Komm, Süße", lockte er sie.

Der Moment war gekommen, und er sah die Verletzlichkeit in ihrem Gesicht, als sie sich völlig hingab. Er hasste sich selbst für das, was er jetzt tun musste. Abrupt beendete er seine Bewegungen, die sie sich jetzt mehr denn je wünschte und zog sich ganz aus ihr zurück.

Sie starrte ihn schockiert an. Mit der Hand versuchte sie die Stelle zu berühren, die vor Verlangen brannte. Aber er hinderte sie daran und hielt sie fest, damit sie sie nicht benutzen konnte. Sie kämpfte unter ihm und versuchte freizukommen.

„Bitte!", flüsterte sie.

„Bitte was?", fragte er.

Seine Lippen waren so nah an ihren, dass er sie fast beim Sprechen berührte. Diese Lust war unerträglich. Zorn blitzte in ihren Augen auf, und sie drehte ihr Gesicht zur Seite – weg von seinen warmen Lippen. Sie versuchte sich erneut von ihm zu befreien. Er glitt wieder in sie hinein, aber er bewegte sich nicht in ihr. Schweiß rann über seinen Rücken, und jeder Nerv in seinem Körper schrie danach, diese Qual endlich zu beenden, aber er blieb eisern. In ihren Augen standen Tränen.

„Sag mir, dass du es willst", sprach er mit zuckersüßer Stimme. „Das ist alles, was du tun musst." Sie wehrte sich gegen ihn, und er wollte sie nicht verlieren.

Mit langsamen, sanften Stößen begann er sich wieder zu bewegen. Seine Hand streichelte sie zärtlich an ihrer intimsten Stelle.

„Oh nein", wimmerte sie.

Er lächelte trotz seiner Qual. „Oh ja", antwortete er.

Wie ein gut gestimmtes Musikinstrument reagierte ihr Körper auf jede seiner Berührungen. Fieberhaft versuchte sie sich gegen ihn zur Wehr zu setzen, und er wurde ungeduldig. Wieso musste sie so starrköpfig sein? Er würde sie zu einer sehr glücklichen Frau machen. Als eine Woge der Lust ihn zu überrollen drohte, dachte er daran, dass er sie dann für immer verlieren würde. Das kühlte sein Verlangen ab, und er konnte seine eigenen Bedürfnisse zurückhalten.

„Das war's", verkündete er liebevoll, als sie wieder einmal kurz vor dem Höhepunkt stand. „Sag mir jetzt, wie sehr du mich begehrst." Er zog sich fast ganz aus ihr zurück und machte eine Pause.

„Nein!“, schrie sie. Aber sie meinte damit seinen Rückzug und verstand nicht, was er meinte. „Bitte … oh, bitte. Hör nicht auf.“

Er wollte in einer solchen Situation zwar nicht jedes Wort auf die Goldwaage legen, aber später auch nicht darüber diskutieren müssen. „Sag mir, dass du mich willst“, wiederholte er.

„Ich …“ Sie unterbrach sich. Er zog sich wieder aus ihr zurück.

„Ich …“, wiederholte sie.

Er stöhnte laut. Sie hatte fast so viel Ausdauer wie er, und er drang wieder in sie ein, aber bewegte sich nicht in ihr.

„Sag es, Liebling“, bat er sie.

„Ich will dich“, flüsterte sie. Tränen strömten über ihre Wangen.

Der Kater wollte Maus trösten, aber das musste bis später warten. Sie hatten beide so lange durchgehalten. Er stieß heftig in sie hinein, immer wieder und immer wieder. Seine Gedanken kreisten um seinen Sieg, den er jetzt mit einem grandiosen Höhepunkt feiern wollte. Aber plötzlich dachte er an seinen Preis, den er gewonnen hatte, und wie viel es sie gekostet hatte. Er brachte einen letzten Rest von Selbstkontrolle auf und versuchte zuerst an sie zu denken. Beinahe hätte er sie vergessen und sich nur um seine eigene Lust gekümmert. Das wäre jedoch kein guter Anfang für seine Frau gewesen!

Der Kater hielt sich zurück und konzentrierte sich darauf, was Maus glücklich machte. Bald war sie wieder kurz vor dem Höhepunkt. Dieses Mal brachte er sie bis zum Ende, und mit einem lauten Aufschrei ergoss er sich in ihr. Welch eine Erleichterung!

Anschließend hielten sie sich eng umschlungen und zitterten noch von diesem Erlebnis. Nach einer Weile löste sich der Kater aus der Umarmung und betrachtete ihr Gesicht.

Als Maus ihre Haltung wiedergefunden hatte, errötete sie leicht. Aber sie versuchte trotzdem möglichst gleichgültig zu klingen, als sie dem Kater in die Augen blickte und beiläufig sagte: „Ich muss gestehen, du hast mich da ganz schön kalt erwischt dieses Mal … aber was hältst du von einer neuen Wette?“

Es war einmal eine Märchenprinzessin, die *nicht* glücklich bis an ihr Lebensende lebte. Sie hieß Cinderella, und einige Jahre nach ihrer Hochzeit begann sie sich zu fragen, ob sie nicht glücklicher gelebt hatte, *bevor* sie auf diesen unglückseligen Ball gegangen war. Denn sie fand die einst so geliebten Pantoffeln aus Glas inzwischen ziemlich unbequem. Ihre Füße hatten unter der starren Passform gelitten, und sie konnte den Schmerz kaum noch aushalten, wenn sie von einem Zimmer ins andere ging, von einem Ausflug außerhalb des Schlosses ganz zu schweigen. Jedes Abenteuer wurde beim Gedanken an die Höllenqualen, die sie dabei erleiden musste, schon im Keim erstickt.

Und auch der Prinz gab Cinderella Anlass zur Unzufriedenheit. Sie fühlte sich in seinem Schloss so eingeengt wie ihre armen Füße in den Glaspantoffeln. Oh, zuerst war das alles natürlich schrecklich aufregend gewesen. Auserwählt zu werden aus all den anderen Frauen des Königreichs und einen Prinzen zu heiraten, das war schon etwas ganz Besonderes. Die Aufmerksamkeit ihres Gatten zu Anfang der Ehe schmeichelte ihr. Aber im Nachhinein bekam sie eher das Gefühl, dass das alles gar nicht so viel mit ihr persönlich zu tun hatte.

Sein sexueller Appetit war erschreckend groß, aber er dauerte nur so lange an, bis der Prinz befriedigt war. Danach schrumpfte er zum Nichts zusammen. Cinderella hatte die Potenz ihres Ehemannes früher ebenso bewundert wie gefürchtet, aber inzwischen war die Befriedigung des Prinzen zur reinen Pflichterfüllung geworden. Sobald sie das Ihre getan hatte, entfernte er sich von ihr – sowohl körperlich als auch emotional. Am Ende fühlte sie sich allein und manchmal sogar ein wenig benutzt. Aber wenn diese Pflichten einmal nicht vollzogen wurden, fühlte sie sich noch schlechter, richtiggehend wertlos.

Außer diesen Problemen, die erst auftraten, wenn Cinderella und der Prinz zusammen waren, gab es noch andere. Die waren ähnlich schwerwiegend, aber zeigten sich erst, wenn der Prinz allein unterwegs war. Cinderella plagte die Langeweile. Sie fragte sich, wohin ihr Mann ging und was er tat, wenn er nicht bei ihr war. Sie fühlte sich einsam und verlassen, und die gläsernen Pantoffeln waren ihre einzige Gesellschaft. Manchmal war sie sogar regelrecht neidisch auf den Prinzen und all seine Unternehmungen und die Menschen, mit denen er sich beschäftigte.

Es war ernüchternd. Cinderella war ebenso enttäuscht von sich selbst wie von allem anderen. Schließlich hatte sie alles dafür getan, zur Gemahlin des Prinzen zu werden. Wieso hatten sie und alle anderen jungen Frauen eigentlich so sehr um einen Mann gekämpft, den sie kaum kannten? Das Schlimmste aber war das Gefühl der Hilflosigkeit. Cinderella war völlig verwirrt und hatte keine Ahnung, wie sie ihre Situation verändern konnte. Sie hegte immer noch Gefühle für den Prinzen, zumindest nahm sie das an. Aber er machte sie nicht mehr glücklich.

Eines Tages wurde ihr alles zu viel, in einem Anfall von Panik öffnete sie die Türen des Schlosses und rannte nach draußen. Die Sonne schickte ermutigende Strahlen, und die Vögel sangen eine fröhliche Melodie, und so fasste Cinderella sich ein Herz und begann zu rennen. Aber ihre Schmerzen zwangen sie dazu, anzuhalten und sich auf einen nahen Baumstamm zu setzen. Sie begann bitterlich zu weinen.

Plötzlich begann die Luft zu vibrieren, und funkelnde Lichter schwirrten um sie herum. Cinderella schaute sich um, und zu ihrem großen Erstaunen sah sie eine gute Fee vor sich stehen. Die kannte sie noch aus ihrer Kindheit.

„Wieso weinst du so, Cinderella?“, fragte die Fee.

„Oh gute Fee!“, rief diese aus. „Ich lebe nicht glücklich bis an mein Lebensende!“

Die gute Fee war schockiert. Es war selten, dass sie noch einmal von den Tränen eines Patenkindes gerufen wurde. Um ganz ehrlich zu sein, war das noch niemals zuvor passiert.

„Sag mir, Liebes, was macht dich so traurig?“

Cinderella dachte einen Moment nach. Wie konnte sie das erklären? Eigentlich gab es dafür keinen triftigen Grund. Dann erinnerte sie sich an die gläsernen Pantoffeln. Auf alle Fälle waren sie eine der Ursachen für ihr Unglück, und wenigstens konnte sie das klar benennen.

„Die gläsernen Pantoffeln, die du mir gegeben hast, machen mich ziemlich unglücklich“, jammerte sie.

Die Fee holte tief Luft. „Aber wieso denn, meine Liebe?“, rief sie erschrocken aus. „Ich dachte, sie passen dir perfekt.“

„Das stimmt ja, aber sie engen mich ein!“, antwortete Cinderella.

Die gute Fee war einen Augenblick sprachlos. Was konnte sie darauf erwidern? Konnte jemand ernsthaft denken, dass gläserne Pantoffeln, ein Königreich oder irgendeine andere märchenhafte Sehnsucht nicht einschränken würde?

„Es kommt mir fast so vor, als ob ich in diesen Schuhen nicht ich selbst sein kann“, fügte Cinderella hinzu. „Ich weiß gar nicht mehr, wer ich bin.“

„Ah“, sagte die Fee. Sie verstand zwar den Zusammenhang zwischen Cinderellas Beschwerde und den gläsernen Pantoffeln nicht, aber mit der Suche nach der eigenen Identität kannte sie sich sehr gut aus. Welche gute Fee kannte sich damit heutzutage nicht aus, bei all den Fröschen, die sich für Prinzen hielten, und Wölfen, die sich als Großmütter ausgaben?

„Ich weiß, was dir helfen wird“, verkündete die Fee. Cinderella brauchte Zauberpantoffeln, die Selbsterkenntnis und Sehnsüchte förderten und darüber hinaus überaus bequem waren. Mit etwas Glück würde sie dann bald geheilt sein von ihren Leiden. „Aber ich muss dich warnen! Selbsterkenntnis ist ein einsamer Weg. Entferne dich niemals von den Menschen, die dir nahestehen."

Cinderella nickte ungeduldig. Die Bedenken der guten Fee waren zu doppeldeutig, und sie machte sich darüber keine Gedanken. Außerdem war sie so frustriert, dass ihr jede Veränderung recht war, ganz egal welche Konsequenzen das für sie haben würde.

Ohne weitere Erklärungen holte die gute Fee ihren Zauberstab hervor und berührte damit leicht Cinderellas Füße, einen nach dem anderen. Fasziniert beobachteten sie, wie sich die gläsernen Pantoffeln in nichts auflösten und fast gleichzeitig durch das weichste Material ersetzt wurden, das man sich vorstellen kann. Die neuen Schuhe im, das sei nebenbei bemerkt, zartesten Pink aller Zeiten, schmiegten sich wie eine zweite Haut an Cinderellas Füße und umhüllten sie von den Zehenspitzen über den Spann bis zu den Knöcheln. Cinderellas Augen weiteten sich vor Erstaunen. Bewundernd streckte sie ihre Füße und drehte sie in die eine und in die andere Richtung. So etwas Ausgefallenes hatte sie noch niemals zuvor in ihrem Leben gesehen.

Von den Glaspantoffeln waren ihre Füße fast abgestorben, aber langsam begann sich ein sanftes Kribbeln in ihnen auszubreiten. Zustimmend wackelte sie mit den Zehen, und dieses köstliche Gefühl von Freiheit berührte sie zutiefst. Sie schrie vor Entzücken auf. Cinderella fühlte sich so anmutig wie eine Gazelle. Sie stellte sich auf die Zehenspitzen, breitete die Arme weit aus und drehte eine Pirouette. Die gute Fee beobachtete sie lächelnd.

Am Abend kehrte der Prinz in sein Schloss zurück und rief nach seiner Frau. Wieder und wieder rief er nach ihr, nur um jedes Mal erneut festzustellen, dass sie ihm wieder und wieder nicht antwortete. Das irritierte ihn doch sehr! Vor allem da das noch nie zuvor passiert war und überall in seinem Königreich Gefahren lauerten.

Riesen, Hexen und noch Schlimmeres lebten in den angrenzenden Wäldern und warteten nur auf eine Gelegenheit, in sein Königreich einzudringen und Unfrieden zu stiften. Als er das ganze Schloss vergeblich nach seiner Frau abgesucht hatte, wurde er immer besorgter. Cinderella war doch nichts Schlimmes zugestoßen?

Als er ganz sicher war, dass sie nicht im Schloss war, sattelte der König sein Ross und ritt davon, um sie zu suchen. Er umkreiste den Palast und durchstreifte dann in immer größeren Abschnitten das ganze Königreich. Der Prinz hielt an jeder Behausung an und fragte nach, ob jemand Cinderella gesehen habe. Die Suche dauerte viele Stunden, bis der Prinz an einer Taverne ankam, aus der lebhafte Musik erklang. Frustriert und erschöpft stieg er von seinem Pferd ab, und da er nichts unversucht lassen wollte, trat er ein.

Dem Prinz blieb die Luft weg. Nachdem die Türen der Taverne sich hinter ihm geschlossen hatten, fiel sein Blick auf Cinderella. Sie lachte und tanzte, als ob es nichts anderes auf der Welt gäbe. Dabei wirkte sie glücklicher, als er sie seit Jahren gesehen hatte. Sein Zorn verflog für einen Moment, und er erinnerte sich an die Zeit, als er sie auf dem Tanzparkett getroffen hatte und sie so glücklich gewesen war wie eben jetzt. Es war dieser bestimmte Blick von ihr gewesen, der sein Herz erobert hatte. Blind für alles andere hatte er nur nach ihr gesucht, bis er sie schließlich zu seiner Frau machen konnte.

Aber schon bald nach ihrer Hochzeit war dieses Strahlen aus ihrem Gesicht verschwunden und wurde von Stirnrunzeln und einem Schmollmund ersetzt. Zumindest bis zu diesem Augenblick.

Aber sosehr sich der Prinz auch gewünscht hatte, diesen Gesichtsausdruck in Cinderella wiederzufinden … hier war sicherlich nicht der Ort, den er sich dafür gewünscht hätte. Wieso war sie hier? War sie in Begleitung? Wie konnte sie hierherkommen, ohne Rücksicht auf seine Gefühle? Sie hatte ihm noch nicht einmal eine kleine Notiz hinterlassen, wo sie zu finden war. Das hätte ihm zumindest diese stundenlange Sucherei erspart. Er war schockiert und zugleich erstaunt über ihr ungewöhnliches Benehmen. Aber seine Verwirrung verwandelte sich schnell in Ärger, als er sich einen Weg durch die Gäste bahnte und zu seiner Frau ging.

Endlich bemerkte Cinderella den Prinzen. Für einen Augenblick erstarrte ihr Gesicht, doch dann warf sie sich ihm in die Arme. Atemlos lächelte sie ihn an, küsste ihn und flüsterte glücklich: „Da bist du ja, mein Liebster!"

Der Prinz war völlig entwaffnet von dieser Begrüßung.

„Ich habe mir so sehnlich gewünscht, dass du hier bist – und schon stehst du vor mir!", fügte sie hinzu. Dabei legte sie einen Arm um seinen Hals und nahm seine warme Hand, um mit ihm zu tanzen. Ohne dass der Prinz wusste, wie ihm geschah, befand er sich mit ihr mitten auf der Tanzfläche. Sie betrachtete sein Gesicht mit einem undurchsichtigen Lächeln auf den Lippen. Sie schien nach etwas zu suchen. Es kostete ihn große Mühe, sich ihrem Bann zu entziehen. Aber schließlich schaffte er es zu fragen: „Wieso hast du mir nicht gesagt, wohin du gehst?"

„Bis vor wenigen Minuten hatte ich dich völlig vergessen", war ihre direkte Antwort. Sie wirkte so unschuldig, dass man sie ihr nicht übel nehmen konnte. Der Prinz war über alle Maßen erstaunt, aber auch schockiert und verärgert.

„Ich werde dich jetzt nach Hause bringen", verkündete der Prinz. Er führte Cinderella aus der Taverne und hob sie auf sein Pferd. Widerstandslos folgte sie ihm, ohne ein Wort zu sagen.

Als sie sich dem Schloss näherten, schmiegte sie sich enger an ihn, und ihre Arme legten sich zärtlich um seinen

Brustkorb. Wie aufregend es war, mit ihrem Mann durch die Nacht zu reiten! Mit gespreizten Beinen saß sie auf dem Pferd und rieb sich an ihrem Mann. Das erregte sie ungemein. Sie kostete jede Minute aus. Nicht ein Augenblick sollte verstreichen, ohne dabei Freude und Lust zu empfinden.

Der Prinz versuchte möglichst unbeteiligt zu wirken. Da sich Cinderella aber so verführerisch an ihm rieb, war das gar nicht so einfach. Er hatte das Gefühl, dass sie sich über ihn lustig machte. Trotzdem hielt er plötzlich sein Pferd an und half ihr, abzusteigen. Jetzt fühlte er sich wieder sicherer und machte sich an den Kleidern seiner Frau zu schaffen. Er wusste, was er wollte, und sie würde wahrscheinlich freudig auf seine Annäherungsversuche eingehen.

Aber das Gegenteil war der Fall. Cinderella riss sich von ihm los und rannte halb nackt in die Dunkelheit. Der Prinz konnte sie zwar nicht genau sehen, aber er hörte sie herumflattern und kindisch kichern. Cinderella lief durch die Felder. Den Grund konnte sie nicht genau benennen, aber sie hatte es satt, unterdrückt zu werden, und wollte sich wieder erobert fühlen.

Nachdem der Prinz einen Moment ziemlich schockiert war, folgte er Cinderella und rief laut nach ihr. Das amüsierte sie umso mehr, und sie lachte laut, als sie im Dunklen hierhin und dorthin lief. Die Luft kühlte sie ab, und sie spürte ein Kribbeln unter der Haut.

Der Prinz war am Ende seiner Geduld und rief noch einmal laut nach ihr – so wie man ein ungezogenes Kind zur Vernunft ruft. Das interessierte Cinderella allerdings nicht im Geringsten, und wie ein Schmetterling flatterte sie weiter umher. Mal dahin, mal dorthin, mal um den Prinzen und sein Pferd herum.

Die einzige Möglichkeit, ihr seltsames Benehmen zu unterbinden, sah der Prinz darin, sie zu fangen. Das versuchte er auch und bahnte sich langsam und vorsichtig einen Weg durch die Dunkelheit. Er duckte sich tief und lauschte auf ihr Lachen, ihr Atmen und auf ihre leichfüßigen Schritte. Sein Körper war dabei angespannt und hart. Das Herz schlug ihm heftig in der Brust, und auch er fühlte sich auf einmal auf seltsame Art wieder sehr lebendig.

Sobald sie merkte, dass der Prinz ihr nachstellte, unterbrach Cinderella ihr Lachen. Ihr Atem stockte. Wo genau war er? Es war ziemlich dunkel, und es gab zu viele Schatten, die sich bewegten. Eine kindische Angst überkam sie, aber trotzdem begann sie an diesem abenteuerlichen Spiel Gefallen zu finden. Dieses aufregende Kribbeln siegte schließlich über ihre Furcht.

Einen Augenblick lang stand sie völlig regungslos und lauschte. Zu wissen, dass ihr Mann irgendwo in dieser Finsternis wartete und ihr auflauerte, erregte sie. Vorsichtig wagte sie einen weiteren Schritt. Wieder lauschte sie, aber es war nichts zu hören. Sie hob den Fuß, um einen weiteren Schritt zu tun ... aber schneller als ein Raubtier hielt der Prinz sie am Arm fest und zog sie an sich, sodass Cinderella gar nichts dagegen unternehmen konnte. Bevor sie überhaupt verstand, was vor sich ging, hatte der Prinz seine Lippen auf ihre gepresst. Ihr ganzer Körper erschauderte, und als er das spürte, begann er ihr ganzes Gesicht mit zarten Küssen zu bedecken. In seinen Augen war kein Zorn mehr, sondern nur noch unendliches Verlangen.

Dieses Mal ging der Prinz sehr behutsam vor. Er zog sie langsam aus und schließlich sich selbst. Vorsichtig berührte er sie mit seinen Händen, sodass sich ihre warme Haut an seine kalten Hände gewöhnen konnte. Langsam wanderte er über ihren Körper – zunächst sehr zart und liebevoll. Dann wurde er fordernder und erkundete wieder die Stellen ihres Körpers, die ihm schon früher die größten Wonnen beschert hatten.

Er beugte sich über Cinderella und küsste die Spitzen ihrer Brüste, während seine Hände über ihren Bauch zwischen ihre Beine wanderten. Sie reckte ihm ihr Becken entgegen und stöhnte. Aber plötzlich wurde er in seinen Berührungen schroff, fast schon ein wenig brutal.

Instinktiv wollte Cinderella sich schon zurückziehen, aber dann entschied sie sich für eine andere Taktik. Nein, sie würde diese Gelegenheit nicht ungenutzt verstreichen lassen! Mutig hielt sie die Hand ihres Mannes fest und unterbrach damit sein mechanisches Herumfummeln. Nachdem sie seine Aufmerksamkeit erhalten hatte, presste sie seine Hand zwischen ihre Beine und legte seine Fingerspitzen auf das magische Zentrum ihrer Lust, an dem sie schon immer von ihm berührt werden wollte. Sie bewegte seine Finger sehr langsam über ihren Körper, so wie sie es am liebsten hatte. Sie spürte seine Irritation, aber hatte er nicht auch sie schon viele Male überrumpelt?

Der Prinz erlaubte Cinderella, seine Hand zu führen, und vermied es, zu grob mit ihr umzugehen. Langsam wurde ihm klar, dass er sie bisher nur berührt hatte, um sich selbst zu erfreuen. Er hatte sie genommen wie ein brünstiger Bulle.

Er war Cinderella nun völlig verfallen und wollte genau wissen, was ihr Lust bereitete. Es kostete den Prinz ziemliche Anstrengung und Selbstkontrolle, sie an dieser intimen Stelle zu berühren und sich trotzdem zurückzuhalten. Cinderella lockerte ihren Handgriff um seine Finger, als sie merkte, wie geübt er bald wurde. Es erregte ihn, als ihr Becken sich gegen ihn drückte. Er benutzte die sensibelsten Stellen seiner Fingerspitzen, um immer mehr herauszufinden, worin das Geheimnis ihrer Lust bestand. Etwas oberhalb ihrer Öffnung fühlte er eine kleine fleischige Knospe, die ziemlich sensibel auf Berührung reagierte. Er spürte, wie Cinderella erzitterte, wenn er diese kleine Perle streichelte. Er wurde immer geschickter darin, seine Zärtlichkeiten so anzupassen, dass sie die richtige Schnelligkeit und den passenden Druck hatten.

Es erregte den Prinzen ungemein, ihre Lust zu spüren, und er konnte nicht widerstehen, ab und zu mit einem Finger in sie einzudringen. Ihre seidige Nässe fühlte sich köstlich an und entschädigte ihn für seine Geduld. Manchmal wurde er zu erregt und beschleunigte unbewusst seine kreisenden Bewegungen. Fast hätte er sie bereits zum Höhepunkt gebracht, aber jedes Mal wenn sie kurz davorstand, gab sie ihm erneut behutsam zu verstehen, wie sie berührt werden wollte.

Jeder dieser kleinen Aufschübe ließ lustvolles Verlangen in seinen Lenden aufsteigen, bis er es kaum mehr aushielt und fast explodierte. Aber er hatte sich vorgenommen, sie zuerst völlig zu befriedigen, und er hatte auch nichts dagegen, die ganze Nacht damit zu verbringen.

Cinderella begann immer heftiger zu atmen und stöhnte leise. Sie hatten den Prinz fast vergessen. Vor ihrem inneren Auge tauchten kleine erotische Szenen auf, die sie ziemlich erregend fand. Der Prinz merkte, dass er seiner Frau jetzt bald diese Befriedigung schenken konnte, die sie ihm immer gewährte, und seine Finger konzentrierten sich ganz auf sie. Er zwang sich zu einem gleichmäßigen, langsamen Rhythmus, als er ihre geschwollenen Lippen massierte. Endlich hatte sie den Höhepunkt erreicht, und er musste all seine Selbstkontrolle aufbieten, um sein Tempo nicht zu beschleunigen, bis sie völlig befriedigt war. Aber er blieb standhaft. Als sie gekommen war, hielt er sie in seinen Armen, küsste und leckte sie an ihrer intimsten Stelle und vergrub sich in ihrer seidigen Nässe. Cinderella stöhnte und zitterte. Sie war unendlich glücklich und zufrieden.

Aber jetzt war es vorbei mit der Ausdauer des Prinzen. Er richtete sich auf und drang dann tief in sie ein – es fühlte sich besser an als jemals zuvor in seinem Leben. Ihre Öffnung war noch nie so weich und prall gewesen, und er hielt sie fest an sich gepresst. Seine Lust wollte er so lange wie möglich hinauszögern. Er wollte nicht, dass diese Wonnen jemals zu Ende gingen, aber er konnte es nicht verhindern, dass er sich schon sehr bald explosionsartig in ihr verströmte.

Anschließend hielt er Cinderella lange im Arm. Sie bebte und zitterte. Schließlich war sie aber dann doch die Erste, die sich der Umarmung wieder entzog, und der Prinz stand auf, um sich anzuziehen. Sie sprachen nicht miteinander, als sie ihre Kleidung zusammensuchten, die verstreut im Gras lag. Sie war ziemlich müde, und er hielt sie beschützend im Arm, als sie nach Hause ritten.

Am Schloss angelangt, half er ihr vom Pferd und trug sie ins Bett. Sogar ihre kleinen Schuhe zog er ihr aus. Dann legte er sich neben sie, und glücklich versanken sie in einen tiefen Schlaf.

Am folgenden Morgen wachte Cinderella wie üblich allein auf (sie schlief meistens länger als der Prinz), aber neben ihr auf dem Bett bemerkte sie eine Rose. Sie lächelte, und dann erinnerte sie sich an die seltsamen Ereignisse der letzten Nacht. Was der Prinz wohl von ihr gedacht hatte? Soweit sie sich erinnern konnte, hatte es ihm gefallen – allerdings hatten sie auch nicht besonders viel miteinander geredet. Sie hatte ihn ein wenig veralbert und geneckt, aber trotzdem hatte der Abend zu einem wunderschönen romantischen Ende geführt.

Cinderella dachte immer noch darüber nach, als sie aufstand und neben ihrem Bett die pinkfarbenen Schuhe stehen sah. Sie hob sie auf, und ein seltsames Kribbeln durchfuhr ihren Arm. Sie betrachtete sie genauer. Sie waren so wunderschön und weich, dass sie sie sofort wieder anziehen wollte. Sobald sie die Schuhe erneut trug, überkam sie eine ungeheure Lebendigkeit. Voller Abenteuerlust wollte sie alles erfahren, was das Leben ihr zu bieten hatte. Auch diesmal vergaß sie alles um sich herum, das Schloss, ihren Mann, den Prinzen.

Diesmal war Cinderella neugierig auf das Königreich und insbesondere die Menschen, die hier lebten. Sie hatte bisher sehr zurückgezogen gelebt und wollte mehr über das Leben anderer erfahren. Sie wanderte durch die Städte und Geschäfte, lernte viel über die Gepflogenheiten in der Welt und versuchte darin ihren eigenen Platz zu finden.

Das Leben war so aufregend, und sie war bisher die

ganze Zeit in einem Schloss eingesperrt gewesen wie ein Rapunzel – viel zu ängstlich und gehemmt, um am Leben teilzuhaben. Sie entdeckte, dass es vieles gab, was sie interessierte, und der Tag verflog in Windeseile. Ehe sie sich's versah, war es wieder Nacht.

In der Zwischenzeit war der Prinz zurück nach Hause gekommen und hatte Cinderella nicht vorgefunden. Erst dachte er, sie sei wieder zu der Taverne gegangen und machte sich auf den Weg, um sie dort zu treffen. Aber Cinderella war nicht an diesem Ort, und niemand hatte sie gesehen oder wusste, wo sie zu finden war. Schon wieder war der Prinz ziemlich verärgert über seine Frau. Obwohl er die letzte Nacht sehr genossen hatte, fand er ihr Benehmen doch ziemlich irritierend. Geduldig hatte er ihren Begierden nachgegeben, und heute war sie schon wieder verschwunden. Wo sie wohl diesmal war? Und vor allem – mit wem? Der Prinz begann eifersüchtig zu werden und seufzte frustriert auf. Ihn beschlich das Gefühl, ihr nicht zu genügen. Wie hätte sie ihn sonst einfach so verlassen und die Gesellschaft anderer vorziehen können? Und das, nachdem er sich so viel Mühe gegeben hatte, ihr Lust zu verschaffen!

Je länger er darüber nachgrübelte, desto ärgerlicher wurde er. Plötzlich fühlte er sich ziemlich erschöpft und verspürte nur noch den Wunsch, nach Hause zu gehen. Genug mit diesen kindischen Spielchen!

Als er ins Schloss zurückgekehrt war, stellte er fest, dass Cinderella bereits auf ihn wartete und ihn freudig begrüßte, als ob alles in bester Ordnung sei. Dass er schlecht gelaunt war, schien sie überhaupt nicht zu bemerken. Aufgeregt berichtete Cinderella von ihren Erlebnissen und all den spannenden Dingen, die sie gesehen hatte. Eigentlich schien alles ganz harmlos zu sein, und langsam verbesserte sich die Stimmung des Prinzen. Wie kann ein Mann böse sein, wenn seine Frau so glücklich ist?

Trotzdem fühlte der Prinz eine innere Unruhe und Rastlosigkeit. Alles schien sich irgendwie zu verändern. Würde das zum Besseren oder Schlechteren sein? Er zog seine strahlende Frau zu sich heran. Sie warf sich ihm an den Hals und küsste ihn mit aufrichtiger Liebe. Sie spürte, wie hart er war, als er unter ihre Bluse griff. Aber das ging ihr doch ein wenig zu schnell, und sie entzog sich ihm.

„Ich hätte Lust auf ein Bad“, schnurrte sie. „Würdest du es für mich einlassen?“

Wie könnte er ihr diesen Wunsch verweigern? Ein wenig schmollend machte er sich an die Arbeit. Der Prinz beobachtete, wie das Wasser in die Wanne floss, und beschloss, aromatische Kräuter hinzuzufügen. Ein wenig Badeschaum wäre sicherlich auch nicht schlecht. Er liebte es, dabei zuzusehen, wie der Schaum sich an ihre Kurven schmiegte. Ein paar Kerzen würden für romantische Stimmung sorgen, überlegte er sich. Je mehr er sich auf die

Vorbereitungen des Bades konzentrierte, desto fröhlicher wurde er. Als die Prinzessin eintrat, war er so guter Dinge, dass er sie anlächelte.

Sie schaute auf die Kerzen, dann auf sein Gesicht und errötete, als er ihr zuzwinkerte. Flirtete er mit ihr? Ihr Herz hüpfte vor Freude. Selbst als sie ihre neuen Schuhe auszog, war sie viel zu glücklich über die Aufmerksamkeiten ihres Mannes, um sich daran zu erinnern, dass sie vor Kurzem noch traurig gewesen war.

Der Prinz versuchte seine Erregung zu verbergen, indem er sich beschäftigte. Er nahm die Seife und begann Cinderella damit zu waschen. Bei den Füßen beginnend, massierte er sie von den Zehenspitzen bis zur Ferse. Langsam wanderte er über ihre Beine nach oben. Sie schloss die Augen und stöhnte vor Lust. Er ließ sich viel Zeit mit seinen sanften Berührungen und versuchte ihrem Wunsch nach Entspannung nachzukommen. Immerhin hatte sie einen ziemlich anstrengenden Tag gehabt. Währenddessen malte er sich bereits aus, was nach dem Bad passieren würde …

Doch zuerst lauschte er geduldig ihren Erzählungen. Das warme Wasser und seine fürsorgliche Art entspannten Cinderella. Ihre Wangen röteten sich leicht in Vorfreude auf das, was noch kommen würde. Ihr wurde bewusst, dass ihr Mann sehr viel romantischer und aufmerksamer war, wenn er sie leidenschaftlich begehrte. Seine Aufmerksamkeiten wiederum erregten sie.

Der Prinz wusch erst sehr gründlich ihre Beine und Füße. Dann widmeten sich seine Hände sehr sanft und vorsichtig ihren intimeren Körperstellen. Während sie eben noch munter erzählt hatte, wurde die Prinzessin auf einmal immer stiller. Ihre Augen begegneten sich, als seine Finger ihre zarten Lippen erkundeten, sich in der Falte ihres Pos vergruben und auch diese Öffnung einer gründlichen Reinigung unterzog. Er hörte nicht auf, bevor er nicht jeden Teil ihres Unterkörpers gewaschen hatte. Als Nächstes kam ihr Oberkörper an die Reihe, ihre Brüste, die Schultern und der Rücken. Dann zog er den Stöpsel heraus und ließ das Wasser ablaufen. Gleichzeitig goss er warmes Wasser über sie, um den Schaum von ihr abzuwaschen.

Er hatte dieses Baderitual so vortrefflich ausgerichtet, dass Cinderellas Herz sich ihm ganz öffnete, so sehr war sie von ihm beeindruckt. Sie fühlte sich zu ihrem Mann hingezogen wie nie zuvor. Er hatte sich von einem ungestümen Liebhaber zu einem fürsorglichen Ehemann gemausert.

Cinderella stand auf und wartete darauf, dass der Prinz sie mit einem großen Handtuch abtrocknete. Sie beobachtete sein Gesicht, als er vorsichtig ihre Kurven trocken rieb und sich vor allem auch auf die Spalte zwischen ihren Beinen konzentrierte. Dort berührte er sie besonders liebevoll. Seine Sorgfalt machte sie ganz schwindlig. Dann wanderte seine Aufmerksamkeit hinunter zu ihren Beinen und Füßen. Der Prinz kniete vor ihr und nahm jeden Fuß einzeln in die Hand und trocknete ihn sorgfältig ab. Sogar jeder einzelne Zeh wurde mit liebevoller Aufmerksamkeit bedacht.

Plötzlich ließ er das Handtuch fallen und berührte Cinderella mit seinen Fingern. Immer noch vor ihr kniend, streichelte er über ihre Haut, die sich nach dem Bad besonders weich anfühlte. Mit größter Zärtlichkeit umarmte er sie, küsste ihren Bauch, während seine Hände über ihren Rücken strichen. Cinderella zitterte leicht.

Der Prinz hielt ihren Po umfasst und begann ihren Bauch zu küssen. Immer wieder. Dann wanderte sein Gesicht nach unten, und er küsste sie. Seine Zunge erforschte neugierig ihre Öffnung, auf der Suche nach dem geheimen Punkt, den er in der Nacht zuvor entdeckt hatte. Er leckte sie behutsam, aber trotzdem mit dem richtigen Druck, und ließ seine Zunge in ihre kleinsten Öffnungen verschwinden. Er kostete von jeder Faser ihrer süßen Frucht. Seine ganze Aufmerksamkeit konzentrierte sich auf den Teil von ihr, den er gerade erforschte. All seine Sinne schienen in seine Zunge zu fließen, und er konnte sie damit sehen, fühlen, riechen, berühren und hören.

Schließlich fand der Prinz, nach was er gesucht hatte, und er verfolgte unermüdlich sein Ziel, ihr so viel Lust wie nur möglich zu schenken. Ausgiebig und langsam umkreiste er ihren magischen Lustpunkt mit seiner Zunge.

Ihre Hände wanderten instinktiv zu seinem Gesicht, und sie wickelte seine dunklen Locken um ihre Finger. Er fühlte ihr Zittern, und sein Ego triumphierte. Ab und zu konnte er der Versuchung nicht widerstehen und tauchte seine Zunge tief in sie ein, um von ihrem süßen Nektar zu trinken. Sie stöhnten beide vor Lust.

Aber plötzlich wünschte sich Cinderella, dass ihr Mann die gleichen Freuden genoss wie sie selbst. Sie hatte eine bestimmte Fantasie im Kopf, die sie gerne mit ihm ausleben wollte. Sie nahm den Prinzen an der Hand und zog ihn ins Schlafzimmer. Ohne ein Wort zu verlieren, zog sie ihn aus. Sein muskulöser Körper erregte sie dabei sehr. Schließlich drückte sie ihn sanft auf das Bett, was er willig mit sich geschehen ließ, legte sich neben ihn in eine Position, die keinen Zweifel darüber ließ, was sie als Nächstes vorhatte, rollte sich auf die Seite und hob ein Bein hoch genug, um sich ihm völlig zu öffnen. Gleichzeitig nahm sie ihn tief in den Mund.

Er umfasste ihren Po und zog sie an sein Gesicht. Mühelos fand seine Zunge ihren intimsten Liebespunkt, und er setzte seine Liebkosungen fort. Noch nie hatte Cinderella es so sehr genossen, ihn so tief im Mund zu haben. Oft war es ihr lästig gewesen, und sie hatte nie so genau gewusst, ob sie sich schneller oder langsamer bewegen sollte, oder auch, wann sie aufhören sollte. Jetzt war es ganz anders, und sie genoss dieses Gefühl und machte sich keine Gedanken darüber, wie gut oder schlecht sie ihn blies. Sie hatte einfach Freude daran und bereitete ihm mit ihrer Zunge höchste Wonnen. Sie bewunderte seine Härte und Standfestigkeit und überließ es ihm, wie heftig er sich in ihr bewegen wollte. Wie erotisch sich das anfühlte!

Wonnige Schauer strömten durch ihren Körper, wenn er sich schneller in ihr bewegte und sie ihren Mund noch etwas weiter öffnen musste. Sie fühlte, wie er gegen ihre Kehle drückte, und es war ein wunderschönes Gefühl, so von ihm ausgefüllt zu werden. Vor allem weil er dabei so gierig von ihrer Frucht kostete.

Cinderella verlor sich immer mehr in diesem Liebesspiel. Noch nie hatte sie sich ihrem Mann so nah gefühlt wie eben. Nichts war mehr von Bedeutung außer diesem wunderschönen, ekstatischen Erlebnis.

Jeder Teil ihres Körpers, jede einzelne Zelle schien vor Leidenschaft zu vibrieren und den Höhepunkt kaum noch erwarten zu können. In diesem Moment lebte sie nur noch für die Liebe! Eine Woge der Lust überrollte sie, verschlang sie ... im nächsten Augenblick war es vorüber. Und trotzdem war da ein sanftes Gefühl der Innigkeit, das nachhallte.

So hatte sich ihr Mann wohl schon viele Male gefühlt, und sie hatte ihn deshalb abgelehnt. Sie hatte gedacht, es ginge nur um sein Vergnügen. Sie war im Unrecht gewesen! Jetzt hatte sie ihre eigene Fähigkeit zur Lust entdeckt und konnte das Vergnügen ihres Mannes auf einmal sehr gut nachvollziehen.

Regungslos lag sie neben ihm und genoss die köstlichen Empfindungen, die sie immer noch in ihrem Körper fühlte. Ihr Mann hatte seinen Höhepunkt noch nicht erreicht, aber sie wusste, dass sie sich seinem Tempo anvertrauen konnte und er selbst bestimmte, was ihm guttat. Wie schön es war, so miteinander im Einklang zu fließen.

Der Prinz bewegte sich jetzt ganz langsam und umarmte seine Frau, küsste ihr Gesicht, den Hals und die Lippen. Sie erlaubte ihm träge, ihre Beine weiter zu spreizen, und er legte sich auf sie. Cinderella legte ihre Arme um seinen Hals, als er in sie eindrang. Dabei küsste er sie zärtlich und liebevoll. Es entzückte ihn, wie weich und nass sie sich anfühlte. Noch nie war er so erregt gewesen. Sein Körper zuckte. Sie hielten sich eng umschlungen. Cinderella wurde zu einem Teil von ihm. Sein Höhepunkt war so heftig wie nie zuvor, und er fühlte sich wie im siebten Himmel. Funkelnde Sterne tanzten vor seinen Augen.

Er hielt Cinderella noch lange in seinen Armen und bewegte sich nicht in ihr. Im Geiste zogen die Ereignisse der letzten Stunden noch einmal an ihm vorüber, als ob er den Schlüssel zu diesem Geheimnis entdecken wollte. Dann dämmerte es ihm.

Wie hatte er niemals an *ihre* Gefühle, Stimmungen und Gelüste denken können? Er hatte sich bisher immer nur an ihrem Körper bedient. Und jetzt, da er ihre Lust entdeckt hatte, war es auch für ihn ein größeres Vergnügen. Es beflügelte seine Männlichkeit, ihrer Lust zuzusehen und seine Macht über ihre erotischen Sehnsüchte zu fühlen. Es ging nicht darum, jemanden besitzen zu wollen, sondern einzig um den Wunsch, seine Geliebte zu befriedigen und ihr Erfüllung zu verschaffen. Der Prinz schwor sich, diese Lektion niemals mehr zu vergessen.

Und fortan lebte Cinderella doch noch glücklich bis an ihr Lebensende.

ÖSTLICH DER SONNE UND WESTLICH VOM MOND

Es war einmal ein Mann, der so arm war, dass er kaum seine Familie ernähren konnte. Er lebte mit seiner Frau und seinen Kindern in einer kleinen Hütte in einem einsamen Dorf. Die Zukunft schien ihnen immer düster und drohend.

Aber eines Nachts, als der wilde Nordwind durch die Wälder sauste und pfiff und an den dünnen Wänden der kleinen Hütte rüttelte, tauchte plötzlich ein großer weißer Bär an ihrer Tür auf.

„Guten Abend", sagte der Bär.

„Guten Abend", antwortete der Mann. Er war noch nie einem sprechenden Bären begegnet. Aber in diesem Teil der Welt war es bekannt, dass Tiere, die sprechen konnten, verzaubert waren. Für den Mann war es eine große Ehre, von einem verzauberten Wesen angesprochen zu werden.

Die Familie des Mannes drängte sich in einer Ecke des Raums zusammen und starrte den sonderbaren Besucher an. Sie waren ängstlich und zugleich begierig zu erfahren, was ihn hierher, in ihre schäbige Kate, geführt hatte.

„Ich bin wegen deiner erstgeborenen Tochter gekommen", verkündete der Bär ohne Umschweife. „Wenn sie mit mir kommt, wird sie alles haben, was sie sich wünscht. Außerdem werde ich dich und deine Familie reich beschenken.

Ihr werdet so wohlhabend sein, wie ihr jetzt arm seid."

Von den Worten des Bären betört, bat die älteste Tochter ihre Mutter und ihren Vater, sie mit ihm gehen zu lassen. Doch ihre Eltern waren dagegen, und sie wandten ein, dass es ihnen Unglück bringen würde, wenn sie ihre Tochter für Reichtum fortgeben würden. Aber schließlich gaben sie nach, weil das Mädchen das Abenteuer mit dem weißen Bären auf jeden Fall wagen wollte.

Ihre Sachen zu packen dauerte nicht lange. Das arme Mädchen besaß kaum etwas. Sie küsste zum Abschied tapfer jedes Familienmitglied und kletterte auf den Rücken des weißen Bären. Sie hatte gerade noch Zeit, einen letzten Blick zurück zu ihrer Familie zu werfen, bevor sie rasend schnell davongetragen wurde, zu einem großen weißen Schloss.

Diener eilten herbei, um sie zu begrüßen. Alles passierte so schnell, dass sie kaum die luxuriöse Umgebung wahrnehmen konnte, in der sie sich nun befand. Plötzlich bekam sie schreckliche Angst. Was würde hier mit ihr geschehen?

Der Bär bemerkte ihre Angst. Er beauftragte eine alte, freundliche Dienerin, das Mädchen in ihr Schlafzimmer zu bringen. Bevor sie fortgeführt wurde, offenbarte der Bär ihr, dass das Schloss verzaubert sei und ihr, solange sie sich hier aufhielt, all ihre geheimsten Wünsche erfüllt würden. Er überreichte ihr ein kleines goldenes Glöckchen.

Wann immer sie einen Wunsch verspürte, der nicht sogleich erfüllt wurde, sollte sie mit dem Glöckchen klingeln und dabei an den Wunsch denken. Er versprach ihr, dass dieser Wunsch sofort erfüllt würde. Mit einer höflichen Verbeugung verabschiedete sich der Bär von dem Mädchen und ließ sie mit der alten Dienerin allein.

Die Dienerin ging munter plappernd voraus und geleitete das Mädchen zu ihrem Schlafzimmer. Sie konnte kaum sagen, was die Dienerin ihr erzählte, denn sie war mit den Gedanken ganz woanders. Aber das gesellige Verhalten der alten Frau beruhigte sie.

Als sie das Schlafzimmer betrat, fiel ihr als Erstes das Bett auf. Es war aus Mahagoniholz gezimmert und mit zarten Schnitzereien verziert. Die Matratze und die Kissen und Decken waren mit Seide bezogen. Daneben entdeckte sie einen Toilettentisch, den ebenso üppige Schnitzereien zierten. Darauf lagen Kamm, Bürste und andere Utensilien aus purem Gold.

Am anderen Ende der Schlafkammer befanden sich einige Kleiderschränke. Jeder dieser Schränke war so groß, dass jene Kammer hineingepasst hätte, in der das Mädchen früher im Haus ihres Vaters mit all ihren Geschwistern geschlafen hatte. In den Kleiderschränken hingen wunderschöne Kleider, eines schöner als das andere. Und jedes Einzelne schien nur für sie gemacht zu sein.

Sie wählte ein Nachthemd aus, das aus einem feineren Material war als alles, was sie je besessen hatte. Sie kuschelte sich in die Bettdecken, die in der Zwischenzeit von der Dienerin für sie hergerichtet worden waren. Wie es wohl ihrer Familie ergangen war?, fragte sie sich.

Ihre Angst war inzwischen zum größten Teil verschwunden. Trotzdem erfasste sie ein Gefühl der Unruhe, als sie ihren Kopf auf das samtene Kissen legte und die Augen schloss. Obwohl alles so perfekt war, spürte sie eine merkwürdige Leere und Sehnsucht.

Hatte sie etwa Heimweh? Nein, das konnte es nicht sein. Denn auch wenn sie ihre Familie liebte, war sie nun in einem Alter, in dem die Einsamkeit eines eigenen Schlafzimmers ihr mehr als willkommen war. Außerdem konnte sie sich erinnern, dass sie sich auch im Haus ihres Vaters so gefühlt hatte. Damals hatte sie geglaubt, es wäre einfach Unzufriedenheit, die sie verspürte, weil sie schöne Dinge besitzen wollte. Aber hier waren all die schönen Dinge, nach denen sie sich gesehnt hatte, und das Gefühl der Leere war immer noch da, und es war stärker als zuvor. Sie besaß nun alles, was sie sich je gewünscht hatte, aber noch immer war da diese unbestimmte Sehnsucht, die sie nicht genau benennen konnte.

Bevor sie länger darüber nachdenken konnte, öffnete sich plötzlich die Tür zu ihrem Schlafzimmer. Sie hörte, wie jemand den Raum betrat und die Tür hinter sich wieder schloss. Sie hatte die Kerze gelöscht. Kein Mondlicht und kein Glanz der Sterne drangen durch die dicken Samtvorhänge, die vor den Fenstern hingen. Sie hatte keine Möglichkeit zu sehen, wer da ihr Schlafzimmer betreten hatte.

Im ersten Moment war das Mädchen nicht beunruhigt. Sie dachte, dass die alte Dienerin zurückgekommen war, um sie zuzudecken und ihr eine gute Nacht zu wünschen. Aber vielleicht war die alte Dienerin ja gekommen, weil sie ihren unausgesprochenen Wunsch ausführen wollte, jene unbestimmte Sehnsucht zu erfüllen! Hatte ihr nicht der Bär versprochen, dass jeder ihrer Wünsche umgehend erfüllt werden würde?

Aber es blieb still, das einfältige Plaudern der alten Dienerin blieb diesmal aus.

„Wer ist da?“, sagte das Mädchen. Aber sie bekam keine Antwort.

Langsam richtete sie sich im Bett auf und lauschte. Sie drehte den Kopf in die Richtung, in der sie den Eindringling vermutete. Angestrengt versuchte sie zu ergründen, was die leisen, raschelnden Geräusche bedeuteten, die sie hörte.

Sie riss die Augen weit auf und verspürte jähe Angst. Denn es kam ihr vor, als hätte sich der Eindringling seiner Kleidung entledigt. Dann hörte sie, wie jemand sich in Richtung Bett bewegte. Sie konnte kaum atmen, so sehr ängstigte sie sich jetzt wieder. Aber irgendwie schaffte sie es, zu flüstern: „Wer bist du?“

Der Fremde antwortete jedoch nicht.

„Wer bist du?“, wiederholte sie verzweifelt. „Bist du das, Bär?“

Aber schon als sie diese Frage stellte, wusste sie, dass es nicht der Bär sein konnte. Denn der Bär trug weder Kleidung noch Schuhe wie der ungebetene Gast neben ihrem Bett.

Wieder bekam sie keine Antwort. Sie spürte, wie sich der Fremde sehr behutsam auf die Bettkante setzte. Sie war sich nun sicher. Es konnte nicht der weiße Bär sein, der sie in ihrem Schlafzimmer besuchte. Denn die Person, die neben ihr auf dem Bett saß, hatte die Größe eines Mannes, nicht die eines Bären. Aber sie hatte keinen einzigen Mann im Schloss gesehen, alle Diener, die sie gesehen hatte, waren Frauen gewesen. Woher kam dieser Mann, und wer war er?

Sie schob ihre Beine aus dem Bettzeug, wollte aus dem Bett springen und fortlaufen. Aber plötzlich griff eine Hand nach ihr und berührte sachte ihr Haar. Der Fremde hielt sie an ihren Haaren zurück.

Sie schnappte überrascht nach Luft.

„Bitte sagt mir endlich, wer Ihr seid!“, wiederholte sie.

Der Mann verstärkte den Griff an ihrem Haar, indem er vorsichtig die Strähnen um seine Hand wickelte, immer wieder rundherum. Schließlich ruhte seine mit ihrem Haar umwickelte Hand an ihrem Hinterkopf. Sanft zog er sie an ihren Haaren nach unten, zwang ihren Kopf und ihren

Körper zurück auf das Lager. Sie lag unter ihm. Auf diese Weise hielt er ihren Kopf fest, während sich seine Lippen ihren Lippen näherten.

„Ich bin es", antwortete er leise. Seine Lippen strichen sanft über ihre hinweg, während er sprach. „Dein Geliebter, den du herbeigewünscht hast."

Im nächsten Moment berührten sich ihre Lippen, und sie öffnete den Mund. Seine warmen Lippen und seine forschende Zunge waren wie die Antwort auf das Sehnen tief in ihr. Es verblüffte sie, wie schnell ihr Körper auf seine Küsse reagierte.

Obwohl sie diese ersten, süßen Küsse genoss, erfüllte sie die Vorstellung, dass ein Fremder sie in den Armen hielt, mit Panik. Sein Mund glitt von ihren Lippen fort und strich mit behutsamen, weichen Küssen über ihre Kehle hinab.

„Ich muss wissen, wer du bist", murmelte sie. „Was wird der Bär sagen …"

„Ich bin der Grund, warum du hier bist", flüsterte er zwischen den einzelnen Küssen. „Und du … du bist der Grund, warum ich hier bin."

„Aber …" Sie wollte ihm weitere Fragen stellen, doch seine Lippen verschlossen ihren Mund mit einem weiteren Kuss.

So wie er auf ihr lag und sie in den Armen hielt, spürte sie, dass er ein großer, muskulöser Mann war. Sein Haar war noch feucht, und er roch erfrischend sauber, als hätte er gerade erst ein Bad genommen. Aber all das beantwortete nicht ihre brennende Frage, wer er war.

Im ersten Moment war sie sich nicht dessen bewusst, dass sie seine heftigen Küsse erwiderte. Von ihrem Bauch aus rann ein warmes Gefühl durch ihren Körper. Sie versuchte einen kühlen Kopf zu bewahren und sich nicht von diesen wunderbaren Empfindungen verwirren zu lassen.

„Bitte zünde doch eine Lampe an, dass ich dich sehen kann", bat sie den Fremden.

Aber er gab ihr keine Antwort. Und er zündete keine Kerze an, obwohl sie ihn darum gebeten hatte. Er fuhr einfach fort, ihre Lippen zu küssen und mit seinem Mund ihre errötende Haut zu liebkosen. Er stützte sich neben ihrem Körper mit den Armen ab, damit sein Gewicht sie nicht erdrückte. Er war ihr immer noch nah genug, dass sie spüren konnte, wie erregt er inzwischen war. Sie wollte sich ihm hingeben. Das Gefühl wurde übermächtig, und in ihrer Erregung vergaß sie, dass er ihr Haar weiterhin mit festem Griff hielt.

Sie streckte behutsam die Hand nach ihm aus, weil sie sein Gesicht berühren wollte. Vielleicht konnten ihre Finger ihr ein Bild von seinem Aussehen vermitteln, aber er schob ihre Hand behutsam fort. Er küsste sie wieder, und sein Atem schmeckte warm und angenehm.

Durch ihren Kopf wirbelten zahllose Bilder der letzten Stunden. Der Fremde hatte gesagt, dass sie beide der einzige Grund waren, weswegen sie hier waren. Und sie dachte an die Worte des Bären, der ihr versprochen hatte, dass in diesem verzauberten Schloss jeder ihrer geheimsten Wünsche erfüllt werden würde. Aber da war nur ein unbestimmtes Sehnen gewesen, das sie verspürt hatte. Sie hatte diese Sehnsucht nicht in Worte fassen können. Doch nachdem der Fremde das Schlafzimmer betreten hatte, war ihre Sehnsucht nur noch größer geworden.

Hatte ihre eigene Sehnsucht den Fremden zu ihr geführt? Denn er tat genau die Dinge, nach denen sie sich insgeheim immer gesehnt hatte. Aber wer war er? War er wirklich real oder nur eine Erfindung ihrer Fantasie?

Aber sie konnte nicht weiterdenken, wenn er sie küsste, so süß und fordernd waren seine Lippen. Verführerisch und ohne nachzugeben küsste er sie. Sie fühlte, dass sie sich in ihr Schicksal ergab. Auch wenn dieses Schicksal ungewiss war, so wusste sie, dass es ihr so viel mehr Freude machen würde als alles andere, was sie in ihrem bisherigen Leben erlebt hatte.

Ein neuer Wunsch brach aus ihr hervor. Tief in ihrem Innern wünschte sie sich, dass er sie ewig so weiterküssen würde. Sie bemerkte, wie seine Hände unter ihr Nachthemd glitten. Er legte eine seiner warmen Hände für einen Moment auf ihren Bauch. Seine Hand verharrte dort, damit sie sich an seine Berührung gewöhnen konnte. Erst dann begann er ganz sacht und behutsam, sie zu bewegen.

Seine Hand strich über ihren Bauch und ihre Flanken, erkundete behutsam und sorgfältig ihren Körper. Jedes Mal, wenn er sie weiterwandern ließ, verspürte sie in jenem verlassenen Teil ihres Körpers ein schmerzhaftes Sehnen, weil er sie nun woanders berührte.

Seine andere Hand hielt weiterhin ihre Haare mit festem Griff, als wollte er sie an der Flucht hindern. Aber ihr Wunsch, wegzulaufen, war längst verflogen. Sie schlang zu ihrer eigenen Überraschung die Arme um seinen Nacken, verkreuzte die Hände dort, als führten sie ein Eigenleben. Sie seufzte und machte kleine Geräusche, die ihnen beiden unverständlich waren, es waren keine richtigen Worte. Es waren Laute der Lust.

Vorsichtig ließ der Fremde ihr Haar los. Er beugte sich wieder über sie, und seine Lippen waren auf ihren Lippen, während seine Hände behutsam und sehr langsam die Träger ihres Nachthemds von ihren Schultern schoben. Er schob das Nachthemd weiter nach unten, die Arme hinab, über ihren Unterleib und ihre Beine.

Nun lag sie nackt in der Dunkelheit vor ihm. Erneut erkundeten seine Hände sie, er liebkoste sie viel ernsthafter, erkundete jeden Zentimeter ihrer Haut. Es war, als wollte er sie mit diesen Berührungen sehen. Sie erzitterte, als er ihren Körper langsam erforschte. Es schien ihr, als wäre er von jeder einzelnen Kurve, jedem Grübchen, das seine Finger ertasteten, fasziniert und könne nicht von ihr lassen.

Es verwunderte sie nicht, zu spüren, wie sein Körper auf sie reagierte. Er presste seinen Körper an ihren. Aber er hatte keine Eile, obwohl es auch ihn immer mehr erregte, und seine erfahrenen Finger bahnten allmählich einen Weg für seine Zunge, die noch viel geschickter war. Sie krallte ihre Hände in das Bettzeug und unterwarf sich ganz und gar der fesselnden Verführungskunst ihres unbekannten Liebhabers.

Die Hände des Fremden hielten sie fest, während er sie weiter mit seiner Zunge verwöhnte. Beinahe verlor sie die Besinnung, so schön war es, was er ihr gab. Als sie spürte, wie etwas tief in ihr im nächsten Moment sicherlich zerbrechen und explodieren würde, hielt er inne und schob sich zu ihr hoch. Er drückte ihre Beine auseinander.

Plötzlich wurde sie erneut von Angst überflutet. Wer war dieser Mann? Er hielt erneut inne. Er wollte sie nicht mit Gewalt nehmen. Trotz ihrer Furcht bebte sie vor Erregung. Sie streckte erneut die Hände aus, um sein Gesicht zu berühren. Aber selbst in der Dunkelheit griff er spielerisch nach ihren Handgelenken und hielt sie über ihrem Kopf fest, um sie daran zu hindern, erneut nach ihm zu tasten und so vielleicht seine wahre Identität zu entlarven.

Als sie vor ihm lag, nackt und in seinem festen Griff, schienen ihr die Ängste plötzlich unwichtig. Und auch ihr Körper sehnte sich fast schmerzhaft nach diesem fremden Mann, und es war ihr egal, wer er war. Er küsste ihre Lippen so zärtlich, als könnte er damit den unnachgiebigen Griff, in dem er sie hielt, wiedergutmachen. Sie schlang ihre Beine um seinen Leib und gab ihm damit schließlich die Einwilligung, auf die er geduldig gewartet hatte.

Seine Küsse wurden plötzlich fordernder, und er stieß sich mit einer heftigen Bewegung in ihren Körper, der ihn willkommen hieß. Einem plötzlichen Impuls folgend, drehte sie den Kopf von ihm weg. Sie starrte stumm in die Schwärze, die um sie herum herrschte. Eine Vielzahl von Empfindungen durchflutete ihren Körper.

Aber schon im nächsten Augenblick wandte sie sich ihm wieder zu und empfing hungrig seine Lippen, atmete seinen warmen Atem und schmeckte seine Zunge mit ihrer eigenen.

Sie gab sich nun völlig ihrem unbekannten Liebhaber hin. Ihr Körper kam ihm entgegen, um die große Lust, die er ihr bereitete, weiter zu erhöhen. Sie wollte ihn umarmen, doch noch immer hielt er unnachgiebig ihre Arme fest. Sie umklammerte ihn mit den Schenkeln. So liebten sie sich bis tief in die Nacht, bis sie schließlich still und befriedigt beisammenlagen und einschliefen.

Am nächsten Morgen wachte das Mädchen allein auf. Das Bett war neben ihr leer. Sosehr sie sich an diesem Tag bemühte, sie fand keinen einzigen Mann innerhalb der Mauern des Schlosses. Stattdessen aber entdeckte sie viele verschiedene Räume. Jeder dieser Räume war mit den schönsten Dingen angefüllt, aus allen Materialien und in allen Farben und Formen. In jedem Raum gab es Regale, die bis an die Decke reichten: In einem Raum lagerten Garne in den verschiedensten Stärken und Farben in den Regalen, der Nächste enthielt Körbe in unterschiedlichen Größen und Formen. Da waren Räume, in denen die schönsten Blumen wuchsen, und in einem Raum waren die Regale angefüllt mit Röhrchen, in denen Knöpfe gesammelt waren, so viele verschiedene, wie es überhaupt gab. Kurz gesagt, die junge Frau hatte für jede Beschäftigung, die sie sich suchte, einen Raum, in dem sich alle Materialien und Werkzeuge befanden, die sie dafür benötigte.

Obwohl sie tagein, tagaus allein war, hatte die junge Frau also alles, was sie sich nur wünschen konnte. Nie hatte sie einen Wunsch, den das verzauberte Schloss ihr nicht erfüllen konnte. Und jede Nacht kam ihr mysteriöser Liebhaber zu ihr und lag neben ihr in der Dunkelheit. Er verließ sie jedes Mal, bevor es hell wurde, und sie konnte nie einen Blick auf ihn erhaschen. So vergingen die Wochen, und obwohl sie begann, die Nächte zu lieben – die einsamen Tage begannen sie in ihrer Eintönigkeit zu langweilen. Und das, obwohl sie alles hatte, was sie sich nur hätte wünschen können.

Eines Tages erinnerte sie sich an die Worte des weißen Bären, als sie das erste Mal zum verzauberten Schloss gekommen war. Sie läutete das goldene Glöckchen und wünschte sich, den Bären zu sehen. Er tauchte unverzüglich auf. Aber plötzlich war sie nicht mehr sicher, wie sie es geschickt anstellen sollte, ihn auszufragen.

„Wer ist der Herr über dieses Schloss?“, fragte sie vorsichtig.

„Ich bin es“, antwortete er.

Sie schwieg. Sie wollte ihn nach dem Fremden fragen, der sie jede Nacht besuchte. Aber sie zögerte. Vielleicht führte ihr fremder Liebhaber den Bären Nacht für Nacht an der Nase herum, wenn er unerlaubt ins Schloss eindrang. Der Bär könnte böse werden, wenn er entdeckte, dass sie sich nachts dem Fremden hingab.

Plötzlich wünschte sie, dass ihre Mutter hier wäre. Sie wüsste bestimmt in dieser Sache Rat und konnte ihr helfen.

Dieser Gedanke ließ sie den Bären fragen, ob er ihr erlaubte, ihre Familie zu besuchen. Der Bär stimmte sofort zu, aber er stellte eine Bedingung.

„Sobald du ankommst, wird deine Mutter versuchen, dich beiseitezunehmen und mit dir zu sprechen. Lass das nicht zu, denn sonst bringst du Unglück über uns beide“, warnte er sie.

Nur widerwillig stimmte die junge Frau dieser Bedingung zu. Schließlich war ein Gespräch unter vier Augen mit ihrer Mutter der Grund, warum sie ihre Familie besuchen wollte. Aber sie dachte, es würde sich schon eine Gelegenheit ergeben, mit ihrer Mutter zu reden, wenn sie erst mal dort war.

Den Dienerinnen wurde befohlen, das Gepäck der jungen Frau zusammenzupacken. Und dann war sie auch schon unterwegs, rasend schnell wurde sie auf dem Rücken des weißen Bären fortgetragen. Innerhalb kürzester Zeit erreichten sie einen herrschaftlichen Wohnsitz.

„Wir sind da", sagte der Bär. „Deine Familie lebt jetzt hier."

Die junge Frau war hocherfreut über diesen Wandel für ihre Familie. Sie sprang schnell vom Rücken des Bären, doch der Bär hielt sie zurück. Er ermahnte sie streng.

„Beherzige meine Warnung! Du darfst nicht mit deiner Mutter allein reden, denn dann wird es für uns beide schlimm enden."

Zunächst aber genoss die junge Frau, wieder zurück bei ihrer Familie zu sein. Sie vergaß das Versprechen nicht, das sie dem weißen Bären gegeben hatte. Wie er es ihr prophezeit hatte, unternahm ihre Mutter so manchen Versuch, mit ihr allein zu sein. Aber es gelang ihr, jeden dieser Versuche zu vereiteln.

Ihre Mutter war jedoch nicht so leicht abzuwimmeln. Und eines Abends gelang es ihr schließlich mit der gebührenden Hartnäckigkeit, ein privates Gespräch mit ihrer Tochter zu arrangieren. Sie stellte der jungen Frau viele Fragen, weil sie herausfinden wollte, wie es ihr wirklich in dem Schloss erging.

Es dauerte nicht lange, und die junge Frau vertraute ihrer Mutter an, dass sie von einem Fremden besucht wurde. Sie erzählte, wie er jede Nacht ihr Schlafzimmer betrat und was danach passierte.

Die Mutter der jungen Frau war von diesem Bericht natürlich aufs Höchste alarmiert. Sie gab ihrer Tochter eine Kerze und wies sie an, diese mitzunehmen, wenn sie in das Schloss zurückkehrte. Dort sollte sie die Kerze unter ihrem Kissen verstecken.

„Wenn der Fremde schläft, kannst du die Kerze entzünden und wirst so herausfinden, wer er ist", erklärte die Mutter ihr. „Aber sei vorsichtig, dass du die Kerze nicht neigst. Dann wird das Wachs auf ihn hinabtropfen, und du wirst ihn wecken."

Die junge Frau beherzigte den Rat ihrer Mutter. Als sie in das Schloss zurückreiste, versteckte sie die Kerze zwischen ihren Sachen.

Schon bald kam der Abend. Es war wieder genauso wie vor ihrer Abreise. Sobald die Dunkelheit sich über ihr Schlafzimmer senkte, öffnete sich die Tür, und ihr unbekannter Liebhaber kam zu ihr. Sie hatte ihn vermisst, ihr Körper sehnte sich nach seinen Berührungen. Und er enttäuschte sie nicht. Er war ebenso begierig darauf, sie zu spüren, er hatte sie ebenso vermisst.

Obwohl sie ihn als Liebhaber so gut kannte, fragte sie

sich immer noch, wessen Zunge es war, die ihre Lippen schmeckten. Wessen heißer Atem war es, der über ihre zarte Haut hinwegstrich? Wessen starke und zugleich geschickte Finger waren es, die sie streichelten und jene versteckten Stellen an ihrem Körper entdeckten, die sie vor Lust seufzen ließen? Und wessen unnachgiebige Arme hielten sie in diesem festen Griff? Wessen Körper erfüllte sie auf so vielfältige Weise und mit so einer heftigen Ekstase?

Aber letztlich konnte sie nicht anders, als seine Berührungen, seine Küsse und alles, was er ihr gab, in vollen Zügen zu genießen und zu erwidern, so fragwürdig es ihr auch vorkam.

Danach schlief ihr Liebhaber neben ihr ein. Sie tastete unter dem Kopfkissen nach der Kerze, die sie dort zuvor platziert hatte. Die Warnungen des Bären, dass es ihnen beiden Unglück bringen würde, missachtete sie, zündete die Kerze an und beleuchtete damit das Gesicht des Fremden. Sie erblickte das Gesicht des schönsten Prinzen, den sie sich je in ihren Träumen hätte vorstellen können. Sie verliebte sich auf der Stelle unsterblich in ihn. Am liebsten hätte sie ihn sofort geküsst. Als sie sich über ihn beugte und ihre Lippen sacht seine berührten, neigte sich die Kerze in ihrer Hand. Ein Tropfen Kerzenwachs fiel auf seine nackte Brust. Schlagartig war er wach und richtete sich auf.

„Was hast du getan?“, rief er entsetzt.

Die junge Frau verstand nicht, warum er so wütend reagierte. Doch dann erklärte ihr der schöne Fremde, dass er in Wahrheit ein Prinz war, der bei seiner Geburt einer Prinzessin versprochen worden war, die er nicht liebte. Als er sich weigerte, sie zu heiraten, hatte die Mutter des Mädchens ihn verflucht. Seitdem war er dazu verdammt, am Tag als weißer Bär zu leben; nur nachts hatte er seine wahre Gestalt. Doch wenn es ihm gelang, ein ganzes Jahr von seiner wahren Liebe unerkannt zu bleiben, würde der Fluch sich von ihm lösen.

„Aber nun muss ich in den Palast zurückkehren, der östlich der Sonne und westlich vom Mond liegt. Und dort muss ich die Prinzessin heiraten", sagte er zum Ende seiner Erzählung.

Sie weinte bittere Tränen, als er geendet hatte, aber weder ihre Tränen noch ihr Flehen konnten ihr gemeinsames Schicksal ändern. Eine letzte Nacht verbrachten sie in inniger Umarmung.

Am nächsten Morgen wachte die bemitleidenswerte junge Frau allein auf. Das Schloss und ihr Prinz waren verschwunden. Allein das Bündel mit ihren wenigen Habseligkeiten, das sie einst auf ihrer ersten Reise zum Schloss mitgebracht hatte, lag neben ihr. Sie weinte um ihren Prinzen, bis jede Träne, die sie besaß, geweint war.

„Ich muss ihn finden und ihn zurückholen", entschied sie schließlich. Aber wo fand sie den Palast, der sich östlich der Sonne und westlich vom Mond befand?

Sie nahm ihr Bündel an sich und machte sich auf den Weg. Schon bald begegnete sie einer zerlumpten alten Frau, die am Straßenrand saß. Sie fragte die Alte sogleich, ob sie den Weg kannte, der zum Palast führte, der östlich der Sonne und westlich vom Mond lag.

„Bist du die wahre Liebe des Prinzen?", fragte die Frau wissend.

„Ja", antwortete die junge Frau erschrocken. „Kennst du den Weg zu ihm?"

„Nein", gackerte das alte Weib, als hätte die junge Frau einen Witz erzählt. Doch dann wurde sie freundlicher. „Nimm diesen goldenen Apfel", sagte sie. „Er wird dir auf deinen Reisen noch nützlich sein."

Also nahm die junge Frau den goldenen Apfel und ging weiter. Innerhalb kurzer Zeit traf sie eine zweite alte Frau, die am Wegesrand saß. Auch diese fragte sie, ob sie den Weg zum Palast kennen würde.

„Du bist die wahre Liebe des Prinzen", sagte die alte Frau genauso überraschend wie die erste.

„Ja, die bin ich", gab die junge Frau zu. „Bitte, kannst du mir den Weg zum Palast zeigen?"

Doch auch dieses alte Weib wusste nicht mehr über den Ort des Palasts als die andere Alte vor ihr. Sie gab der jungen Frau zum Abschied einen verzauberten Kamm und wies sie an, diesen Kamm zu tragen, wenn sie den Prinzen und den Palast fand, denn wenn sie diesen Ratschlag befolgte, würde es ihr Glück bringen.

Noch immer hatte die junge Frau keine Ahnung, wie sie ihren Prinzen finden sollte, aber sie lief beharrlich weiter. Endlich traf sie eine dritte alte Frau am Straßenrand. Mit dieser führte sie eine ähnliche Unterhaltung wie schon zuvor mit den anderen beiden. Dieses alte Weib aber riet ihr, den Ostwind zu suchen und ihn zu fragen, wo sie den Palast fand. Zum Schluss gab sie der jungen Frau eine verzauberte Feder und wies sie an, diese vor sich in die Luft zu werfen, denn sie würde ihr den Weg zum Heim des Ostwinds weisen.

Die junge Frau gehorchte und warf die Feder vor sich in den Himmel. Die Feder wurde sofort von einer starken Bö erfasst, die von Westen kam. Nun, da sie der Feder folgte, kam sie viel schneller voran, und schon bald erreichte sie das Heim des Ostwinds. Doch ihre Reise war noch lange nicht zu Ende. Der Ostwind, den sie nach dem Palast fragte, der östlich der Sonne und westlich vom Mond lag, konnte ihr nicht helfen. Er nahm sie mit zu seinem Bruder, dem Westwind. Dieser wusste es auch nicht, und er brachte sie zum Südwind. Doch auch der Südwind wusste keine Antwort. Der Nordwind war der letzte, der ihr helfen konnte.

Sie war viele Tage und Nächte gereist und hatte viele Entbehrungen hinnehmen müssen. Aber nun durfte sie auf den Schwingen des Nordwinds reiten, der den Weg zu jenem Palast kannte, der östlich der Sonne und westlich vom Mond lag.

Als der Nordwind sie schließlich an der Eingangspforte des lang gesuchten Palasts absetzte, bot sie einen jämmerlichen Anblick. Als sie versuchte, den Palast zu betreten, wurde ihr der Zutritt verwehrt. Sie saß traurig unter einem großen Fenster an die Mauer des Palasts gelehnt und überlegte, was sie nun tun sollte. Gedankenverloren begann sie, mit dem goldenen Apfel zu spielen, den ihr das erste von den drei alten Weibern gegeben hatte.

Immer und immer wieder warf sie den Apfel in die Höhe und fing ihn auf.

Die böse Schwiegermutter des Prinzen beobachtete vom Fenster aus, wie sie mit dem goldenen Apfel spielte. Sie war habgierig und wollte diesen seltenen Schatz sofort ihr Eigen nennen. Sie machte der jungen Frau das Angebot, dass sie ihr alles geben würde, was sie für diesen goldenen Apfel verlangte.

„Ich möchte den Prinzen sehen, denn er ist meine wahre Liebe“, verkündete die junge Frau mutig.

Die kühne Forderung der jungen Frau brachte die Schwiegermutter des Prinzen aus der Fassung. Aber sie wollte den Apfel besitzen und befahl, der jungen Frau den Zugang zum Palast nicht länger zu verwehren. Sie war sicher, dass sich schon einen Weg finden würde, an den Apfel zu gelangen, ohne die junge Frau zum Prinzen zu bringen.

„Wenn du wirklich die wahre Liebe meines Schwiegersohns bist, dann kannst du ihn zweifellos unter hundert Männern erkennen“, sagte sie.

„Natürlich kann ich das“, antwortete die junge Frau.

„Also gut, dann mache ich dir ein Angebot. Ich biete dir die Gelegenheit, deine wahre Liebe zwischen hundert Männern zu erkennen. Dafür gibst du mir den goldenen Apfel.“

„Gern“, stimmte die junge Frau zu, doch sie behielt den Apfel in der Hand, als die Schwiegermutter die Hand danach ausstreckte. „Aber ich will außerdem ein Bad nehmen und neue Kleider haben.“

Die Schwiegermutter stimmte diesen Bedingungen mit einem boshaften Lachen zu, schnappte sich den goldenen Apfel und ließ nach einem Diener rufen. Sie ließ die junge Frau in der Obhut des Dieners zurück und lief in ihre Gemächer, um sich am Anblick ihres Schatzes zu erfreuen.

Die junge Frau wurde mit parfümiertem Wasser gewaschen und dann von den Dienern in eine goldene Robe gehüllt. Sie erinnerte sich an die Worte der zweiten alten Frau und steckte ihr Haar mit dem verzauberten Kamm hoch.

Nachdem die Vorbereitungen abgeschlossen waren, folgte sie dem Diener in den Speisesaal. Der Raum war leer, und an der Tafel hatte man nur einen Platz für sie eingedeckt. Ein attraktiver Diener betrat den Saal durch eine andere Tür und servierte ihr zahlreiche delikate Leckerbissen.

„Werde ich denn nicht mit dem Prinzen zusammen speisen?“, fragte sie ihn.

„Du wirst ihn nach dem Essen sehen. Man wird dich zu ihm bringen und dir gewähren, ihn aus hundert Männern auszuwählen – oder einen anderen, den du wünschst.“ Er sagte dies zwar höflich, aber mit einem selbstgefälligen Grinsen, sodass sie von seinen Worten zurückwich, als hätte er sie geschlagen.

„Ich bin lange unterwegs gewesen, um meinen Prinzen zu finden“, erwiderte sie stolz. „Du glaubst doch nicht allen Ernstes, ich könnte einen anderen Mann als ihn erwählen?“

„Nun, vielleicht wünsche ich mir, dass du das tun könntest“, antwortete er. „Denn du musst wissen, ich bin einer von den anderen neunundneunzig Männern, unter denen du ihn auswählen wirst.“

„Wir werden sehen“, erwiderte sie knapp. Doch bei sich dachte sie, dass der Prinz den Diener für seine frechen Worte sicher bestrafen würde, sobald sie ihn gefunden und geheiratet hatte! Sie aß schweigend von dem Mahl, das der Diener ihr serviert hatte.

Kurz nach dem Mahl wurde sie zu dem Raum geführt, in dem sie endlich ihren Prinzen wiedersehen sollte. Der Diener ließ sie an der Tür allein. Sie atmete tief durch, bevor sie die Tür öffnete und eintrat.

Die Stiefmutter des Prinzen stand vor ihr.

„Wo ist der Prinz?“, verlangte die junge Frau zu wissen. Sie wollte doch endlich zu ihrem Geliebten gelangen!

„Er ist hinter der nächsten Tür“, antwortete seine Schwiegermutter. Sie wies auf eine Tür am anderen Ende des Raums. Die junge Frau eilte auf die Tür zu.

„Aber bevor du dort hineingehst, sollst du ein paar Dinge wissen.“ Die Alte lächelte böse. „In diesem Raum befinden sich hundert Männer. Jeder Einzelne von ihnen ist verzaubert, sodass keiner sich von dem Platz, an dem er steht, fortbewegen kann. Außerdem können sie nicht sprechen. Es war notwendig, das zu tun, denn wenn du den Prinzen wirklich liebst, musst du ihn ohne Hilfe unter all den Männern finden.“

„Ich brauche seine Stimme nicht zu hören, um ihn zu finden, noch muss er mir entgegenkommen“, erwiderte das Mädchen.

Die Stiefmutter ignorierte diesen Einwand. „Du warst es, die das Licht in die Dunkelheit gebracht hat. Deswegen musst du deinen Geliebten in der Dunkelheit finden.“

Die junge Frau keuchte entsetzt auf. „Du willst damit sagen, dass ich ihn unter neunundneunzig anderen Männern erkennen soll, ohne etwas zu sehen?“

„Wenn du ihn wirklich liebst, kannst du es schaffen“, antwortete die böse Schwiegermutter. Mit diesen Worten ließ sie die junge Frau allein und rief mit einer Glocke eine Dienerin herbei. Doch bevor sie ging, drehte sie sich noch einmal zu der jungen Frau um.

„Sei vorsichtig, mit wem du sprichst“, sagte sie mit einem grausamen Lächeln. „Der Mann, an den du als Erstes das Wort richtest, wird in Zukunft deine wahre Liebe sein.“

Die junge Frau wandte sich an die Dienerin, die den Raum betrat. Es war eine ältere Frau, die sie freundlich musterte.

„Kannst du mir einen Rat geben?“, flehte sie die Frau an.

„Zieh dich nackt aus“, sagte die alte Frau ruhig.

„Was soll ich machen?“, rief die junge Frau entsetzt.

„Zieh dich aus“, wiederholte die alte Frau. „So wirst du ihn erkennen. Nur so kannst du den Mann erwählen, den dein Körper im Dunkeln erkennt.“

„Aber wie …“ Sie hielt inne. Sie wusste nicht, was sie sagen sollte.

„Das ist der einzige Weg“, erwiderte die kluge alte Frau. „Du hast nur diese eine Chance. Nutze sie!“

Die Weisheit, die sie in den Worten der alten Frau hörte, überzeugte die junge Frau. Sie legte rasch die Kleidung ab. Dann öffnete sie die Tür und trat in den dunklen Raum dahinter. Die Tür schloss sich hinter ihr.

Obwohl in dem Raum eine gespenstische Stille herrschte, konnte sie die Anwesenheit der Männer spüren, die sich hier versammelt hatten. Sie bewegte sich langsam, Schritt für Schritt, vorwärts. Plötzlich wurde ihr bewusst, dass sie nie das Gesicht ihres geliebten Prinzen berührt hatte. Er hatte jeden ihrer Versuche vereitelt, wenn sie seine Identität hatte enthüllen wollen. Sie hatte nur diesen einen Augenblick, da sie ihn im Kerzenlicht gesehen hatte. Sie kannte ihn nur als Liebhaber. Wie konnte das genug sein, um ihn hier zu finden?

Plötzlich spürte sie jemanden neben sich. Sie streckte die Hand aus und spürte in der Dunkelheit einen Mann, der vor ihr stand. Kurz dachte sie an den grinsenden Diener, und sie trat einen hastigen Schritt zurück. Aber der Mann streckte die Hand nach ihr aus und zog sie zu sich heran. Ihr Herz klopfte schneller, als er sie festhielt. Sie wehrte sich nicht und ließ sich von ihm umarmen. Seine Hände glitten an ihrem Körper auf und ab, berührten sie, als wären sie einander vertraut.

Die junge Frau versuchte sich auf das Gefühl seiner Hände auf ihrer Haut zu konzentrieren. Sie rief sich die Hände des Prinzen in Erinnerung und wie sie sich auf ihrer Haut angefühlt hatten. Waren dies die Hände des Prinzen, die sie jetzt liebkosten? Der Mann legte eine Hand zwischen ihre Beine und bewegte langsam einen Finger.

Aber etwas war nicht richtig. Die Finger, die sich in ihr warmes Fleisch gruben, waren kalt. Das waren nicht die Finger ihres Liebhabers. Mit einem leisen Angstschrei riss sie sich von den Händen des Betrügers los. Er war nicht ihr Prinz!

Der nächste Mann, dem sie begegnete, hatte wärmere Hände. Wie schon der Fremde vor ihm berührte er sie sehr vertraut, und auch er kannte keine Scheu. Sie fragte sich, ob alle Männer so nach einer Frau griffen.

Aber bei diesem Mann war es anders. Seine Berührungen kamen ihr bekannt vor. Sie wandte ihm ihr Gesicht zu. Er beugte sich in der Dunkelheit zu ihr herunter, und seine Lippen berührten ihre zu einem sanften Kuss. Sie presste ihren Körper an seinen und schlang die Arme um seinen Körper. Ja, dieser Mann konnte ihr Prinz sein. Ihr Körper reagierte auf seine warmen Küsse und sein Streicheln. Doch seine Küsse fühlten sich auf ihren Lippen viel zu feucht an, und ihr dämmerte, dass auch dieser Mann nicht ihr Prinz sein konnte.

Und so bewegte sie sich durch die Dunkelheit des großen Raums. Vergebens suchte sie nach ihrem Prinzen. Manchmal hatte sie schon beinahe das Gefühl, dass sie ihn gefunden hatte, aber immer war da die Angst, dass sie den falschen erwählen könnte, und sie sprach kein Wort. Denn wenn sie nur ein Wort sprach, würde sie für immer an diesen Mann gebunden sein, und was, wenn es nicht ihr Prinz war?

Ihr blieb nichts anderes übrig, als sich an jene Männer zu halten, die sie an ihren Prinzen erinnerten. In ihrer Verzweiflung erlaubte sie einigen von ihnen, sie zu nehmen, gerade dort, wo sie standen, weil sie dachte, endlich ihren Prinzen gefunden zu haben. Doch schon nach wenigen Augenblicken erkannte sie ihren Irrtum und zog sich von dem fremden Liebhaber zurück.

Sie wurde von Angst und Enttäuschung gepackt. Die Aufgabe, die sich ihr stellte, war so gewaltig, wie sollte sie das schaffen? Wie sollte sie ihren Geliebten unter all den Fremden finden? Sie war erregt, während sie durch den Raum schritt, während sie Unbeschreibliches mit diesen fremden Männern tat. Und während die Nacht voranschritt, konnte sie die einzelnen Berührungen nicht mehr voneinander unterscheiden. Sie konnte nur hoffen, dass ein Wunder geschah. Ein Zeichen, das ihr die wahre Identität ihres Geliebten offenbarte. Es musste doch etwas geben, das sie von dieser erniedrigenden Suche, die man ihr aufgezwungen hatte, befreite!

Das Schlimmste aber war für sie, dass ihr Prinz die ganze Zeit irgendwo in der Dunkelheit stand und alles mitanhörte. Er musste ihr Seufzen und Stöhnen hören, ohne sich rühren zu können, während sie sich den anderen Männern überall im Raum hingab. Er musste miterleben, wie sie jedem Einzelnen zumindest ein bisschen von sich gegeben hatte, weil die Hände gierig nach ihr griffen, ehe sie sie abweisen konnte.

Tränen rannen über ihre Wangen. Sie verzweifelte, aber sie war nicht bereit, aufzugeben, bis sie ihn gefunden hatte. Sie fragte sich, ob sie wohl inzwischen auch den Diener erhört hatte, der sie im Speisesaal bedient hatte. Wie weit sie ihm wohl gestattet hatte, mit ihr zu gehen? Ob er einer der Männer war, der sie gleich hier auf dem harten Fußboden genommen hatte, um den schmerzenden Hunger zu stillen, den sie für einen winzigen Moment verspürt hatte? Sie stolperte blind weiter und betete um ein Wunder.

Und dann stand der nächste Mann vor ihr. Sie trat zu ihm, obwohl noch immer Tränen in ihren Augen brannten.

Der Mann packte sie plötzlich und umarmte sie heftig. Sein Kuss war so hart, dass es ihr den Atem raubte. Sie konnte sich nicht erinnern, dass je ein Mann sie so gewaltsam geküsst hatte, und sie kämpfte gegen ihn an. Sie wollte fort von ihm, fort von seiner schmerzenden Umarmung, die ihre Haut zum Brennen brachte. Aber er ließ sie nicht gehen, und sie wollte um Hilfe schreien.

Doch sie erinnerte sich, dass sie nicht sprechen durfte. Wenn sie jetzt sprach, würde sie nicht nur ihren geliebten Prinzen für immer verlieren, sondern wäre auch für immer in Liebe an diesen Rohling gebunden! Angst überflutete sie, als sie erkannte, dass dieser Fremde sie mit Gewalt nehmen könnte, ohne dass sie ein Wort sagen durfte.

Der Mann ließ einen Moment von ihr ab, als wollte er sich sammeln, aber sie konnte ihm nicht entkommen. Er hielt sie fest an sich gedrückt. Sie spürte, wie sein Herz gegen ihre Brust hämmerte. Er vergrub sein Gesicht in ihrem Haar, und es war, als würde der Geruch ihres Haars ihn augenblicklich beruhigen. Tief sog er ihren Duft ein.

Sie entwand sich seiner Umarmung und drehte sich um. In genau diesem Moment glitt der verzauberte Kamm aus ihrem Haar; sie bemerkte es erst, als der Fremde nach ihr griff. Die Strähnen ihres Haars fielen ihm direkt in die Hand, und er hielt sie fest. Sie konnte ihm nicht entkommen.

Ganz langsam und entschlossen begann er ihre Haare um seine Hand zu winden. Rundherum und rundherum brachte er sie näher zu sich, bis ihr Gesicht wenige Zentimeter von seinem entfernt war. Etwas in ihr erbebte. Seine Hand hielt noch immer ihr Haar, doch er zog ihren Kopf sachte zurück, bis ihre Lippen direkt an seinen ruhten. Sie spürte den vertraut warmen Atem auf ihren Lippen, bevor er sie in einem behutsamen Kuss teilte. Es war genauso wie jene vertrauten Küsse, an die sie sich wieder erinnerte. Er war ihr Prinz.

Sie erschauderte, als sie daran dachte, dass sie beinahe vor ihm davongelaufen wäre. Aber warum war er so grob zu ihr gewesen, als sie zu ihm trat?

Sie errötete, als sie daran dachte, dass ihr geliebter Prinz all die Zeit in der Dunkelheit gestanden hatte. Er hatte gehört, wie sie sich anderen Männern hingegeben hatte. Während all die anderen Männer ihr vorgegaukelt hatten, sie seien ihr Prinz, hatte er stumm gewartet. Sie erkannte, dass seine Wut ihn getrieben hatte.

Jetzt aber glitten seine Hände zärtlich über ihren Körper, und ihr Körper reagierte auf seine Berührungen. Er liebte sie an diesem Ort, zwischen all den Männern, dort wo er so lange auf sie gewartet hatte. Sie klammerten sich in der Dunkelheit aneinander, und nun war sie endlich sicher, ihren Prinzen gefunden zu haben.

„Ich liebe dich“, flüsterte sie.

Daraufhin wurden die beiden in einem Wirbel zum Schloss des weißen Bären zurückgetragen, zurück in das Bett. Sie lagen nebeneinander im Schein von hundert Kerzen, und sie blickten einander an. Ihre Erlebnisse erschienen ihnen nun beinahe wie ein böser, ferner Traum.

Nun, da der Fluch von ihnen genommen war, heirateten sie bald. Bis zum heutigen Tag leben sie glücklich zusammen.

Und auch wenn die junge Frau nichts mehr liebt als den Anblick ihres hübschen Prinzen, träumt sie manchmal von dem unbekannten Liebhaber, der sie einst in der Nacht besuchte.

Und wenn sie sich allzu sehr nach ihm sehnt, kommt er zu ihr. Und auch an diesem Abend wartet er schon vor der Tür ihres Schlafzimmers, bis es dunkel ist. Dann wird er sich leise zu ihr schleichen …

GOLDLÖCKCHEN UND DIE DREI BARONE

Kaum etwas ist ärgerlicher als ein Schlaukopf, der sich ständig einmischt. Jemand, der seine Nase überall hineinsteckt, um dann aus einer Mücke einen Elefanten zu machen. Solche naseweisen Eindringlinge scheren sich weder um Anstand noch um den gesunden Menschenverstand. Ob ihre Enthüllungen auf Tatsachen beruhen, ist ihnen vollkommen gleichgültig. Hauptsache, sie können eine Nichtigkeit zu etwas Schockierendem aufbauschen. Und darin war Goldlöckchen wahrhaftig eine Meisterin.

Goldlöckchen hatte ein ausgeprägtes Interesse an Dingen, die sie nichts angingen – insbesondere dann, wenn es sich um vertrauliche Angelegenheiten handelte. Über diese schrieb sie dann Artikel, die sie an ihren Redakteur beim „Woodland Enquirer" schickte. Auf diese Weise hatte sie schon zahllose Bewohner des Waldes bloßgestellt und gedemütigt. Und es war in der Tat eine missliche Sache, wenn man mit irgendetwas ihre Aufmerksamkeit auf sich gezogen hatte.

Solche Umstände waren es auch, die Goldlöckchen eines Morgens in einen abgelegenen Teil des Waldes gebracht hatten. Sie war auf der Suche nach drei englischen Baronen, die dort lebten. Es schien ihr ebenso merkwürdig wie ungewöhnlich, dass drei Männer beschlossen haben sollten, der Zivilisation zu entsagen und im hintersten Teil des Waldes zu leben. Unkonventioneller Lebensstil war in ihren Augen gleichbedeutend mit Fehlverhalten, und da die Männer wohlhabend und bekannt waren, sah sie es als ihre Pflicht an, ihre Geheimnisse vor aller Welt zu enthüllen.

Den Baronen hingegen war vollkommen entgangen, dass sie größeres Interesse erregt hatten, denn völlig abgeschieden vom Rest der Welt zu leben gefiel ihnen vorzüglich. Ihrem äußerst überheblichen, unduldsamen Naturell entsprechend betrachteten sie alle anderen Menschen sowieso als lästig und verabscheuungswürdig. Der Geschmack der Masse erschien ihnen unerträglich gewöhnlich, die Interessen der Öffentlichkeit waren für sie gänzlich unerheblich. So war es kaum verwunderlich, dass es sie danach verlangte, sich vom „niederen Volk" abzuschotten, dem es umgekehrt zweifellos besser erging, wenn es auf die nähere Bekanntschaft mit den hochnäsigen Adeligen verzichtete.

Und so saßen die Barone an diesem Morgen in ihrer gewohnten Selbstgenügsamkeit und völligen Ahnungslosigkeit, was die Welt außerhalb ihrer eigenen betraf, bei ihrem ersten Mahl des Tages zusammen. Ihre einzige Sorge bestand in der Tatsache, dass ihr Frühstücksbrei außergewöhnlich heiß war. Und so entspann sich ein Gespräch darüber, wie diesem Problem beizukommen war.

„Ich meine", bemerkte der erste Baron, hob die Augenbrauen und sah seine Freunde strafend an, „dass dieser Brei über die Maßen heiß ist."

„In der Tat", stimmte der zweite zu. „Gelinde gesagt, er ist unerträglich heiß."

„Vielleicht sollten wir ihn einfach da stehen lassen, heiß wie er ist", fügte der dritte hinzu. „Mit der Zeit dürfte er wieder genießbarer werden."

Und mit diesen Worten verließen sie den Frühstückstisch für einen Morgenspaziergang durch den Wald. Sie strichen gemächlich umher und ergötzten sich an Anekdoten über das Wild, das den Forst bevölkerte und munter umhertollte, weil es in dem harmlosen Geplauder der Barone keine Bedrohung ausmachen konnte.

Während die Herren also dergestalt beschäftigt waren, entdeckte Goldlöckchen ihr abgeschiedenes Landhaus. Da sie sich selten in der Stimmung fühlte, ihre Opfer direkt anzusprechen, näherte sie sich dem Haus vorsichtig. Heimlich, um nicht entdeckt zu werden, schlich sie auf der Rückseite des Hauses entlang und spähte durch ein Fenster. Da ihr dieser Blick jedoch kein erschöpfendes Ergebnis lieferte, schlich sie zu einem anderen Fenster und dann einem weiteren, bis sie endlich davon ausgehen konnte, dass das Haus verlassen dalag.

Goldlöckchen arbeitete sich vorsichtig bis zum Vordereingang vor und legte ihr Ohr an die Tür. Nicht der geringste Laut war von drinnen zu hören. Dann wagte sie ein verschämtes Klopfen, auf das keine Antwort erfolgte.

Schließlich drehte sie am Türknauf, stellte erfreut fest, dass die Tür nicht abgeschlossen war, öffnete sie und steckte den Kopf hinein. Nach einem Moment trat sie ins Haus und schloss die Tür hinter sich.

Sobald sie im Haus war, fiel Goldlöckchen der Brei auf, der in Schüsselchen auf dem Tisch stand. Da sie aber das Heim der drei Barone ohne Einladung betreten hatte, sollte es die Leserin nicht überraschen, dass sie in ihrem Treiben fortfuhr und von dem Essen kostete, denn es war so einladend arrangiert, dass sie sich vorstellte, es sei geradezu für einen Gast wie sie gedacht. Folglich wäre es ja geradezu impertinent gewesen, nicht davon zu kosten. Ganz abgesehen davon, dass man eine ganze Menge über Menschen lernen kann, wenn man von ihren Speisen kostet, wie sie für sich schlussfolgerte. Und so nahm sie vor einem der Schüsselchen Platz, ohne einen weiteren Gedanken daran zu verschwenden, und führte den Löffel zu ihren Lippen.

Aber sogleich fuhr sie wieder zurück und rief: „Der ist ja viel zu heiß!" Sie holte ihr Notizbuch hervor und schrieb ein paar Zeilen. Dann nahm sie sich das zweite Schüsselchen vor, um davon zu probieren. Aber auch diesmal spie sie den Bissen fast wieder aus und meinte: „Und der ist viel zu kalt!" Wieder kritzelte sie etwas in ihr Notizbuch. Das dritte Schüsselchen jedoch war mehr nach ihrem Geschmack, und sie sagte: „Der hier ist genau richtig!" Und bevor sie das Schüsselchen ganz leer aß, machte sie sich noch ein paar Notizen.

Nachdem sie sich in der Küche umgesehen hatte, nahm sich Goldlöckchen das Wohnzimmer vor. Dort standen drei sehr unterschiedliche Sessel. In einen davon setzte sie sich und stand fast augenblicklich wieder auf. „Du liebe Güte, der ist ja viel zu hart!“, rief sie und machte sich noch ein paar Notizen, bevor sie fortfuhr. Sie nahm in einem anderen Platz und verschwand regelrecht in den Polstern. „Der ist doch viel zu weich“, meinte sie und merkte es sich. Der dritte Sessel jedoch war sehr bequem, und so sagte sie: „Der hier ist genau richtig.“ Aber der Sessel war betagt, und mit einem leisen Krachen brach er plötzlich unter ihr zusammen und ließ das arme Goldlöckchen auf den harten Holzboden plumpsen. Wütend kritzelte sie in ihrem Notizbüchlein herum.

Inzwischen war sie überzeugt, dass sie in eine bemerkenswerte Story gestolpert war, also setzte Goldlöckchen ihren Erkundungsgang durch den langen Korridor fort, der zu einem Zimmer mit drei Betten darin führte. Und ohne auch nur einen Gedanken an so etwas wie Zurückhaltung zu vergeuden, ließ sie sich in eines der Betten fallen.

„Aber das ist ja viel zu hart“, beschwerte sie sich im nächsten Moment und nahm sich das nächste Bett vor, nachdem sie sich abermals ein paar Notizen gemacht hatte. „Und das ist wieder viel zu weich“, lautete ihre Meinung zum zweiten Bett, die sie umgehend aufschrieb. Und erneut war das dritte eine Wohltat, und so fielen ihr die Augen zu, nachdem sie ihre Beobachtungen aufgeschrieben hatte. Und nach ein paar Sekunden nur war sie bereits eingeschlafen.

Während Goldlöckchen friedlich im Bett schlief, kehrten die Barone von ihrem Spaziergang zurück. Die frische Luft hatte ihnen Appetit gemacht, und sie gingen sogleich hungrig zu den Schüsselchen mit ihrem Morgenbrei. Sofort aber fiel ihnen auf, dass etwas nicht stimmte.

„Es hat den Anschein", näselte der erste Baron, „als hätte jemand von meinem Brei gegessen."

„Wie merkwürdig!", rief der zweite aus. Aber als er dann sein eigenes Schüsselchen sah, schnappte er nach Luft. „Oje" war alles, was er hervorbrachte.

„Da hat tatsächlich jemand von unserem Brei gegessen", urteilte der dritte. „In meinem Schüsselchen ist gar nichts mehr übrig!"

Alarmiert von dem merkwürdigen Vorfall, machten sich die Barone sofort daran, herauszufinden, ob irgendetwas anderes in ihrem Zuhause in Mitleidenschaft gezogen worden war. Und als sie ihr Wohnzimmer betraten, fiel ihnen sofort auf, dass auch hier etwas nicht stimmte.

„Jemand hat in meinem Sessel gesessen", behauptete der erste, obwohl auf dem harten Holzsitz gar nichts davon zu erkennen war.

„In meinem ebenfalls", pflichtete ihm der zweite bei,

der verständnislos auf den Abdruck schaute, den Goldlöckchens Hinterteil auf dem weichen Polster hinterlassen hatte.

„Aber was ist nur mit meinem Sessel passiert?", rief der dritte in höchster Erregung. „Er ist ja völlig in die Brüche gegangen!"

Vorsichtig gingen sie in ihr Schlafzimmer. Dem ersten stockte hörbar der Atem, als er die zerknitterten Laken auf seinem Bett erblickte. „Da hat jemand in meinem Bett geschlafen!", rief er.

„In meinem auch!", echote der zweite.

„Und in meinem Bett hat auch jemand geschlafen, und sie ist immer noch da!", erklärte der dritte verblüfft. Der hohe Ton dieser letzten Bemerkung riss Goldlöckchen aus ihrem Schlaf. Man stelle sich ihren Schrecken vor, als sie die drei Barone erblickte, die sich vor ihr aufgebaut hatten! Sofort sprang sie auf und wollte durch das nächste offene Fenster entfliehen, aber der Baron, in dessen Bett sie geschlafen hatte, hielt sie fest.

„Wer sind Sie, und was machen Sie in meinem Bett?", fragte er mit gebieterischer Stimme.

„Ich heiße Goldlöckchen", antwortete sie. Aber ihre Anwesenheit im Bett des Barons konnte sie natürlich nicht erklären.

„Sie haben von meinem Brei gegessen, meinen Sessel zerbrochen und meine Bettlaken zerwühlt", fuhr der Baron fort und sah sie von oben bis unten entschieden angeekelt an. Er hatte sie mit zwei Fingern angefasst, während die anderen drei Finger abgespreizt waren, als wolle er sich nicht anstecken. „Halten Sie still! Ich werde die Angelegenheit zur Meldung bringen!"

„Oh nein!", rief Goldlöckchen. „Das können Sie doch nicht machen!" Sie war immer noch dabei, sich bei ihrem letzten Rechtsstreit aus der Affäre zu ziehen, eine Folge ihrer unrühmlichen journalistischen Praktiken. Aber aus dieser Sache hier würde sie nicht einmal ihr Redakteur herauspauken können!

Der Baron schien von ihrem plötzlichen Ausbruch regelrecht verwirrt. „Kann ich nicht?", fragte er. „Aber warum sollte ich das nicht tun?" Er sah seine Freunde spöttisch an, aber sie sahen genauso ratlos drein, weil sie sich nicht vorstellen konnten, wieso er die Sache nicht zur Meldung bringen sollte.

Goldlöckchen schnappte nach Luft. Sie suchte fieberhaft nach einer glaubwürdigen Entschuldigung für ihre Anwesenheit, vorzugsweise eine, die ihr eine weitere rechtliche Auseinandersetzung ersparen würde. „Weil ich ausdrücklich beauftragt wurde, hierherzukommen!", log sie eilig.

„Ausdrücklich beauftragt?", wiederholte der Baron, jetzt noch verwirrter als zuvor. Er kam gar nicht auf die Idee, dass sie versuchte, ihn hereinzulegen. „In wessen Auftrag wurden Sie denn hierher geschickt und mit welcher Absicht?“

„Nun … äh …“ Goldlöckchen suchte verzweifelt nach einer schnellen Antwort.

„Ich wette, das war Count Wallingford!“, meldete sich einer der anderen Barone plötzlich. „Erinnert ihr euch noch an den Streich, den wir ihm letzten Winter gespielt haben?“

Fragend schauten die drei Goldlöckchen an. Sie ergriff den Strohhalm, der sich bot, ohne zu wissen, wovon der Baron eben gesprochen hatte und lächelte.

„Er hatte geschworen, dass er sich revanchieren würde!“, rief der dritte Baron. Aber er sagte es so fröhlich, dass es nicht den Eindruck machte, als sei er sonderlich aufgebracht.

„In der Tat“, bemerkte der Baron, der eben noch die Behörden hatte alarmieren wollen. Er lockerte seinen Griff um Goldlöckchens Handgelenk und lächelte breit, während er die Sache bedachte. „Aber wo um alles in der Welt glaubt ihr, hat er dieses Flittchen aufgetrieben?“

„Das müssen wir ihn fragen, wenn wir ihn das nächste Mal sehen“, meinte sein Freund mit einem Schmunzeln. Das Benehmen der Männer veränderte sich zusehends, und sie waren plötzlich guter Dinge und viel lockerer. Sie traten an Goldlöckchen heran und begannen wie selbstverständlich, die Knöpfe ihres Kleides zu öffnen. Dabei sprachen sie fröhlich miteinander, ohne Goldlöckchen sonderlich Beachtung zu schenken.

„Auf ein Wort“, bemerkte der erste, als er das Kleid über ihren Kopf zog und es seinen Freunden hinhielt. „Aus was für einem Material ist dieses lächerliche Stück Lumpen wohl gefertigt?“

„Ich habe etwas in der Art noch nie zuvor gesehen“, gab der zweite zurück und rümpfte mit Missfallen die Nase. „Es erinnert irgendwie an diesen Stoff, aus dem man Kartoffelsäcke herstellt.“

„Aber schaut euch erst mal die hier an!“, schrie der erste Baron auf und zog an Goldlöckchens Unterwäsche. Ihm schien kaum aufzufallen, dass er ihr die Sachen regelrecht vom Körper riss, damit er sie seinen Freunden hinhalten konnte. „Wenn die nicht völlig abscheulich sind!“

Seine Freunde zeigten ihren Ekel, als sie das Baumwollhöschen erblickten, das so ganz anders war als die seidenen Unterhöschen, die sie einzukaufen pflegten.

Goldlöckchen starrte die drei völlig entgeistert an. Bevor sie auch nur begreifen konnte, was die drei vorhatten, stand sie schon nackt vor ihnen und sah stumm zu, wie sie im lässigen Plauderton ihre Unterwäsche diskutierten. Als Nächstes begannen sie sich selbst auszuziehen, was sie ganz ohne Eile taten, als wäre es das Selbstverständlichste der Welt. Jedes Kleidungsstück legten sie ordentlich zusammen und hingen es sorgfältig über einen Stuhl. Schließlich legte sich der erste Baron auf das Bett, in dem Goldlöckchen eben noch geschlafen hatte. Er hob seine Augenbrauen und sah sie erwartungsvoll an.

„Nun?“, meinte er, und als sie ihn nur anstarrte, klopfte er neben sich auf das Bett und rief: „Willst du da Wurzeln schlagen, Mädchen?“

Die beiden anderen führten sie zu ihm, und zu ihrem großen Erstaunen brachte sie nicht den geringsten Widerstand auf. Es stand außer Zweifel, dass ihre übertriebene Neugier sie hierher gebracht hatte, und nun wollte sie auch wissen, wie diese ungewöhnliche, aber höchst aufregende Sache ausgehen würde. Für die Barone war sie offensichtlich eine Fremde, die zu ihrer Unterhaltung hergeschickt worden war. Ihre wahre Identität würden sie mit ziemlicher Sicherheit nie herausbekommen. Sie konnte später einfach wieder gehen, als wäre all das nie passiert. Eine solche Gelegenheit hatte sich ihr noch nie zuvor geboten und würde sich ihr vermutlich auch kein zweites Mal bieten. Und abgesehen von alledem fühlte sie sich unfähig, sich dem merkwürdig autoritären Willen der Barone oder dieser höchst ungewöhnlichen Orgie zu widersetzen.

Die beiden Barone platzierten Goldlöckchen auf ihrem Freund, sodass sie auf ihm lag, aber sie schnappte nach Luft und sagte: „Der ist viel zu hart!“

Darauf erwiderte der Baron: „Das haben wir gleich.“

Goldlöckchen fügte sich, und sogleich erfüllte sie ein

mächtiges Wohlgefühl, als sie seine harte Männlichkeit zur Gänze in sich aufgenommen hatte.

Der zweite Baron stellte sich direkt vor Goldlöckchens Gesicht und forderte sie auf, den Mund zu öffnen. „Der ist viel zu weich", entfuhr es ihr noch, bevor er ihren Mund füllte.

„Das haben wir gleich", gab er zurück. Und ein paar Sekunden darauf merkte Goldlöckchen, dass er die Wahrheit gesprochen hatte.

Goldlöckchen schielte zum dritten Baron, der sich gerade mit einer Art Gel versorgte. „Oh", dachte sie, „der ist ja genau richtig." Aber im nächsten Moment änderte sie ihre Meinung, denn er stellte sich direkt hinter sie – und als er von hinten in sie eindrang, fühlte es sich nicht sofort „genau richtig" an. Sie hielt den Atem an.

So ähnlich muss sich ein Schmetterling fühlen, wenn man sorgsam seine Flügel auseinanderdrückt und ihn auf eine Platte nagelte, dachte Goldlöckchen bei sich. Und während die drei Barone auf Goldlöckchen in der Tat ebenso wenig Rücksicht nahmen wie ein Sammler auf seine Schmetterlinge, so erhielt sie doch für diesen Moment all ihre Aufmerksamkeit. Goldlöckchen fühlte sie mit allen Sinnen; gleichzeitig konnte sie sich kaum bewegen und war ihrem Willen schutzlos ausgeliefert.

Die Barone berührten und befummelten jeden Zentimeter ihres Körpers, während sie sich nahmen, was sich ihnen so überraschend geboten hatte. Sie wollten diese Gelegenheit bis ins Letzte auskosten.

Aber auch Goldlöckchen spürte längst, wie sich ihre Erregung immer mehr steigerte. Solche Gefühle hatte sie nie zuvor erlebt, und gleichzeitig verlangte es sie nach mehr. Sie japste und wimmerte, als die Barone immer drängender wurden und erbarmungsloser. Aber dann wieder wurden sie langsamer und zwangen sich zur Zurückhaltung, um das Erlebnis so lang wie möglich auszukosten. Immer wieder unterhielten sie sich dabei über ihren Körper, wie weich zum Beispiel ihre Haut sei und wie willig ihr Mund, und dabei gruben sich ihre Hände in Goldlöckchens Haare, ihre Brüste und ihren Hintern. Das steigerte Goldlöckchens Begehren noch mehr, und plötzlich wollte sie von ihnen benutzt werden.

Sie spreizte ihre Beine noch weiter und bog den Rücken, drückte ihre Hüften in die Luft, um den dritten Baron zur Gänze in ihrem Hintern aufzunehmen. Ihr Unbehagen dabei vermischte sich mit ihrer Erregung und führte sie zu immer größerer Lust. Sie drückte sich noch fester an den ersten Baron und bewegte sich auf ihm vor und zurück, um ihn ebenfalls anzustacheln. Und um auch den zweiten Baron nicht zu vernachlässigen, öffnete sie ihren Mund noch weiter und legte ihren Kopf noch weiter zurück, damit er noch tiefer in sie eindringen konnte. Jeder Stoß steigerte ihr Vergnügen weiter.

Jede ihrer Bemühungen wurde von den Baronen aufmerksam registriert, und sie sprachen darüber auf eine Weise, die Goldlöckchens Feuer immer mehr anfachte, sodass es immer heißer und tiefer in ihr brannte und sie zu überwältigen drohte.

Und sie liebkoste jeden der drei Barone mit dem Teil ihres Körpers, den er sich genommen hatte. Sie kümmerte sich nicht darum, wie sie aussah oder wie sie sich später an sie erinnern würden, denn im selben Maße, wie sie sie befriedigte, verspürte sie ihre eigene Lust. Ihr Körper bäumte sich ungestüm auf. Sie ließ sie ihre Lust hören, und die Barone beobachteten erfreut, dass sie ihnen nicht nur gefügig war, sondern noch nach mehr verlangte.

Die drei Barone beabsichtigten offenbar, Goldlöckchens Körper so lange zu gebrauchen, wie sie es zuließ, denn sie hielten den Höhepunkt immer wieder zurück. Der Baron, der ihren Mund in Besitz genommen hatte, hielt sie bei ihren goldenen Locken und zog daran. Der Baron unter ihr umfasste ihre Brüste mit beiden Händen und bearbeitete ihre Brustspitzen heftig, während sie erschauerte und sich hilflos auf ihm wand. Der dritte Baron schlug sie so fest auf den Hintern, wie er es vermutlich mit seinem Pferd machte, wenn es bockig war.

Aber schließlich konnten die Barone ihren Höhepunkt nicht mehr weiter hinauszögern, und jeder von ihnen wurde drängender und stieß noch fester in sie hinein. Sie war noch nie zuvor so roh benutzt worden und schrie auf vor Wonne, als ihr Körper auf die lustvollste Weise erlöst wurde. Auch die Barone verloren die Kontrolle und füllten ihren gefügigen Körper lautstark bis zum Rand.

Kurze Zeit später fand sich Goldlöckchen im selben Wald wieder, in dem sie ihren Tag begonnen hatte. Vage überlegte sie, was mit ihr geschehen war. Hätte sie nicht jede Faser ihres geschundenen Körpers verräterisch spüren können, hätte sie das Ganze als einen bloßen Tagtraum abgetan. Aber es war kein Tagtraum gewesen, und so dachte sie darüber nach, was sie getan hatte und wie es dazu gekommen war.

„War es unrecht von mir, ohne Aufforderung in das Haus der Barone einzudringen?“, überlegte sie. „Aber nein. Dann wäre ich dafür doch ganz sicher nicht so reich belohnt worden!“

Und so lernte das arme Goldlöckchen wieder einmal nichts aus ihrem Erlebnis und wird ohne jeden Zweifel auch weiterhin im Privatleben anderer herumstöbern. Aber wir sollten uns stets vor merkwürdigen, von Männern bewohnten Landhäusern im tiefsten Wald hüten.

Oder etwa nicht?

SPIEGLEIN, SPIEGLEIN AN DER WAND

Es war einmal in einem Königreich, das weit und breit bekannt war für die schönen Frauen, die dort lebten. Ein Zauberer verliebte sich in eine dieser jungen Schönheiten. Aber das Mädchen betrog den Zauberer, und er starb kurze Zeit später an gebrochenem Herzen. Doch mit den letzten Atemzügen verzauberte er das gesamte Königreich, und soweit man weiß, wirkt dieser Zauber noch heute.

Der Zauberspruch traf alle Frauen des Königreichs. Keine Einzige von ihnen war nun länger so liebreizend, wie man es gewohnt war; sie erkannten sich selbst kaum wieder. Sogleich begann ein Wettstreit unter ihnen, und all die schönen Frauen begannen sich in das Gegenteil dessen zu verwandeln, was man bisher als Schönheitsideal betrachtet hatte.

Es begann damit, dass sie sich beinahe zu Tode hungerten, denn plötzlich glaubten sie, eine ausgemergelte Gestalt würde mehr Anklang bei den Männern finden als ihre weiblichen Formen, die sie besaßen, weil sie sich bisher gesund ernährt hatten. Diejenigen unter ihnen, die den Entbehrungen nicht standhielten, wandten andere, nahezu unmenschliche Methoden an, um ihre gesunden Rundungen loszuwerden.

Als Nächstes mussten die Brüste straffer und größer werden als es ihre Natur war. Die Frauen glaubten so fest daran, dass sie damit begehrenswerter werden würden, dass es ihnen ganz egal war, wievielerlei Schmerz sie sich damit selbst zufügten.

Aber das Schlimmste war für die Frauen fortan, wenn sie begannen zu altern, und sie taten alles, was in ihrer Macht stand, um diesen Prozess aufzuhalten. Sie unterzogen sich sogar gefährlichen medizinischen Behandlungen.

Auch wenn es weit hergeholt und unwahrscheinlich klingt, dass Frauen sich all diese Dinge antaten – es war so. Man kann gar nicht ernsthaft genug darlegen, zu welchen Opfern sie bereit waren, um genau das zu sein, was sie nicht waren. Sogar an ihren Haaren nahmen sie absurde Veränderungen vor. Sie ließen sie sich in Locken legen und färben, zupfen, wachsen und rasieren, so lange, bis jedes einzelne Haar am Körper entweder gebändigt oder entfernt war.

Es gelang nur wenigen Frauen, diesem neuen, unbequemen und arbeitsintensiven Schönheitsideal zu entsprechen. Diejenigen, die es schafften, wurden von den anderen verehrt wie eine Königin und fühlten sich über alle anderen erhaben. Sie waren allerdings gleichermaßen verpflichtet, den Männern zu Willen zu sein, und selbstredend waren sie dem Neid der anderen Frauen ausgesetzt, die ihnen ihr hohes Ansehen missgönnten.

Kurz gesagt: Der Fluch des Zauberers brachte großes Elend über die Frauen des verzauberten Landes.

Nun begab es sich aber, dass sich die Regierungszeit einer Frau, die sogar für diese Zeiten besonders schön war, dem Ende zuneigte, denn sie hatte das Alter erreicht, in dem ihr Wert – als Frau und als Königin – schnell sank. Diese Königin hatte bereits verzweifelt in den Büchern und Broschüren, die allüberall im Land veröffentlicht wurden, um den Frauen zu sagen, wie sie ihre Schönheit länger bewahren konnten, durchsucht, doch sie fand dort weder Rat noch Trost. Schließlich sank sie in ihrem Schlafzimmer vor dem riesigen Spiegel, der an der Wand hing, zusammen, und rief voller Verzweiflung:

„Spieglein, Spieglein an der Wand,
wie lang noch bin ich die Schönste im Land?
War all mein Mühen vergebens?
Hilf mir, weiter schön zu leben!“

Nun war es aber so, dass die Spiegel des Königreichs, zusammen mit den Büchern und Broschüren, Teil des Fluchs waren; ja, man muss sogar sagen, dass die Spiegel die wahren Instrumente des bösen Zaubers waren. Erst durch sie gewann er seine Kraft und seine Stärke.

Der Spiegel hatte geduldig auf diese Gelegenheit gewartet und antwortete:

„Deine Schönheit war einst ohne Gleich,
doch bald bist du nicht mehr die Schönste im Königreich!

Finde ein Mädchen, so schön wie du.
Iss ihr Herz und finde Ruh!"

Die Königin keuchte auf. Welch schreckliche Worte der Spiegel zu ihr gesprochen hatte! *Iss ihr Herz und finde Ruh!* Wie entsetzlich – so ein Herz musste doch der reinste Dickmacher sein! Sie trat näher an den Spiegel und blickte hinein. Zu ihrem Entsetzen entdeckte sie unter jedem Auge zwei winzige, zarte Fältchen, die sich dort eingenistet hatten. Sie kreischte und wandte sich abrupt vom Spiegel ab.

Iss ihr Herz und finde Ruh!

Sie ertrug den Spiegel nicht länger. Fluchtartig verließ sie ihr Schlafzimmer. Auf dem Flur aber begegnete sie ihrer Stieftochter Schneewittchen. Das Mädchen wurde so genannt, weil ihre Haut so klar und hell war wie frisch gefallener Schnee. Die Königin hatte das Mädchen nie besonders gemocht. Das war für diese Zeiten nichts Ungewöhnliches, Frauen mochten selten andere Frauen, nicht einmal als Kind. Immerhin hatte die Königin Schneewittchen akzeptiert, weil sie sie an deren Vater erinnerte.

Doch bei dieser Begegnung stockte der Königin der Atem: Dieses lästige Kind war zu einer ebenso außergewöhnlichen Schönheit herangewachsen, wie sie selbst einst gewesen war. *Finde ein Mädchen so schön wie du.* Die Königin erschauderte, als sie erneut an die Worte des Spiegels erinnert wurde. Barsch befahl sie Schneewittchen, ihrer Arbeit in der Küche nachzugehen.

So ging einige Zeit ins Land. Das arme Schneewittchen war gezwungen, wie eine Magd im Haus ihres Vaters zu schuften. Währenddessen konnte ihre Stiefmutter aber den Anblick von Schneewittchen kaum ertragen. Jedes Mal wenn sie dem Mädchen begegnete, verspürte sie nahezu körperliche Schmerzen, die sich immer tiefer in sie hineinbohrten.

Eines Morgens – der Tag der Abdankung rückte immer näher – stand die Königin wieder zutiefst unglücklich vor dem großen Spiegel in ihrem Schlafzimmer. Und obwohl sie einen kurzen Moment lang zögerte, wiederholte sie ihre armselige Bitte erneut:

„Spieglein, Spieglein an der Wand,
wie lang noch bin ich die Schönste im Land?
War mein Mühen denn vergebens?
Hilf mir, für immer schön zu leben!“

Der Spiegel hatte schon darauf gewartet, dass die Königin ihn erneut um Rat fragte, und antwortete ungerührt:

„Deine Schönheit war einst ohne Gleich,
doch bald bist du nicht mehr die Schönste im Königreich!
Schneewittchen ist so schön wie du!
Iss ihr Herz und finde Ruh!“

Die Königin wandte sich erneut ab. Sie zitterte vor Wut, griff wahllos nach einem Stuhl, der in der Nähe stand und wollte ihn in den Spiegel schleudern. Nie wieder sollte der Spiegel sich erlauben, ihr so etwas anzutragen!

Doch dann hielt sie inne. Zum einen, weil sie glaubte, dass der Spiegel ihr den einzigen Ausweg aufgezeigt hatte. Zum anderen aber hatte sie in ihrem ausgehungerten Zustand nicht die Kraft, den Stuhl hochzuheben, geschweige denn zu schleudern. Sie setzte sich stattdessen auf ihn und überlegte. Wenn es der einzige Weg war, ihre Schönheit zu bewahren – dann würde sie Schneewittchens Herz eben essen!

Sie beschloss zu handeln. Sie wollte es schnell hinter sich haben und ließ nach ihrem treuesten Diener schicken. Dieser war jedoch in Wahrheit ein hübscher Prinz, der sich verkleidet hatte, denn er war in die Königin verliebt und konnte ihr auf diese Weise nah sein. Geduldig wartete er auf die richtige Gelegenheit, ihr Herz zu gewinnen.

Der Prinz lauschte dem ungewöhnlichen Wunsch seiner Königin und starrte sie ungläubig aus seinen schönen blauen Augen an. Liebe war die einzige Macht, die dem Fluch des Zauberers widerstand, und so hatte er nicht bemerkt, wie seine Angebetete sich verändert hatte. Im Gegenteil: Für ihn wurde sie sogar mit jedem Tag schöner.

Und weil er ihr keinen Wunsch abschlagen konnte, erklärte er sich schließlich bereit, ihren Befehl auszuführen, zumal dies endlich die Gelegenheit war, auf die er so lange gewartet hatte. Und so knüpfte er eine Bedingung an seinen Gehorsam: Die Königin sollte diesen Abend mit ihm verbringen, fernab vom Schloss und von allen Bediensteten.

In ihrer Verzweiflung erklärte sich die Königin einverstanden. Der Prinz suchte Schneewittchen und fand sie schließlich in der Küche. Doch weil er so ein freundlicher und guter Mann war, konnte er ihr nichts antun. Er brachte das Mädchen stattdessen tief in den Wald, damit sie in Sicherheit war, und schlachtete auf dem Rückweg ein Lamm. Vorsichtig schnitt er das Herz heraus und brachte es ins Schloss.

Die Königin verlor keine Zeit und ließ das Lammherz für sich zubereiten. Es wurde im besten Öl gebraten, und sie achtete darauf, dass dieses Öl ungesättigte Fettsäuren enthielt. Sie ließ es sich auf einem goldenen Teller servieren. Vorsichtig nahm sie einen winzigen Bissen.

Es schmeckte erstaunlich gut. Es kostete sie dennoch große Überwindung, es Stück für Stück zu verspeisen. Aber der grausame Fluch trieb sie dazu an, jeden Bissen herunterzuwürgen, bis auch das letzte Stückchen in ihrem Mund verschwunden war.

Danach wollte die Königin sofort in ihr Schlafzimmer eilen und sich vor den Spiegel stellen, um das Ergebnis dieser Mahlzeit zu betrachten, aber der Prinz hinderte sie daran und erinnerte sie, dass sie ihm versprochen hatte, mit ihm den Palast zu verlassen. Dabei legte er solch eine Entschlossenheit an den Tag, dass die Königin zustimmte. Sie machten sich auf den Weg und fuhren in einer Kutsche tief hinein in die Wälder. Weiter und immer weiter entfernten sie sich vom Schloss und erreichten schließlich ein kleines Steinhaus, das von wilden, betörend duftenden Rosen überwuchert wurde. Die Zweige rankten sich an den Steinmauern hoch und bedeckten beinahe auch das Dach des kleinen Hauses.

Die beiden atmeten den süßen, schweren Duft der Rosenblüten ein. War es die verzauberte Stimmung, die sie wie in einem Kokon einhüllte? Oder war es die Tatsache, dass es die wahre Liebe des Prinzen war, die sie hierher gebracht hatte? Wie auch immer: Dieses kleine Häuschen am Rande des Waldes war nicht von dem Fluch des Zauberers berührt.

Und so kam es, dass sich die Königin im gleichen Augenblick, in dem sie durch die niedrige Tür trat, überwältigend schön und begehrenswert fühlte, und sie war so glücklich wie nie zuvor in ihrem Leben. Das musste die Wirkung von Schneewittchens Herz sein, da war sie sich sicher, doch der wirkliche Grund war, dass sie hier nicht unter dem bösen Zauber stand. Sie wusste es nicht, aber so wie jetzt hatte sie sich immer gefühlt, bevor das Königreich verflucht worden war.

Mit einem strahlenden Lächeln wandte sie sich zu dem Prinzen um. Er lächelte zurück und dachte bei sich, dass sie nie schöner ausgesehen hatte als in diesem Moment. Er nahm ihre Hand und zog sie die schmale Treppe hinauf in ein behagliches Wohnzimmer.

Behutsam schob der Prinz die Königin vor den Spiegel, der in der Mitte des Raums stand. Dieser Spiegel war nicht verzaubert, und so konnte sich die Königin zum ersten Mal in ihrem Leben so sehen, wie sie wirklich war. Sie war nicht länger den verzerrten Ansprüchen ausgesetzt, die außerhalb der vier Wände dieses Häuschens für Frauen galten. Verblüfft starrte sie sich von oben bis unten an.

Der Prinz stand hinter ihr und beobachtete sie. Sein Plan hatte funktioniert: Die Königin sah sich nun endlich mit seinen Augen. Durch den Spiegel blickte sie in seine Augen, und sie bemerkte, was für ein ausnehmend hübscher Mann ihr Diener war. Sie gaben ein außergewöhnliches Paar ab, dachte sie, während sie sich und ihn betrachtete. Sie fragte sich, warum ihr das nie früher aufgefallen war. Sein dichtes dunkles Haar war so apart gewellt, seine Haut weich und gebräunt, und seine Augen strahlten in einem intensiven Blau.

Der Prinz erwiderte den prüfenden Blick, mit dem die Königin ihn maß, ohne Scheu. Er hatte, als er diesen Abend geplant hatte, keine besonderen Erwartungen gehegt. Er hatte sich vorgestellt, wie er der Königin seine Gefühle offenbarte und sie sich damit einverstanden erklärte, dass er um sie warb. Er hatte kaum gewagt, mehr zu erhoffen. Der leidenschaftliche Blick, mit dem die Königin ihn nun maß, erschreckte ihn auf angenehme Weise.

Da er ihre Erregung spürte, begann er behutsam, die einzelnen Knöpfe ihres Kleides zu öffnen. Die Königin wehrte sich nicht, und sie hatte auch keine Angst, dass sie ihm nicht gut genug sein könnte. Stattdessen erbebte sie voller Vorfreude.

Mit einem leisen, raschelnden Geräusch fiel ihr Kleid zu Boden. Sie bewunderte still das Spiel seiner Muskeln, während er sie behutsam weiter entkleidete. Wie hypnotisiert verfolgte sie seine langen Finger, die sorgfältig die zarten Stoffe von ihrem Körper streiften. Das erste Mal in ihrem Leben fühlte sich die Königin wahrhaftig erregt.

Sie beobachtete fasziniert, wie ihr Körper nach und nach vor ihr enthüllt wurde. Schließlich fiel auch ihre Unterwäsche zu Boden, und sie sah ihren Diener im Spiegel an. Die Erregung, die sie in seinen Augen las, verwirrte sie. Ihr Herz pochte laut in ihrer Brust. Sie blickte ihn mit genau jener brennenden Leidenschaft an, die auch ihn bewegte.

Ihr kam es plötzlich so vor, als beobachte sie zwei Fremde, und sie konnte den Blick nicht abwenden. Sie sah zu, wie die Frau erschauderte, als ihr Liebhaber sich über ihren Nacken beugte und begann, sie dort zu küssen. Es waren lange Küsse, und sie genoss die Berührung seiner warmen, weichen Lippen. Der Mann küsste sie weiter, während er behutsam die Arme um ihren Körper schlang und sie in einer liebevollen Umarmung hielt. Eine tiefe Röte überzog ihre Wangen und den Hals. Die Frau öffnete die Lippen und atmete schneller.

Die Bewegungen des Mannes im Spiegel wurden fordernder. Seine Hände glitten über ihren Körper, ließen keinen Zentimeter ihrer Haut aus. Aber es schien ihr zu gefallen, denn sie hinderte ihn nicht daran. Im Gegenteil – sie legte den Kopf in den Nacken und seufzte leise, gewährte ihm wortlos, ihren Körper ganz und gar in Besitz zu nehmen.

Die Königin beobachtete mit wachsendem Interesse, wie die großen, maskulinen Hände des Mannes über den gesamten Körper der Frau hinwegwanderten. Ihre Augen folgten jeder Bewegung, jeder Berührung, jeder Intimität. Sie spürte, wie eine übermächtige Erregung sie erfasste. Plötzlich trat der Mann im Spiegel einen Schritt zurück. Er begann sich ebenfalls zu entkleiden. Sie aber starrte noch immer stumm nach vorn, als wäre sie durch einen Zauberspruch gebannt. Die Königin fragte sich, warum die Frau sich nicht umdrehte, um ihrem Liebhaber dabei zuzusehen, wie er sich entkleidete. Er war so schön, so herrlich in seiner Erregung! Einen kurzen Moment blickte er die Frau fragend an, als wollte er wissen, was ihr Interesse fesselte. Dann lächelte er, legte die Arme um sie und küsste seine Liebste sanft auf die Wange.

Die Königin spürte, wie sie voller Vorfreude erzitterte. Sie beobachtete, wie sich der Mann im Spiegel hinter die Frau stellte, die ihre Beine nun öffnete, um ihrem Liebhaber entgegenzukommen. Es kam ihr so vor, als könnte sie es fühlen, wie sich die starken Hände des Mannes in ihre eigenen Hüften gruben, als er die Frau festhielt und langsam mit einem Stoß in sie eindrang. Klang die Stimme der Frau, als sie vor Lust aufschrie, nicht genauso wie ihre?

Fasziniert vom Anblick des Paares bemerkte die Königin nicht, dass sie begonnen hatte, ihre Hüften im Rhythmus der Frau im Spiegel zu bewegen. Sie wunderte sich über ihren entrückten Gesichtsausdruck. Sie stöhnte nun hemmungslos, während sie ihre Hüften in immer schnelleren kreisenden Bewegungen ihrem Liebhaber entgegenschob.

Die Erregung der Königin stieg immer weiter, je mehr sie jedes Detail dieser intimen Begegnung studierte. Sie spürte eine Hand in ihrem Rücken, die ihren Oberkörper nach vorn schob, und die Frau im Spiegel tat dasselbe, weil der Mann sie mit Nachdruck dazu bewegte. Wiederum traf sich sein Blick mit ihrem im Spiegel, als er immer schneller und heftiger in die Frau stieß.

Plötzlich wurde die Königin von dem Fluch befreit, der sie bisher umfangen gehalten hatte. Nahe am Höhepunkt ihrer Lust begriff sie, dass die Frau im Spiegel niemand anders war als sie selbst. Es war ein Schock für sie.

Und der Mann, der sie immer wieder aus dem Spiegel heraus anblickte, war niemand anders als der hübsche Diener, der hinter ihr stand.

Dem Prinzen entging nicht, dass mit der Königin eine Veränderung vorging. Er schob sie schnell vom Spiegel fort und drehte sie zu sich um. Sie blickte ihn an, und er beugte sich über sie, küsste sie sachte und hob sie auf seine Arme. Er trug sie zu einer Couch, die in der Nähe stand, doch sie wandte den Kopf und blickte über seine Schulter hinweg zum Spiegel.

Der Prinz hielt die Königin fest in seinen Armen, als sie sich erneut vereinigten. Er flüsterte ihr sanft Zärtlichkeiten ins Ohr. Doch sie konnte den Blick nicht vom Spiegel lassen, und weil er ihr Selbstsicherheit zu geben schien, ließ der Prinz es zu, dass sie sich weiterhin darin betrachtete, während sie sich liebten.

In dieser Nacht beobachtete sich die Königin, während sie viele außergewöhnliche Dinge tat. Der Prinz war entzückt von ihrer Wissbegierde, und er gab sich viel Mühe, damit dieses lang ersehnte Erlebnis für sie beide so lange dauerte, bis auch die Königin ganz und gar befriedigt in die Kissen sank.

Danach hielt der Prinz die Königin in seinen Armen. Die ganze Nacht bis zum Morgengrauen hielt er sie fest, und behutsam streichelte er jeden Zentimeter ihrer Haut, bis er sicher sein konnte, dass es keine Stelle gab, die er nicht liebkost hatte. Die Königin lächelte im Schlaf und träumte von süß duftenden Rosen.

Am nächsten Morgen wollte sie nicht fortgehen. Aber der Prinz wusste, dass er sie zurück ins Schloss bringen musste, wenn er wissen wollte, ob seine Liebe wirklich ihr Herz erreicht hatte und sie vom Fluch erlöst war.

Die Königin pflückte eine der Rosen, als sie das Häuschen verließen. Sie legte die Blüte in ihre Tasche, damit sie sich immer an das erinnern konnte, was sie an diesem stillen Ort gefunden hatte. Doch als sie sich auf den Rückweg durch die dunklen Wälder machten, breitete sich große Mutlosigkeit in ihr aus, und als sie das Schloss erreichten, fühlte sie sich ganz und gar beklommen. Der Prinz verließ sie nur widerstrebend und küsste sie ein letztes Mal, ehe er versprach, am nächsten Tag zu ihr zurückzukehren.

Nachdem ihr Diener gegangen war, verlor die Königin keine Zeit. Sie suchte ihr Schlafzimmer auf und unterzog ihr Gesicht und ihren Körper einer eingehenden Prüfung. Sie keuchte auf, als sie sah, dass sich nichts verändert hatte, seit sie das letzte Mal in diesen verdammten Spiegel geblickt hatte! Sie war immer noch nicht schön, sie war immer noch dieselbe schreckliche, verfallene, alte Frau wie am Vortag. Hatte der Spiegel sie etwa belogen und Schneewittchen ihr Leben umsonst lassen müssen?

Die Königin fing sich nur mühsam und fragte den Spiegel schnell:

„Spieglein, Spieglein, halt mich nicht hin –
ich sehe selbst, wie hässlich ich bin.
Sag mir nur, bevor ich dich zu Boden werf,
was meintest du mit Schneewittchens Herz?“

Es dauerte nur wenige Augenblicke, bevor der Spiegel ihr antwortete:

„Ich fürchte, dein Liebhaber hat gelogen,
Schneewittchen ist sicher aufgehoben!
Die dunklen Wälder werden dich leiten
ihrem Leben mit Gift ein Ende zu bereiten.“

Ich fürchte, dein Liebhaber hat gelogen. Also hatte der Diener sie betrogen! Die Augen der Königin brannten, und zugleich griff kalte Wut nach ihrem Herzen. Die Erinnerungen an ihre gemeinsame Nacht im Häuschen waren von dem bösen verzauberten Spiegel ausgelöscht worden. Und ohne diese wertvollen Erinnerungen begab sich die Königin in ihr geheimes Labor, in dem sie sonst raffinierte Cremes und Tinkturen für ihre Haut anrührte. Sie verbrachte den Rest des Tages damit, einen giftigen Trank für Schneewittchen zu köcheln. Behutsam trug sie das Gift auf einen wunderschönen silbernen Kamm auf, der Schneewittchen in einen tiefen Schlaf sinken lassen würde, sobald der Kamm ihren Kopf berührte.

Als der Prinz an diesem Abend zum Schloss zurückkehrte, bemerkte er mit Schrecken, dass die Königin sich in seiner Abwesenheit verändert hatte. Ihre wunderschönen Augen blitzten ihn wütend an, als sie ihm vorwarf, was der Spiegel ihr erzählt hatte. Er konnte sie nur beruhigen, indem er ihr versprach, den vergifteten silbernen Kamm zu Schneewittchen zu bringen. Aber er stellte erneut die Bedingung, dass die Königin eine Nacht mit ihm in dem kleinen Häuschen tief im Wald verbrachte.

Der gute Prinz hatte nach wie vor nicht die Absicht, Schneewittchen irgendetwas anzutun. Als er das Mädchen in den Wäldern fand, bat er sie um eine Strähne ihres Haars, die er um den Kamm wickeln konnte. Das würde seine geliebte Königin vorübergehend beruhigen und sie glauben lassen, er habe seinen Auftrag ausgeführt. Schneewittchen erklärte sich schnell dazu bereit, und der Prinz kehrte mit dem gefälschten Beweis zu seiner Königin zurück.

Als sie das ebenholzschwarze Haar von Schneewittchen sah, war die Königin wieder voller Hoffnung. Sie sehnte sich danach, sofort vor ihren Spiegel zu treten und Jugend und Schönheit zu sehen. Doch der Prinz bestand darauf, dass sie unverzüglich mit ihm kam, wie sie es doch versprochen hatte. Sie gab ihm widerstrebend nach, und schon kurz darauf erreichten sie das kleine Häuschen im Wald erneut. Und wie schon bei ihrem ersten Besuch wurde die Königin von großer Freude und Glückseligkeit erfüllt, sobald sie es betrat.

Dieses Mal folgte sie dem Prinzen zu seinem Schlafzimmer, wo er bereits Vorbereitungen getroffen hatte. Der Spiegel, in dem sie sich so gerne beobachtete, stand am Fußende des Bettes.

Die Königin erinnerte sich an all die schönen Dinge, die sie und der Prinz in der vorherigen Nacht getan hatten. Sie entkleidete sich voller Vorfreude und legte sich auf das Bett, sodass sie den Spiegel im Blick hatte. Sie lag auf dem Bauch und beobachtete, wie der Prinz sich ihr von hinten näherte und begann, ihren nackten Körper zu liebkosen. Sie öffnete ihre Beine. Es entzückte sie, ihren Körper so zu sehen, während der Prinz über ihr lehnte und sie ehrfürchtig berührte. Er liebkoste ihr Hinterteil so langsam und gemächlich, dass sich in ihr eine köstliche Spannung aufbaute. Schließlich hielt sie es nicht mehr aus und bewegte ihre Hüften so heftig, dass seine Hand sie wie zufällig zwischen den Beinen berührte. Er wagte sich mutig vor und berührte ihre Feuchtigkeit, aber die Königin ermahnte ihn nicht, sondern keuchte voller Lust auf, während sie weiterhin auf ihr errötetes, erhitztes Gesicht im Spiegel starrte.

Behutsam hob der Prinz sie an den Hüften hoch. Sie stützte sich nun auf ihre Unterarme, während sie vor ihm kniete und sich ihm entgegenreckte. Sie beobachtete den Prinzen mit wachsendem Erstaunen, als er sich hinter sie kniete. Er hielt sie fest, während er ihren geheimsten Ort betrachtete, und die Königin beobachtete ohne einen Anflug von Verlegenheit oder Angst, wie ihr Prinz sich ihr näherte. Wovor sollte sie sich auch fürchten? Hier fühlte sie sich wunderschön und wurde von ihm verehrt. Seine Erregung wuchs, während er immer mehr von ihr erkundete, berührte und küsste. Sie stöhnte voller Lust, als sie sich daran erinnerte, was nun folgen würde. Als könnte der Prinz ihre Gedanken lesen, drang er in einer einzigen fließenden Bewegung in sie ein.

Es war ebenso berauschend, ihn dabei zu beobachten, wie er sich mit ihr vereinigte, wie es erregend war, ihn in sich zu spüren. Seine Härte glitt in ihre feuchte Mitte, seine kräftigen Hände umklammerten ihre Hüften, und seine männlichen Gesichtszüge glühten vor Lust.

Sie begann sich zu bewegen. Zunächst nur langsam, als hätte sie Angst, etwas falsch zu machen. Doch dann wurden ihre Bewegungen mutiger und schneller, und schließlich rieb sie sich wie wahnsinnig an ihm. Es entzückte sie, wie ihr Körper im Spiegel aussah: Ihre Brüste hüpften auf und ab, und ihr Hintern erbebte mit jedem einzelnen Stoß. Es kam ihr nicht in den Sinn, dass all das unattraktiv sein könnte; darüber dachte sie nicht einmal nach. Sie vergrub das Gesicht in den Kissen, als ihr Körper vor Lust und Glückseligkeit fast verbrannte.

Am nächsten Tag nahmen sie wieder Abschied. Die Königin pflückte erneut eine der Rosenblüten von den Ranken, als sie das Häuschen verließ, und auf dem Rückweg zum Schloss fühlte sie sich leicht und beschwingt.

Aber alte Gewohnheiten lassen sich nicht von heute auf morgen ablegen. Sobald der Prinz mit dem Versprechen abgereist war, am späten Abend zu ihr zurückzukehren, lief die Königin atemlos in ihr Schlafzimmer und stellte sich ihrem Spiegelbild. Aber schon ein kurzer Blick genügte ihr. Sie wich vor dem Spiegel zurück, denn sie wurde von so großer Pein und Enttäuschung gepackt, dass sie auf das Bett sank und sich weinend zusammenrollte.

Nachdem sie sich von diesem Zusammenbruch erholt hatte, stellte die Königin sich dem Spiegel und sprach die folgenden Worte:

„Spieglein, Spieglein, ich frage dich,
betrügt der Prinz noch immer mich?
Beweist am Kamm Schneewittchens Haar
nicht endlich, dass sie tot nun war?“

Der Spiegel zögerte nicht, ihr zu antworten:

„Schneewittchen ist schön und am Leben!
Töte sie! Das wird dir Schönheit geben.
Du musst ein Korsett aus Seide ihr schenken!
Schnür Gift hinein! Das wird das Leben von ihr lenken.“

Die Königin war entzückt. Sogleich begab sie sich in ihr geheimes Labor und machte sich an die Arbeit. Als der Prinz am Abend zurückkehrte, hatte sie das tödliche Korsett schon fertiggestellt. Aber dieses Mal vertraute sie dem Prinzen nicht ihre wahre Absicht an. Stattdessen erzählte sie ihm, dass sie sich für das Verhalten, das sie Schneewittchen gegenüber an den Tag gelegt hatte, schämte, und bat ihn, ihr dieses Geschenk als Entschuldigung zu überbringen.

Der Prinz machte sich eilends auf den Weg, nachdem er der Königin das Versprechen abgenommen hatte, dass sie eine weitere Nacht an seiner Seite in dem kleinen Häuschen verbringen würde. Tief in den Wäldern überreichte er Schneewittchen das Korsett, wie es seine Geliebte von ihm erbeten hatte, denn er glaubte nicht, dass die Königin irgendetwas Schlimmes im Sinn haben könnte. Schneewittchen freute sich sehr über dieses schöne Geschenk, und der Prinz machte sich sogleich auf den Heimweg.

Schneewittchen konnte der Schönheit dieses Geschenks kaum widerstehen. Sie riss in ihrer Begierde beinahe die alten Kleider entzwei, als sie den neuen Flitterkram anlegen wollte. Doch sobald das Korsett ihre Haut berührte, begannen sich die Korsettstangen zusammenzuziehen, bis Schneewittchen vor Schmerz aufkeuchte. Das Korsett war viel zu eng, und noch immer zog es sich wie von Zauberhand enger um ihren Körper. Bald war es so eng, dass Schneewittchen keinen einzigen Atemzug mehr tun konnte, und sie fiel in

Ohnmacht. Später an diesem Tag wurde sie gefunden und in einen gläsernen Sarg gelegt. Doch an dieser Stelle verlassen wir Schneewittchen, ihre Geschichte soll ein andermal zu Ende erzählt werden.

Schließlich kehrte der Prinz zur Königin zurück und musste bestürzt feststellen, dass sie völlig verändert aussah. Ihre Haut schien zu straff über die Knochen gespannt zu sein. Ihre Augen waren starr, ihre Brüste hart und ihre Figur so hager, dass der Prinz glaubte, ein Windhauch könnte sie umstoßen.

Aber er liebte sie noch immer. Er nahm sie behutsam auf die Arme und stellte verwundert fest, dass sie leicht wie eine Feder war. So ritten sie auf seinem Pferd zu dem kleinen Häuschen im Wald. Aber auch dort hatte sich alles verändert: Diesmal rankten sich keine Rosen am Häuschen hinauf, und es wirkte freudlos und düster. Als sie die Behausung betraten, fühlte sich die Königin elend. Sie eilte dem Prinzen voraus zu seinem Schlafzimmer, weil sie hoffte, ihr ungutes Gefühl dort endlich abstreifen zu können. Die Lust, die sie dort in den letzten Tagen empfunden hatte, würde ihre schlechten Gedanken und Gefühle sicher vertreiben.

Als sie jedoch in den Spiegel blickte, keuchte sie auf. So sah sie also aus? Das war unmenschlich! Sie fiel auf das Bett und weinte.

Schließlich kehrte sie in ihr Schloss zurück und ließ den

Prinzen allein. Drei lange Monate war er unglücklich. Drei lange Monate war die Königin weiterhin eine Königin, deren Zeit noch nicht abgelaufen war. Und drei lange Monate lag Schneewittchen schon in ihrem gläsernen Sarg.

Eines Tages fielen der Königin, als sie in ihrem Schlafzimmer war, die beiden Rosen in die Hände, die sie einst vom Häuschen des Prinzen mitgenommen hatte. Zu ihrer Überraschung waren sie noch genauso frisch wie an jenem weit entfernten Tag, als sie sie gepflückt hatte. Sie sog ihren berauschenden Duft tief ein und erinnerte sich endlich wieder an die glücklichen Zeiten, die sie mit dem Prinzen verbracht hatte. Plötzlich wurde ihr bewusst, wie viel sie aufgegeben hatte und wie unglücklich sie seitdem gewesen war. Ich muss das rückgängig machen, dachte sie bei sich.

Von diesem Gedanken beseelt und mit erstaunlicher Entschlusskraft gesegnet, griff sie nach dem Wasserkrug am Fußende ihres Bettes und schleuderte ihn mit aller Kraft auf den verzauberten Spiegel. Der Spiegel zersprang in tausend Scherben.

Als Nächstes rief sie zwei Diener herbei. Den ersten schickte sie tief in die Wälder, wo er Schneewittchen finden würde. Sie erklärte ihm, wie er den bösen Zauber lösen konnte, der Schneewittchen schon so lange Zeit in einem tiefen Schlaf gefangen hielt. Den zweiten schickte sie zu ihrem geliebten Prinzen und bat ihn, zu ihr zurückzukehren. Dann setzte sie sich in ihrem Schlafzimmer aufs Bett und wartete.

Der Tag verging schnell, denn während sie dasaß und die Stunden verstrichen, als wären es Minuten, dachte sie an ihre Besuche in dem kleinen Häuschen. Als die Sonne sich dem Horizont näherte, erinnerte sie sich an die zahllosen winzigen Rosen, die sich am Häuschen emporgerankt hatten. Und als das Licht vor den Fenstern immer weniger wurde, leuchteten ihre Wangen in einem tiefen Rot auf, weil sie sich daran erinnerte, welch schönen Anblick der Prinz und sie in seinem Schlafzimmer geboten hatten. Als schließlich der Mond aufging, verzehrte sich die Königin nach den zarten und liebevollen Berührungen ihres Geliebten.

Und plötzlich schien ihr Körper sich zu verwandeln. Sie sah an sich hinunter. Ihre Haut war mit einem Mal wieder weich und zart. Zaghaft berührte sie ihre sanften Rundungen und erinnerte sich. Ja, so hatte sie einmal ausgesehen, gerochen, sich angefühlt. Es schien ihr, als wäre seitdem eine Ewigkeit vergangen … Als sie schließlich Schritte hörte, die sich ihrem Schlafzimmer eilig näherten, richtete sie sich langsam auf. Ihr Herz schlug ihr bis zum Halse.

Und dann stand er in der Tür. Ihr Geliebter! Ihr Prinz!

Als er die Königin sah, weinte er vor Freude. Er eilte ihr entgegen, hob sie auf seine Arme und trug sie zu seinem edlen weißen Pferd. Sie ritten so lange, bis sie das kleine Häuschen tief in den Wäldern erreichten. Und nun, da der Zauber gebrochen war, blühten die verzauberten Rosen wie eh und je. Doch die Liebenden hatten keinen Blick für diese Schönheit.

Sie stürmten geradewegs in das Schlafzimmer. Und was sie dort taten …

Nun, sie taten dort genau das, was wohl jede Frau tun würde, wenn sie ihren Prinz gefunden hat.

FRAU FUCHS

In jeder Ehe muss man irgendwann damit rechnen, dass eine Frau einmal einen anderen Mann begehrt. Und so begab es sich auch mit Frau Fuchs.

Das soll aber nicht heißen, dass Frau Fuchs mit ihrer Ehe unzufrieden gewesen wäre. Ganz im Gegenteil! Das Paar passte ausgesprochen gut zueinander.

Herr Fuchs sah ganz außergewöhnlich gut aus und war äußerst gebildet. Ein ums andere Mal war Frau Fuchs hingerissen von seiner unterhaltsamen Art und seinem Charme. Diese hervorstechenden Eigenschaften von Herrn Fuchs ergänzten sich vortrefflich mit der rastlosen, neugierigen Natur seiner Frau. Noch dazu war Herr Fuchs ungeheuer aufmerksam, und seine Galanterie verstärkte sich nur noch mehr, wenn sie auf Frau Fuchs' kühle Gleichgültigkeit stieß, die sie in den Augen von Herrn Fuchs geheimnisvoll wirken ließ. Kurz, sie ergänzten einander auf eine Weise, die sie beide genossen, und ihre Ehe verlief in festen Bahnen.

Aber unter Frau Fuchs' abgeklärtem Äußeren verbarg sich eine Wissbegierde, die sie, war sie erst einmal geweckt, regelrecht in den Wahnsinn trieb. Und auch wenn sie Herrn Fuchs über alles liebte, führte ihre Neugier, gepaart mit ihrem Temperament, immer öfter zu einer ausgeprägten Sehnsucht nach etwas Neuem oder Verbotenem.

Herr Fuchs ahnte nichts von dem inneren Aufruhr seiner Frau; er bewunderte vielmehr ihre Leidenschaft für alles Unbekannte und war zutiefst eingenommen vom unergründlichen Wesen seiner Gattin.

Frau Fuchs war mit ihren Sehnsüchten dagegen bestens vertraut, denn sie konzentrierten sich schon seit geraumer Zeit auf einen gewissen Herrn Wolf.

Herr Wolf war der beste Freund von Herrn Fuchs und zugleich sein schärfster Rivale. Seit ihrer Kindheit war alles, was die Aufmerksamkeit des einen auf sich gezogen hatte, umgehend auch zum Gegenstand des höchsten Interesses des anderen geworden. Das war nicht anders gewesen, als Herr Fuchs begann, sich für Frau Fuchs zu interessieren. Solange er sie umworben hatte, flirtete Herr Wolf auf geradezu skandalöse Weise mit ihr und ließ keine Gelegenheit aus, sie schamlos zu necken. Mal schleckte er mit feuchter Zunge, wo es sich scheinbar um einen höflichen Handkuss handelte, mal blies er seinen feuchtheißen Atem in ihr Ohr, wenn er ihr eine harmlose Bemerkung zuflüsterte. Diese unziemlichen Vertraulichkeiten waren zwar von Frau Fuchs nicht gewollt, und sie versuchte sie nach Kräften zu ignorieren, aber dennoch durchrieselten sie jedes Mal wohlige Schauer. Natürlich fanden diese Neckereien mit der Hochzeit ihr Ende. Herr Wolf erwies sich als guter Verlierer und heiratete bald darauf selbst, sodass die ganze Angelegenheit schon bald in Vergessenheit geriet.

Nur nicht für Frau Fuchs.

Frau Wolf nun war so einfach und lieb, wie Frau Fuchs leidenschaftlich und kompliziert war. In Wahrheit passte sie weitaus besser zu Herrn Wolfs feurigem, impulsiven Naturell.

Und so wünschte sich Frau Fuchs ganz sicher nicht, Herrn Wolf geheiratet zu haben – dennoch schweiften ihre Gedanken immer wieder zu dem dunkleren, sprunghafteren Mann ab, und sie erging sich in wilden Spekulationen darüber, auf welche Weise er wohl seinen ehelichen Pflichten nachkam. Das hatte nichts mit ihrem eigenen Eheleben zu tun, denn sie vermisste nichts und hätte nicht eine Sache nennen können, bei der sich ihr eigener Mann falsch verhalten hätte. Ganz im Gegenteil: Herr Fuchs war im Schlafzimmer ebenso geübt und gewitzt wie in allen anderen Lebenslagen. Er wusste genau, welche die fraglichen Stellen ihres Körpers waren und, noch wichtiger, was damit zu tun war. Er scherte sich nie um seine eigene Befriedigung, bevor er sich nicht der ihren versichert hatte. Um es auf den Punkt zu bringen: Herr Fuchs war ein Liebhaber, wie ihn sich Frau Fuchs nur wünschen konnte.

Nur war er nicht Herr Wolf.

Von alledem abgesehen, war Frau Wolf längst zu ihrer liebsten Freundin geworden, und sie genoss ihre Gesellschaft herzlich. Ihr heimliches Interesse an jeder noch so kleinen Information über das Privatleben der Wolfs glich sie einfach dadurch aus, dass sie schamlos mit ihrem eigenen Gatten angab. Und so ließ sie sich ausgiebig über Herrn Fuchs' viele charmante Eigenschaften aus, die zwar allesamt wahr waren, aber an Reiz eingebüßt hatten, weil sie stets verfügbar waren – im Unterschied zu Herrn Wolf … Frau Wolf schien diesen Spleen an ihrer Freundin gar nicht zu bemerken. Offenbar war sie von ihren eigenen Gedanken viel zu sehr in Anspruch genommen.

So verging die Zeit, und man könnte vermuten, dass Frau Fuchs' Neugier aus bloßer Vergeblichkeit verschwand. Keineswegs! Sie wurde vielmehr immer stärker. Die arme Frau Fuchs konnte schließlich an gar nichts anderes mehr denken als an Herrn Wolf und daran, wie es wohl wäre, Frau Wolf zu sein. Das beschäftigte sie so sehr, dass sie sich Herrn Fuchs kaum noch hingeben konnte, ohne mit ihren Gedanken im Boudoir der Wolfs zu sein. Tatsächlich erregte sie das nur noch mehr. Das Unbekannte und Verbotene war nun einmal sehr viel aufregender als das Vergnügen, das ihr Gatte ihr verschaffte, die Kirschen in Nachbars Garten einfach interessanter …

Eines Tages, als Frau Fuchs wieder einmal gegenüber Frau Wolf schuldbewusst von den zahlreichen Qualitäten ihres Mannes schwärmte, seufzte ihre Freundin mit einem Mal tief. „Ein Jammer, dass ich das nicht selbst erleben kann“, murmelte sie geistesabwesend.

Kaum waren die Worte aus ihrem Mund geschlüpft, wurde Frau Wolf bewusst, was sie da eben gesagt hatte. Sie lief tiefrot an und war völlig zerknirscht, als ihre Augen den Blick von Frau Fuchs auffingen.

„Oh meine Liebe! Ich meinte doch nicht ... wirklich nicht ... was ich eigentlich sagen wollte ...“, stammelte sie und suchte fieberhaft nach einem Weg, ihren skandalösen Ausspruch zu vertuschen.

Frau Fuchs war im ersten Moment viel zu verblüfft, um etwas zu erwidern. Was hatte die anständige Frau Wolf da gerade gesagt? Flink nutzte sie die Gelegenheit, die sie sich insgeheim erträumt hatte.

„Das habe ich mir auch schon so manches Mal gedacht“, gab sie zu. Sie wagte nicht, das Ausmaß ihrer Überlegungen preiszugeben – oder dass sie seit dem Hochzeitstag der Wolfs an kaum etwas anderes gedacht hatte.

„Du?“ Die liebe Frau Wolf war noch immer viel zu verstört, um mehr zur Konversation beitragen zu können.

„Das ist doch eigentlich ganz normal“, fuhr Frau Fuchs fort. Sie war fest entschlossen, den unerwarteten Ausrutscher ihrer Freundin nach Kräften zu ihren Gunsten auszunutzen – oder auch zu ihrer beider Nutzen.

„Unsere Gatten mögen beide ihre Qualitäten haben, aber trotzdem ist der eine das genaue Gegenteil des anderen. Warum sollten wir nicht wissen wollen, wie es wäre mit einem Mann, der so ganz anders ist als der eigene?“

Frau Wolf dachte darüber nach und schien sich ein wenig zu entspannen.

„Vielleicht“, gab sie zu. „Aber wir könnten doch niemals ... ich meine ...“ Sie verstummte erneut.

„Es gibt eine Möglichkeit“, deutete Frau Fuchs unverfroren an, während ihr Herz angesichts ihrer eigenen Kaltblütigkeit laut pochte.

Frau Wolf war sprachlos, aber in ihren Augen leuchtete Interesse auf.

Frau Fuchs gab vor, die ganze Sache zu überdenken. In Wahrheit hatte sie dieses Szenario vor ihrem inneren Auge schon an die hundert Male durchgespielt.

„In einem dunklen Schlafzimmer“, sann sie, „würden uns unsere Gatten nicht so ohne Weiteres unterscheiden können.“

Die Frauen sahen einander für einen Moment schweigend an. Ihr Puls raste angesichts dieser Andeutung, und keine von ihnen wagte es, zuerst das Wort zu ergreifen. Dann sprudelten sie plötzlich gleichzeitig los.

Frau Wolf fragte: „Aber wie ...?“, als Frau Fuchs gerade sagte: „Würdest du das wirklich tun?“

Beiden Frauen kicherten nervös. Das entspannte die Situation ein wenig, und zum maßlosen Erstaunen von Frau Fuchs war es Frau Wolf, die jetzt atemlos wisperte: „Ja, das würde ich.“

Was Frau Wolf hinter ihrer ängstlichen Fassade doch an Überraschungen zu bieten hatte! Frau Fuchs konnte nur staunen.

Alles Weitere war rasch arrangiert. Jede der beiden tat bereitwillig das Ihrige, um sich auf das Ereignis vorzubereiten. Sie würden einfach die Plätze tauschen, wenn Frau Fuchs ihre nächste Party gab und die Wolfs – wie andere Gäste auch – über Nacht blieben.

Der Tag rückte immer näher. Die Freundinnen gingen ihren Plan ein ums andere Mal durch – weniger, um sich des Ablaufs sicher zu sein als der Spannung und der Vorfreude wegen. Die bloße Vorstellung war so aufregend, dass sie ihren Männern einstweilen besondere Beachtung schenkten.

So kam schließlich der Abend, der die Fantasie zur Wirklichkeit werden lassen sollte. Die Party selbst war eine lange, fast unerträgliche Qual, die an ihrer beiden Nerven zerrte.

Nach der Party zitterte Frau Fuchs vor Aufregung, als sie neben ihrem Gatten lag und darauf wartete, dass er einschlief. Er hatte seine Arme fest und beschützend um sie gelegt. Sie fragte sich, wie es wohl Frau Wolf gerade erging. Sie hatten verabredet, etwaige Avancen ihrer Männer liebevoll abzuwehren. Später dann würden es sich die angeblichen Gattinnen anders überlegt haben. Es stand außer Zweifel, dass ihre Gatten dem verspäteten Verlangen nachkommen würden; schließlich waren sie alle beide Männer, so unterschiedlich sie auch sein mochten.

Aufmerksam lauschte Frau Fuchs auf die regelmäßigen

Atemzüge ihres Mannes. Er war endlich eingeschlafen! Vorsichtig löste sie sich aus seiner Umarmung, schlüpfte aus dem Bett und schlich aus ihrem Schlafzimmer. Im Schatten des Korridors wartete Frau Wolf bereits auf sie. Die Verschwörerinnen zwinkerten sich zu und huschten dann in die vertauschten Schlafzimmer.

Frau Fuchs dachte nicht an das, was Frau Wolf im nächsten Moment mit ihrem eigenen Mann anstellen würde. Sie war viel zu aufgeregt angesichts dessen, was sie gleich erleben würde. Und außerdem würde ihr Mann, was auch immer sie taten, annehmen, er täte es mit seiner eigenen Frau.

Mit pochendem Herzen schlich sie auf Zehenspitzen in das dunkle Zimmer, in dem Herr Wolf schlief. Sie schlüpfte aus ihrem Nachthemd und neben ihn ins Bett. Er grunzte im Schlaf, als sie ihren nackten Körper an seinem rieb. Instinktiv legten sich seine Arme um sie und zogen sie enger an sich.

Frau Fuchs hob ihren Kopf und fand seinen warmen, feuchten Mund. Die Stoppeln auf seinen Wangen waren rauer als die ihres Gatten. Auf ihren Kuss ging er sofort ein, obwohl er noch schlief. Seine Arme zogen sie noch fester an sich, als er ihren Mund stürmisch eroberte. Und mit einem Mal war er hellwach.

Herr Wolf stellte keine Fragen oder neckte sie, wie ihr Gatte es getan hätte, sondern er drehte sie auf den Rücken und legte sich auf sie. Auch wenn seine Heftigkeit sie beunruhigte, blieb ihr keine Zeit zum Nachdenken, denn er drückte sie fest nach unten und sog leidenschaftlich an ihren Lippen.

Frau Fuchs hatte angesichts seiner stürmischen Umarmung ihre Hände unbewusst nach oben gereckt, um ihn abzuwehren, aber das war so wirkungslos, dass es auf Herrn Wolf wie eine Zärtlichkeit wirken musste. Sie spürte die lockigen Härchen auf seiner Brust, die seine strammen Muskeln bedeckten und die so ganz anders waren als der geschmeidige, schlanke Körper ihres Mannes. Und weil sie seinen rauen Körper überall auf ihrer Haut spüren wollte, legte sie ihre Arme um seinen Nacken, bog sich ihm entgegen und drückte dabei ihre nackten Brüste an ihn. Sein Körper war so warm und fest und stark. Sie erschauerte.

„Tut mir leid, mein Schatz", raunte er. „Ich bin schon wieder zu ungestüm." Er lockerte seinen Griff.

„Nein!", widersprach Frau Fuchs. Aber dann besann sie sich und flüsterte, um ihre Stimme zu kaschieren: „Ich will es so, Liebling."

Es entstand eine kurze Pause, und Frau Fuchs überlegte bereits, ob sie einen Fehler gemacht hatte.

„Bist du sicher?", fragte er schließlich.

„Ja", wisperte sie. „Heute Nacht sollst du dich nicht zurückhalten."

Er stöhnte laut auf und näherte sich ihren Lippen, stoppte aber kurz vorher für einen Moment, ohne sie zu berühren. Wieder spürte sie seinen heißen Atem, als er noch einmal murmelte: „Bist du sicher?“

„Ja! Ja!“, flüsterte sie. „Bit…“

Doch schon schob Herr Wolf seine Zunge in ihren Mund, schmeckte ihre Lippen und ihre Zunge. Dann küsste er ihre Wangen, ihr Kinn und ihren Hals. Wo immer er sie liebkoste, versengte er mit seinem heißen Atem und seinem rauen Gesicht ihre Haut. Mit seinem Mund und seiner Zunge brachte er ihren Körper zum Brennen und Prickeln. Er liebkoste ihre Brüste und biss hinein, bis sie aufstöhnte. Dann arbeitete er sich über ihren Bauch weiter nach unten vor und bedeckte dabei jeden Zentimeter ihrer Haut mit Küssen. Er spreizte ihre Beine auseinander und vergrub seine Zunge dazwischen. Er war wie ein ausgehungertes Raubtier; sein Mund schien überall gleichzeitig zu sein. Aber damit war es ihm nicht genug, keineswegs! Seine Zunge fuhr fort, jeden Teil von ihr zu erforschen, bis er jedes noch so verborgene Eckchen zwischen ihren weit geöffneten Beinen ausgekostet hatte. Und obwohl das Zimmer stockdunkel war, brannten Frau Fuchs' Wangen tiefrot vor Verlegenheit. Aber sie konnte sich ihm einfach nicht entziehen, denn dafür hatte er sie viel zu fest im Griff! Sein Mund und seine Zunge ergriffen gierig von ihr Besitz, bis er sein Zungenspiel plötzlich beendete. Er hatte nun anderes im Sinn.

Er legte ihre Beine über seine Schultern, kam ihr wieder

näher und spreizte ihre Beine dabei noch weiter. Er hielt sie ganz fest, damit sie ihm nicht entkommen konnte, und drang in sie ein. Sie schrie laut auf, als sie spürte, wie groß er war. Jeder Rest von Kontrolle entglitt ihr, und sie schrie wieder und wieder auf, als er sich in ihr bewegte. Und je erregter sie sich gebärdete, desto schneller wurde er.

Aber auch wenn Frau Fuchs es überaus genoss, schutzlos dazuliegen und von ihm genommen zu werden, bedauerte sie gleichwohl, sich in ihrer gegenwärtigen Position unmöglich bewegen zu können.

Und als könnte er ihre Gedanken lesen, drehte Herr Wolf sie plötzlich auf den Bauch und zog sie auf ihre Knie. Frau Fuchs gehorchte sofort und rang nach Luft, als er sie erneut nahm, diesmal von hinten. Er griff um sie herum und kniff mit seinen starken Fingern in ihre Brustwarzen, während er weiter in sie hineinstieß. Sie japste vor lustvoller Empörung und wonniger Demütigung.

Er wurde immer roher und verlangender. Seine angebliche Gattin rückte unbewusst ein wenig von ihm ab, um die harten Stöße abzufedern, aber er griff nach ihrem Haarschopf, zog ihren Körper daran zurück und zwang sie so, ihre Position beizubehalten, wenn sie nicht noch mehr Schmerz ertragen wollte. Wieder schrie sie auf, aber er schien es gar nicht zu hören. Er wurde vielmehr mit jedem ihrer Schreie noch rücksichtsloser. Sie warf sich verzweifelt herum, um die Wirkung seiner erbarmungslosen Stöße abzuschwächen, aber das spornte ihn nur noch mehr an. Tränen liefen ihr übers Gesicht, während sie den unerbittlichen Ansturm aushalten musste. Sie hasste Herrn Wolf dafür, aber trotz ihrer Wut und Hilflosigkeit ergriff sie gleichzeitig ein brennendes Verlangen. Sie fragte sich, wie Frau Wolf wohl diese brutalen Begegnungen ertragen konnte, während sie sich zwischen ihre Beine griff, um ihre Lust noch zu verstärken.

Ganz allmählich wurde sie sich eines Lauts bewusst, der in ihren Ohren widerhallte. Er klang fremdartig, tief und leise und roh; er klang nach Verlangen, Entsetzen und Scham. Aber was war das?

Und plötzlich erfüllte sie eine tiefe Abscheu. Es war sie selbst! Es war der Klang ihrer eigenen Stimme, halb Flüstern, halb Grunzen, die ihre heimlichen Wünsche immer und immer wieder artikulierte.

„Fester“, hörte sie sich stöhnen. „Fester, fester, ich will es noch fester!“

Wie lange schon hatte sie trotz aller Tränen und Abwehr solche schamlosen Befehle ausgestoßen? Und wie viel mehr konnte sie noch ertragen? Aber selbst als sie sich nun ganz darüber klar geworden war, konnte sie sich doch nicht zügeln, sondern brachte es immer wieder hervor: „Fester … ich will es noch fester!“

Frau Fuchs kam sich vor wie eine Besessene. Ihre Begierde war außer Kontrolle geraten und übermächtig geworden. Aber ihr anfänglicher Schrecken über das, was sie da tat, hatte ihre Lustgefühle nur für einen Moment überlagert – nun kehrten sie mit doppelter Kraft zurück. Sie wusste nicht, was sie tun sollte. Sie hatte Angst, es könnte zu Ende sein, bevor sie genug hatte.

„Bitte, bitte", bettelte sie und weinte fast, „nicht aufhören! Bitte nicht aufhören!" Durch ihr Weinen hindurch liebkoste sie sich weiter selbst, während ihr schmerzender Körper vor den unerbittlichen Stößen des Wolfes zurückzuckte. Und da wurde ihr klar, dass es immer so mit Herrn Wolf sein würde. Sie begehrte ihn grenzenlos, aber sie würde immer noch mehr wollen!

Sie drückte sich auf die Matratze, um seinen Stößen etwas entgegenzusetzen, und wusste gleichzeitig, dass sie es war, die ihn mit ihrem rasenden Rufen nur noch mehr anspornte. Sie hätte so gern aufhören wollen, aber trotzdem bettelte sie immer wieder: „Fester, fester, fester!"

Herr Wolf hielt Frau Fuchs an ihren Hinterbacken fest und drückte sie brutal zusammen. Dann grub er seine Finger hinein, damit er noch tiefer in sie stoßen konnte und fragte: „Ist das fest genug?"

Doch Frau Fuchs flüsterte immer weiter, obwohl sie längst vor Schmerzen heulte: „Fester ... fester!"

Herr Wolf bearbeitete ihre Hüften, wie man einen Brotteig knetet. Längst war ihr Kopf auf das Bett gesunken, aber er hielt sie weiter in die Höhe, drückte und zwickte sie, während er sie gleichzeitig an sich zog und in sie hineinstieß. Auch er wurde noch enthemmter durch ihren irren Gesang, mit dem sie nach mehr verlangte, fester, schneller. Immer weiter stieß er in ihren weichen Körper hinein.

Schließlich erreichte Frau Fuchs den Gipfel ihrer Lust. Sie kniff ihre Augen zu, als es sie in Wellen überkam, als ihr Körper fast zerbrach und ihr Mund trotzdem immer wieder murmelte: „Fester, fester, fester." Ihr gesamter Körper bäumte sich auf vor Zittern und unbeschreiblicher Wonne.

Als er spürte, wie sie erschauerte und weiter leise schrie, verlor auch Herr Wolf jede Kontrolle. Frau Fuchs fühlte seinen Körper erbeben, als er mit lautem Aufschrei ein letztes Mal in sie hineinstieß.

Als es vorbei war, nahm er sie in seine Arme. Sie zitterte heftig. Plötzlich wurde er überaus zärtlich und bat um Vergebung für sein brutales Verhalten. Er verteilte zärtliche Küsse auf ihrem Gesicht und auf ihren Schultern, verfluchte sich und bettelte um ihre Nachsicht. Erst als schließlich ihr Zittern nachließ, fiel er in einen tiefen Schlummer. Noch mit tränennassem Gesicht kroch Frau Fuchs aus dem Bett und verließ das Schlafzimmer der Wolfs. Sie sehnte sich nach nichts anderem, als wieder bei ihrem eigenen, zärtlichen Gatten zu sein.

Natürlich war auch Frau Wolf in der Zwischenzeit nicht untätig geblieben, nachdem sie sich auf ganz ähnliche

Weise wie ihre Freundin in die Arme von Herrn Fuchs geschlichen hatte.

„Was ist das denn?“, neckte der sie, als er ihre seidige Nacktheit an seinem Körper spürte.

Aber es gab keinen Grund, darauf zu antworten, denn sein Mund versenkte sich bereits in den ihren mit einem zärtlichen Kuss. Erregung überkam sie, als sie ihre Arme um seinen Hals legte. Seine Haut war so warm und weich, dass sie einfach nicht anders konnte, als sich fest an ihn zu drücken. Er küsste sie überaus gekonnt, liebkoste dabei ihre Lippen und reizte sie mit seiner Zunge.

Während Herr Fuchs Frau Wolf küsste, wanderten seine Hände sanft über ihren Körper nach unten und liebkosten und kitzelten sie so sanft, dass sie Gänsehaut bekam. Dann wanderten seine Hände zu ihren Brüsten, um zu fühlen, welche Erregung er ausgelöst hatte. Mit den Fingerspitzen drückte und presste er ihre kleinen harten Spitzen. Frau Wolf stöhnte unhörbar bei dieser unglaublich süßen Folter. Frau Fuchs hatte nicht gelogen, als sie die Qualitäten ihres Mannes beschrieben hatte.

Herr Fuchs nahm sich alle Zeit der Welt; er griff und grabschte nicht gierig, sondern fuhr spielerisch über ihre Brüste, bis sie das Gefühl hatte, sterben zu müssen, weil er sie nicht gleichzeitig überall anders auch streichelte. Und dann, als sie schon wahnsinnig zu werden glaubte, führte er endlich seine Hand tiefer, verweilte einen Moment auf ihrem Bauch, bis sie ihre Hüfte anhob und gegen seine Hand drückte. Herr Fuchs lachte leise angesichts ihrer offensichtlichen Ungeduld und flüsterte: „Immer mit der Ruhe, Liebste."

Frau Wolf war bisher noch nie in der Situation gewesen, warten oder bitten zu müssen. Vielmehr war sie es gewohnt, ohne jede Verzögerung genommen zu werden. Aber diese Spielerei verursachte ein süßes Ziehen zwischen ihren Beinen und ein prickelndes Gefühl auf ihrem Körper, und mit einem Mal fühlte sie sich bedürftig, sehnsüchtig und nervös. Wieder hob sie die Hüften und drückte sich gegen seine Hand und verfluchte ihn innerlich für seine kühle Zurückhaltung. Er lächelte über ihre offensichtliche Unzufriedenheit, strich aber weiter mit grausamer Leichtigkeit über ihre Haut, fuhr ganz sacht über und zwischen ihre weit geöffneten Beine und dann viel zu schnell weiter über ihre Hüften, ihren Bauch und ihre Schenkel, bevor er sie wieder zwischen den Beinen liebkoste.

Frau Wolf wurde zusehends ungeduldiger, aber was sollte sie machen? Sie befürchtete, sie könne das Falsche sagen und alles verderben, also konnte sie nur abwarten. Aber gleichzeitig wurde ihr Verlangen übermächtig, und seine kleinen, neckenden Berührungen waren, obwohl durchaus gekonnt und wirkungsvoll, viel zu flüchtig, um sie auch nur annähernd zufriedenstellen zu können. Sie stöhnte verärgert und reckte ihre Hüfte abermals schamlos in die Höhe auf der Suche nach seiner Hand. Sie wurde allmählich ungeduldig. Wie konnte Frau Fuchs diese quälenden Neckereien nur ertragen?

In der Zwischenzeit schien Herr Fuchs zu sehr zu genießen, was er da tat, als sich um ihre Beschwerden zu scheren. Er lachte nur über ihre Bemühungen und drückte sie mit seiner Hand wieder nach unten, selbst wenn er sie damit fast wahnsinnig machte. Er mochte es, wie sie mit jedem Mal, das er sanft über ihre Mitte strich, feuchter wurde. Er wertschätzte Disziplin und Selbstkontrolle und war außerdem der festen Überzeugung, dass jeder Seufzer der Erwartung der Befriedigung am Ende ungeahnte Höhenflüge verschaffte. Und so setzten seine Finger ihren Foltertanz über ihren Körper fort. Sein eigener Körper verlangte danach, sich in ihrer feuchten Mitte zu versenken und sich vollends in der Lust zu verlieren. Aber alles zu seiner Zeit.

Abgesehen davon streichelte Herr Fuchs seine Frau ausgesprochen gern. Es kam ihm so vor, als fühlte sie sich bei jedem Mal anders und auf eine neue Weise erregend an. Ganz besonders mochte er es, ihre sensibelsten Körperstellen zu erobern, und wenn sie erst einmal erhitzt genug war, fügte sie sich viel williger in seine fürsorglichen Erkundigungen. Und da es ihm schien, als wäre sie jetzt in genau dieser Verfassung, arbeiteten sich seine Hände ganz langsam ihre Beine hinauf und drückten sie noch ein Stückchen weiter auseinander. Dann küsste er sie zwischen den Beinen, während er mit der einen Hand weiter nach unten fuhr. Ganz allmählich fuhr er mit der Zunge zu ihrer feuchten Öffnung, während seine Finger über ihr Gesäß zu dem kleinen gekräuselten Loch vordrangen. Frau Wolf war zu überrascht, um sich zu bewegen, also blieben ihre Beine weit geöffnet, und sie griff mit den Fingern nach dem Bettlaken neben sich. Jede Faser ihres Körpers schrie nach Meuterei, und doch wartete sie gehorsam auf ihre Erlösung. Abwechselnd stöhnte sie auf und rang nach Luft.

Wie beiläufig fuhr Herr Fuchs mit seinen Fingern kreisförmig um ihr Hinterteil, während seine Zunge sie kundig neckte. Er tat das mit geradezu makellosem Können, indem er mit seiner Zunge mit genau der richtigen Kraft und dem richtigen Druck über ihre empfindlichste Stelle fuhr, bis Wellen der Lust sie durchbrandeten, um sich dann ganz plötzlich wieder zu unterbrechen und mit leisem Lachen ihren Saft aufzulecken. Gleichzeitig fuhren seine Finger zwischen ihren Hinterbacken mit ihrem Kreisen und Liebkosen fort und drangen sogar dann und wann in sie ein, immer tiefer, angespornt durch ihr leises Keuchen.

Frau Wolf erkannte, dass sie sich bei aller körperlichen Wucht ihres Mannes doch noch niemals so missbraucht vorgekommen war. Auch wenn sich Herr Wolf nahm, wonach ihm verlangte, konnte sie doch ihrerseits von ihm bekommen, was sie begehrte. Aber das hier war irgendwie anders. Es schien, als besäße Herr Fuchs die Kontrolle über sie beide; und das gefiel ihr kein bisschen. Tränen traten ihr in die Augen, und sie schrie auf vor Enttäuschung und Ungeduld.

Herr Fuchs mutmaßte nun, er habe sie schließlich genau da, wo er sie haben wollte. Er legte sich aufs Bett und sagte: „Komm und hol es dir."

Frau Wolf glaubte ihren Ohren nicht zu trauen. Eine solche Bemerkung hatte sie aus dem Munde von Herrn Wolf ganz sicher noch niemals gehört. Und sie hatte noch nie einen derart kontrollierten Mann erlebt.

Aber sie konnte nicht anders, als das Spiel weiterzuspielen, so sehr verlangte es sie nach dem, was er ihr vorenthielt. Also erhob sie sich und wollte sich auf Herrn Fuchs setzen.

Allerdings war das nicht das, was Herr Fuchs beabsichtigt hatte. Er unterbrach sie, bevor er in sie eingedrungen war.

„Zeig mir erst, wie sehr du es willst."

Oh, wie sehr sie ihn verabscheute! So aufgebracht war sie, dass sie sich fast vergessen und ihm gesagt hätte, was sie von ihm hielt. Aber davon schien er offenbar nicht das Geringste zu bemerken, denn mit seiner Hand streichelte er zärtlich ihren Kopf und über ihr Haar, selbst als er ihren Kopf bereits nach unten drückte. Sie schluckte ihre Empörung herunter, öffnete den Mund und nahm seine aufgerichtete Männlichkeit in sich auf. Er drückte sie mit seiner

Hand weiter nach unten, bis sie ihn tief in ihrem Hals spüren konnte.

„Das ist gut“, knurrte er vor Vergnügen. „Wenn du es willst, wirst du auch etwas dafür tun müssen.“

Ihr Gesicht brannte, als sie diese Worte vernahm, aber dennoch tat sie alles, um Herrn Fuchs zu befriedigen. Sie leckte und saugte, so gut sie es eben konnte, und benutzte sogar ihre Hände, so wie er es zuvor bei ihr getan hatte, weil sie sich davon Belohnung erhoffte. Sie sog und schlürfte, bis sie sich sicher war, dass sie es nie besser getan hatte, und sie ersann sogar einige neue Dinge, auf die sie zuvor noch nie gekommen war – so groß war ihr Wunsch, die Lust zu erfahren, die Herr Fuchs ihr in Aussicht gestellt hatte. Und dabei fiel ihr auf, dass all dies das lustvolle Ziehen in ihren Lenden nur noch mehr verstärkte.

Aber, ach, wie lange noch, bis ihr Erleichterung zuteilwerden würde? Während sie sich an ihm übte, traten Tränen in ihre Augen. Fast erstickte sie daran, ihm so viel Vergnügen wie möglich zu verschaffen.

Wie bereits erwähnt, war Herr Fuchs ein entschiedener Verfechter der Selbstbeherrschung, aber auch er war keine Maschine und auch sein Körper hatte seine Grenzen. Daher beendete er das Saugen ganz plötzlich, um nicht Schande über sich zu bringen und seine Partnerin nach all ihren ansehnlichen Bemühungen zu enttäuschen. Er sagte: „Du hast dir deine Belohnung mehr als verdient!“ Und damit zog er sie auf seinen pochenden Körper.

Ein gehöriger Laut entfuhr Frau Wolf, als ihr Körper auf seinen traf. Es fühlte sich so gut an, als er endlich in sie eindrang! Und schließlich verflüchtigte sich der drängende Schmerz zwischen ihren Beinen ein wenig, während sie sich auf ihm auf und ab bewegte und vor und zurück, um die Lust zur Gänze auszukosten.

Herr Fuchs streichelte und drückte ihre Brüste, und als Frau Wolfs Bewegungen immer drängender wurden, führte er eine Hand zwischen ihre Beine, um ihr zu Hilfe zu kommen. Sie japste und keuchte und war abermals überrascht über Herrn Fuchs' Fingerfertigkeit. Sie beschränkte ihre Bewegungen jetzt auf eine bloße Schaukelbewegung und ließ ihn den Rest übernehmen. Sie bewegte sich vor und zurück, während seine Finger sie neckten und liebkosten. Mit seiner anderen Hand reizte er ihre Brustspitzen.

Diese Sanftheit war für Frau Wolf gänzlich ungewohnt. Die stürmischen Handlungen ihres Mannes hatte sie immer als Zeichen seines Begehrens erlebt; Herrn Fuchs' völlige Kontrolliertheit kam ihr dagegen geradezu gleichgültig vor, auch wenn das ihre Lust ganz erheblich steigerte.

Sie ließ sich auf Herrn Fuchs fallen. Er legte seine Arme um sie und hielt sie fest bei den Schultern, während er immer wieder in sie stieß. Sie hing an ihm und erzitterte, während er sich in sie ergoss. Und dann vergaß Frau Wolf für eine Weile alles um sie herum und räkelte sich nur wohlig im weichen Nachglühen ihrer Leidenschaft. Schließlich merkte sie, dass Herr Fuchs eingeschlafen war, während sie noch rittlings auf ihm lag. Behutsam löste sie sich aus seiner Umarmung und bemühte sich dabei, ihn nicht zu wecken. Dann zog sie sich rasch an und verließ das Schlafgemach.

Im dämmrigen Korridor erwartete Frau Fuchs sie bereits. Die Freundinnen sahen sich einen Moment lang schweigend und forschend an. Frau Wolf errötete, als sie überlegte, was Frau Fuchs nach ihrer eigenen Erfahrung mit ihrem Mann von ihr denken musste. Aber Frau Fuchs verspürte genau die gleiche Verlegenheit, während ihr ähnliche Gedanken durch den Kopf gingen! Und beide merkten, dass sie trotz allem besser zu ihren jeweiligen Gatten passten.

Möglicherweise erwartet die geneigte Leserin jetzt von mir, über den weisen Spruch von den Kirschen in Nachbars Garten zu sinnieren, seinen Wahrheitsgehalt anzuzweifeln und zu betonen, das jeder mit dem zufrieden sein sollte, was er hat. Aber ich bin mir nicht sicher, dass das die richtige Schlussfolgerung aus diesem Märchen wäre, denn Frau Fuchs und Frau Wolf tauschen bis heute gelegentlich die Schlafzimmer miteinander. Und während es durchaus richtig ist, dass die Kirschen in Nachbars Garten sich für keine von beiden als die besseren erwiesen, so haben sie sich doch als durchaus schmackhaft herausgestellt.

Und davon gibt es doch eine ganze Menge Sorten – oder etwa nicht?

SCHNEEWITTCHEN

Es waren einmal vor langer Zeit ein König und eine Königin, die besaßen alles, was sie sich nur wünschen konnten – außer einem Kind. An kalten Winterabenden saßen sie zufrieden an ihrem gemütlichen Herdfeuer, die Königin beschäftigt mit ihrem Nähzeug, während der König ihr dabei zusah und sie beide die Geschehnisse des Tages erörterten. Aber dann und wann unterbrach die Königin ihre Tätigkeit, um aus dem Fenster in den leise fallenden Schnee zu schauen, bis sie sich in dem Anblick verlor und sowohl vergaß, was sie gerade gesagt hatte, als auch ihre Handarbeit. Ihr Gatte wusste sehr genau, was ihre Aufmerksamkeit ablenkte, denn in diesen Momenten stellte sie sich ihr gemeinsames Kind vor.

An einem dieser Abende stach sich die Königin versehentlich mit ihrer Nähnadel in den Finger. Ein leuchtend roter Tropfen Blut trat hervor, und während die Königin noch daraufschaute, seufzte sie tief auf und murmelte: „Ach, wenn ich doch nur eine Tochter hätte, mit Lippen so rot wie dieses Blut, mit einer Haut so weiß wie der Schnee da draußen, und mit Haaren so schwarz wie die Kohlen, die da im Feuer glühen!"

Und bevor ein Jahr ins Land gegangen war, erfüllte sich der Wunsch der Königin, und das glückliche Paar wurde mit einer Tochter gesegnet, deren Lippen so rot wie Blut, deren Haut so weiß wie Schnee und deren Haar pechschwarz war wie Kohle. Sie nannten sie Schneewittchen.

Aber schon kurz nach der Geburt ihrer Tochter starb die Königin, und ein paar Jahre darauf heiratete ihr Mann erneut. Seine neue Frau gab eine wunderschöne Königin ab, und für eine Weile waren die drei miteinander glücklich. Aber noch bevor Schneewittchen zehn Jahre alt wurde, verstarb auch ihr Vater und ließ sie allein mit ihrer Stiefmutter zurück. Anfangs war die Frau freundlich zu dem Kind, aber mit jedem Jahr, das Schneewittchen schöner wurde, verabscheute ihre Stiefmutter, die älter wurde und den Verlust ihrer eigenen Schönheit befürchtete, die Stieftochter ein Stückchen mehr. Eines Tages hörte die Königin von einem Tag auf den anderen auf, sie mit schönen Gewändern und anderem Zierrat auszustatten, woran sich Schneewittchen gewöhnt hatte, und zwang sie zur harten Arbeit in der Küche. Aber selbst in Lumpen gehüllt, entging Schneewittchens Schönheit niemandem, und in den Augen ihrer Stiefmutter, die Tag und Nacht von der Angst gequält wurde, ihre eigene Schönheit einzubüßen, schien Schneewittchen nur aus dem einen Grund mit jedem Tag schöner zu werden: ihr Höllenqualen zu bereiten.

So kam es, dass die Königin eines Tages Schneewittchens Schönheit nicht länger ertragen konnte und einen Diener mit dem Auftrag losschickte, mit ihr wegzugehen und sie zu Tode kommen zu lassen. Aber der sanftmütige Diener tat Schneewittchen nichts zuleide. Stattdessen brachte er sie tief in den Wald hinein und warnte sie vor den bösen Absichten ihrer Stiefmutter. Schneewittchen erschrak darüber zu Tode, bis der Diener ihr versicherte, nur ein Stückchen weiter werde sie auf ein kleines Häuschen stoßen, das sieben freundlichen kleinen Männern gehörte, die gemeinsam den Wald bewohnten. Bei den Zwergen, so versprach er, wäre sie in Sicherheit.

Nachdem der Diener sie verlassen hatte, war Schneewittchen zum ersten Mal in ihrem Leben allein. Der Wald war voller ungewohnter Geräusche, und sie machte sich sogleich auf die Suche nach dem Häuschen der Zwerge. Immer tiefer und tiefer drang sie in den Wald vor, bis sie endlich auf ein kleines Haus stieß. Das musste das Zuhause der Zwerge sein, denn der Türrahmen war so niedrig, dass Schneewittchen den Kopf beugen musste, um eintreten zu können.

Inzwischen übertraf Schneewittchens Neugier ihre Furcht, und sie klopfte mehrmals an die kleine Tür. Als ihr klar wurde, dass die Zwerge nicht zu Hause waren, überkam sie die Ungeduld, das kleine Häuschen von innen zu sehen, also öffnete sie einfach die Tür und trat ein.

Drinnen blieb kein Zweifel, dass dies tatsächlich die Hütte der Zwerge sein musste, denn um den Küchentisch standen sieben kleine Stühle mit sieben Platzdeckchen vor sich und so weiter. Als Schneewittchen weiter in das kleine

Häuschen vordrang, stieß sie auf sieben kleine Sesselchen in einem eigentümlichen kleinen Wohnzimmer und schließlich auf sieben ordentlich gemachte Bettchen in einem Schlafzimmer. Was für Männer sind denn das?, fragte sie sich.

Nun, die sieben Zwerge waren nichts anderes als sieben hübsche Prinzen, die von einer bösen Hexe verflucht worden waren. Dieser Fluch war nicht nur dafür verantwortlich, dass die Prinzen sehr klein waren, sondern war auch daran schuld, dass jeder von ihnen einen Makel hatte. So war einer von ihnen damit geschlagen, beständig niesen zu müssen, während ein anderer chronisch schläfrig war, ein weiterer ständig schlecht gelaunt und so weiter. Da sie ihrer beklagenswerten Situation nicht abzuhelfen vermochten, hatten die Prinzen die menschliche Gesellschaft hinter sich gelassen, um gemeinsam zurückgezogen in den Wäldern zu wohnen. Dort waren sie inzwischen für die Eigenschaften bekannt, die ihnen der Fluch auferlegt hatte, und man nannte sie Chef, Hatschi, Brummbär, Happy, Seppl, Pimpel und Schlafmütz. Dies also waren die Umstände, unter denen sie später an diesem Tag die Bekanntschaft mit Schneewittchen machen sollten.

Die Zwerge gefielen Schneewittchen von ihrer allerersten Begegnung an, und sie fühlte sich sicher bei ihnen in ihrem kleinen Häuschen tief in den Wäldern. Und was die verzauberten Prinzen betraf, so verliebte sich jeder Einzelne von ihnen Hals über Kopf in Schneewittchen. Nichts von dem, was sie tat, konnte an ihrer Zuneigung etwas ändern, und sie erfüllten ihr bereitwillig jeden einzelnen ihrer Wünsche. Und so wurden sie in kürzester Zeit die allerbesten Freunde.

Eines Abends aber hörten die Zwerge, wie Schneewittchen in ihrem Bett bitterlich weinte. Zutiefst beunruhigt eilten sie an ihre Seite und baten, sie möge ihnen doch den Grund für ihren unerklärlichen Kummer mitteilen. Und so gestand Schneewittchen ihnen nach einigem Drängen ihre Einsamkeit und vertraute ihnen an, dass ihr größter Wunsch war, einen Prinzen zu haben, in den sie sich verlieben könnte. Dieses Geständnis betrübte die Zwerge zutiefst, bis Chef plötzlich verkündete, dass er eine Lösung für Schneewittchens Problem wisse.

„Was soll das sein?“, wollte sie wissen.

Chef fragte zurück: „Vertraust du deinen treuen Zwergenfreunden, Schneewittchen?“

„Aber natürlich!“, rief sie aus.

„Dann leg dich hin und schließ die Augen, und dann werden wir sehen“, fuhr er fort.

Schneewittchen gehorchte, und kurz darauf spürte sie, wie die Hände der sieben Zwerge unter ihr Nachthemd schlüpften und ihre nackte Haut berührten.

Schneewittchen erschrak und fuhr auf. Was immer sie erwartet hatte, das war es ganz sicher nicht gewesen!

„Die Dinge sind nicht immer so, wie sie scheinen, liebstes Schneewittchen“, erklärte Chef. „Aber wir können dir nicht helfen, wenn du uns nicht vertraust.“

Und mit diesen Worten ließen er und seine sechs Freunde Schneewittchen in ihrem Elend allein.

Der Vorfall war schnell vergessen, und die Freundschaft unter den acht blühte erneut auf. Aber Schneewittchen wurde weiter an den Abenden geplagt von ihrer quälenden Einsamkeit, und eines Nachts vernahmen die Zwerge abermals ihr leises Weinen.

Und wieder eilten sie an Schneewittchens Seite, bestürmten und befragten sie. Und wieder erzählte sie von ihrem sehnsüchtigen Wunsch nach einem Prinzen, in den sie sich verlieben könnte. Und wieder behauptete Chef, eine Lösung für ihr Problem zu kennen.

„Ach bitte, sag es mir!“, weinte Schneewittchen.

„Vertraust du deinen treuen Zwergenfreunden?“, fragte er.

„Aber ja!“, schwor sie.

„Dann leg dich hin und schließ deine Augen“, befahl er.

Das tat Schneewittchen, und einen Moment später fühlte sie wieder die kleinen Hände der sieben Männer auf ihrem Körper. Sie schnappte nach Luft und setzte sich erschrocken auf. Was um alles in der Welt denken die sich nur?, dachte sie bei sich.

„Beruhige dich, wir würden dir doch niemals etwas antun wollen, Schneewittchen“, beschwichtigte sie Chef und fügte traurig hinzu: „Es ist schon schlimm genug, dass du uns noch immer nicht vertraust.“

Und mit diesen Worten ließen die sieben kleinen Männer sie wieder allein zurück.

Die Angelegenheit wurde erneut vergessen, und während die Monate vergingen und die kalten Winde den Schnee in die Wälder brachten, rückten Schneewittchen und die sieben Zwerge enger denn je zusammen in ihrem kleinen Häuschen. Und trotzdem beklagte Schneewittchen auch weiterhin die Abwesenheit eines Prinzen, der ihr allein gehörte, denn der Sehnsucht nach einem Prinzen kann sich keine Prinzessin erwehren. So dauerte es nicht lange, bis die Zwerge sich wieder einmal Sorgen machten angesichts ihres tränenreichen Kummers.

Und sogleich eilten sie beunruhigt an ihre Seite. Abermals beichtete sie ihre Sehnsucht nach einem königlichen Verehrer. Und abermals behauptete Chef, er kenne ein Heilmittel gegen ihre Einsamkeit.

„Vertraust du deinen treuen Zwergenfreunden?“, fragte er sie, genauso wie er es zuvor schon getan hatte.

„Aus ganzem Herzen!“, weinte Schneewittchen.

„Dann leg dich hin und schließ die Augen!“, forderte er sie auf.

So tat sie, und wie zuvor fühlte sie die leichte Berührung der Zwergenhände, so sanft wie ein Atemhauch, die über ihr Gesicht und ihren Körper glitten. Aber dieses Mal fuhr sie nicht kerzengerade auf, sondern vertraute ihnen, dass sie ihr kein Leid zufügen würden.

Schneewittchen brachte ihren Körper dazu, sich zu entspannen, und während sie das tat, durchströmte sie eine wohlige Wärme und hüllte sie von oben bis unten ein, während ein süßes Prickeln in ihr aufstieg. Bald wurden die Finger von weichen, feuchten Mündern abgelöst, die ihren Mund suchten. Als der erste Kuss ihre Lippen versiegelte, öffnete Schneewittchen die Augen und erblickte den schönsten Prinzen, den man sich nur vorstellen kann. Er hielt ihre Hand, während ein zweiter Kuss ihren Mund eroberte und vor ihren Augen ein noch hübscherer Prinz auftauchte, und dann noch einer und ein weiterer. Und schließlich waren alle sieben Zwerge zu ihrer königlichen Erscheinung zurückgekehrt, einer eindrucksvoller als der andere. Jeder Prinz sah völlig anders aus als der andere, aber allesamt strotzten sie nur so vor Männlichkeit und makelloser Erscheinung. Einer hatte flachsblondes Haar und tiefblaue Augen, während ein anderer mit rotbraunem Schopf und dunklem Blick vor ihr stand. Ein weiterer besaß eine lockig behaarte Brust, während die eines anderen samtig weiche Haut hatte. Selbst die Hautfarbe war bei jedem von ihnen anders, denn während der eine Prinz kohlschwarze Haut hatte, war die eines anderen walnussfarben und eines weiteren außerordentlich hell. Anders gesagt, es gab keine noch so kleine Eigenschaft männlichen Aussehens, die an den sieben Männern nicht zu beobachten gewesen wäre.

Schneewittchen zitterte regelrecht vor Überraschung und freudiger Erregung. „Erwähle deinen Prinzen", flüsterte einer ganz nah an ihrem Ohr. Aber sie blieb stumm, denn sie konnte den Gedanken nicht ertragen, auch nur einen dieser großartigen Prinzen zu verlieren, die da vor ihr standen.

Die Prinzen fragten nicht nach dem Grund für ihr Schweigen. Stattdessen entledigten sie sich behände ihrer Kleidung, die seit ihrer plötzlichen Verwandlung sprichwörtlich in Fetzen hing. Dann machten sie sich daran, Schneewittchen von ihrem Nachthemd zu befreien, das im Nu verschwand, als vierzehn eifrige Hände danach griffen. Befreit von ihrem hinderlichen Gewand, hatten die Hände jetzt freie Bahn, um ihren erröteten, bebenden Körper zu liebkosen, wobei sie jede Kurve, jedes Grübchen und jede Rundung erforschten und noch die geheimsten Stellen auskundschafteten. Die Hände erkundeten sie zur Gänze, verweilten hier und da, aber ließen keinen Teil von ihr unberührt. Und zugleich versenkten sich ihre Münder abwechselnd in den ihren.

Aber die hungrigen Lippen der Wartenden wurden allmählich ungeduldig und suchten sich andere Stellen zum Küssen. Wie im Fieber stöhnte und wand sich Schneewittchen, während die Hände und Münder der sieben Prinzen jede Stelle ihres Körpers in Besitz nahmen. Sie erzitterte, als die scharfen Zähne eines Prinzen zärtlich an einer ihrer Brüste knabberten, während sich ein anderer sanft über ihre andere hermachte. Eine Zunge glitt über ihren Bauch, während eine andere sich den Weg zwischen ihre Beine bahnte. Und ein weiterer Mund bestürmte ihre Lippen in einem langen, tiefen Kuss.

So überwältigt war Schneewittchen von Erregung und Begehren, dass sie um jeden Atemzug kämpfen musste und für einen Moment sogar befürchtete, das Bewusstsein zu verlieren. Sie wand sich wie im Rausch.

Als die Prinzen ihre Not erkannten, öffneten sie sanft ihre Beine, damit Schneewittchen ihren ersten Prinzen empfangen konnte, einen wunderschönen Mann mit goldblonden Haaren und tiefblauen Augen. Während er ganz allmählich in sie eindrang, küsste er sie unendlich zärtlich. Schneewittchen schrie leise auf vor Lust.

Aber die anderen Prinzen blieben in der Zwischenzeit keineswegs untätig. Einer hielt ihr rechtes Bein in die Höhe, ein anderer das linke. Ein dritter küsste ihren Mund, zwei weitere verwöhnten ihre Brüste. Und alle sahen zu, wie der erste Prinz Schneewittchen eroberte, während sie geduldig warteten, bis sie selbst an der Reihe waren. Für einen kurzen Moment musste Schneewittchen ihre Augen schließen, weil sie sonst keine Luft mehr bekommen hätte.

Als Schneewittchen dem Gipfel ihrer Lust mit dem zärtlichen blonden Prinzen immer näher kam, öffneten die beiden, die ihre Beine hielten, sie noch weiter und hielten sie noch höher, damit der Prinz noch tiefer in sie eindringen konnte. Aller Augen ruhten auf Schneewittchen und dem goldblonden Prinzen, als das Paar sich den höchsten Höhen der Lust hingab.

Gleich darauf nahm ein dunkler Prinz seinen Platz ein. Er war nicht so sanft wie sein Vorgänger, aber er beglückte Schneewittchen nicht minder, vielleicht sogar noch mehr. Er drehte ihren Körper an ihrer Hüfte, bis ihr linkes Bein weit nach rechts lag. Mit der Hilfe der anderen Prinzen, die sie in der gewünschten Position hielten, nahm der dunkle Prinz Schneewittchen und ließ sie dabei keine Sekunde aus den Augen. Abermals bäumte sie sich auf vor Lust. Bei so vielen Prinzen, die sich um sie kümmerten, blieb ihr nicht mehr viel zu tun – selbst wenn sie gewollt hätte –, als einfach nur dazuliegen und das Vergnügen zuzulassen, das sie ihr gemeinsam verschafften. Und genau das tat Schneewittchen.

Die Prinzen hielten sie fest, während ihr dunkler Liebhaber immer wieder in sie stieß und sie damit beglückte, während er sich gleichzeitig bemühte, seine Lust zurückzuhalten. Als die süße Erregung sie zu überwältigen drohte, stöhnte Schneewittchen und wand sich, bis sie schließlich doch und zusammen mit ihrem dunklen Prinzen vor Lust erbebte.

Kurz darauf trat ein weiterer Liebhaber an die Stelle des dunklen Prinzen. Seine Augen waren smaragdgrün, und dieser wunderschöne Mann hatte makellos weiße Zähne.

Schneewittchen lag noch in der Position, in der sie der dunkle Prinz zurückgelassen hatte, und sein Nachfolger drang sogleich in sie und küsste sie dabei überaus zärtlich. Aber im nächsten Moment drehte er sie gekonnt um und zog sie auf ihre Knie, ohne dass es ihr auch nur das kleinste bisschen wehtat oder er sich aus ihr zurückzog!

Schneewittchen stöhnte auf, während der Prinz sie mit langen, kräftigen Stößen von hinten nahm. In der Zwischenzeit liebkosten die anderen Prinzen weiter ihre Hinterbacken und Hüften, während sie sich freudig darauf vorbereiteten, ihrerseits die Position zwischen ihren Beinen einzunehmen und die Öffnung dazwischen zu erobern.

Als sie aufsah, erblickte sie den schwarzhäutigen Prinzen. Er stand vor ihr, seine Männlichkeit aufgerichtet und pochend nur ein paar Zentimeter von ihrem Mund entfernt. Vorsichtig griff er nach ihren Schultern, während er zusah, wie der andere Prinz in sie stieß.

Fragend sah Schneewittchen ihn an. Die leisen Schreie, die ihr immer wieder entfuhren, hatten ihr den Mund leicht geöffnet, und nun merkte sie, wie der schwarze Prinz ganz allmählich näher kam, bis sie ihn feucht an ihren Lippen spürte. Er drängte nicht in ihren Mund, sondern wartete, bis er sich ihm öffnete, was er ganz von allein tat, sodass er im nächsten Moment ganz in ihr war. Aufs Neue ungemein erregt, bewegte sie ihren Körper vor und zurück und steigerte ihre Lust dadurch nur noch mehr.

Und so beglückten sie die Prinzen jeder auf seine eigene, unverwechselbare Art, bis sie von jedem von ihnen reich beschenkt worden war. Denn selbst wenn sie nicht an der Reihe waren, waren sie ihr zu Diensten und kamen ihr auf jede erdenkliche Weise zu Hilfe, um ihr zu ermöglichen, die höchste Lust zu erfahren. Und schließlich versank sie zutiefst erschöpft in einen sehr tiefen Schlaf.

Am nächsten Morgen erwachte Schneewittchen ganz allein und war schon fast überzeugt, dass sie den ganzen Vorfall nur geträumt hatte, als sie kleine Beweise dafür fand, was in der Tat in der vorangegangenen Nacht vor sich gegangen war. Aber wohin sind meine Prinzen verschwunden?, fragte sie sich. Und woher waren sie gekommen? Für den Rest des Tages grübelte sie darüber nach, bis schließlich am Abend die sieben Zwerge wieder nach Hause zurückkehrten. Aber als sie sie erblickte, überkam Schneewittchen eine große Schüchternheit, und sie wusste nicht recht, was sie sagen sollte.

Also schwieg sie das ganze Abendessen über, während die Erinnerungen an die vergangene Nacht auf sie einstürmten. Fieberhaft bekämpfte sie die Bilder, die vor ihrem inneren Auge auftauchten, aber weil sie sie weiter bedrängten, rief sie schließlich verzweifelt aus: „Wo sind meine Prinzen?"

Und innerhalb von wenigen Sekunden offenbarte sich ihr die wahre Identität der Zwerge. Schneewittchen musste nur irgendeinen Zwerg küssen, um ihn – wenn auch nur für eine gewisse Zeit – von seinem schrecklichen Fluch zu befreien. Und wie beglückend war diese Offenbarung für Schneewittchen! Gleichwohl musste sie erneut darüber nachdenken, wie sie nur einen von ihnen auswählen sollte. Denn als sie einen nach dem anderen forschend ansah, wurde ihr klar, dass sie ihr alle gleichermaßen zugetan waren.

„Ich kann unter euch keinen auserwählen, meine Prinzen", erklärte sie. „Wie könnte ich auch?"

Die Zwerge sahen einander an. Noch nie hatten sie ihr einen Wunsch ausgeschlagen, und das konnten sie auch diesmal nicht.

„Wenn es dein Wunsch ist, wirst du alle deine Prinzen wiedersehen, Schneewittchen", sagte Chef freundlich. „Das liegt einzig und allein an dir."

Und Schneewittchen ging zu ihm hinüber, schloss die Augen und küsste ihn zärtlich auf den Mund. Und als sie wieder ihre Augen öffnete, stand ihr wunderschöner, zärtlicher blonder Prinz vor ihr. Dann ging sie zu Brummbär und küsste auch ihn. Und sofort stand er vor ihr, der dunklere, rauere Prinz. Ein inneres Zittern durchrieselte sie, als sie nacheinander alle Zwerge küsste und ihre wahren Identitäten aufdeckte. Sie nahm die Prinzen mit in ihr Schlafzimmer und gestattete ihnen, sie langsam auszuziehen. Sie zitterte vor Verlangen, als sie schließlich völlig nackt vor ihren königlichen Liebhabern stand. Dann trat sie in ihre

Mitte und ergab sich der Lust und dem Vergnügen.

So verbrachte Schneewittchen eine Nacht nach der anderen mit ihren sieben Prinzen, und die Zeit verging wie im Flug. Gelegentlich drang ein Wort über das Schloss der Königin zu ihr, aber davon ließ sie sich nicht berühren, denn sie war überzeugt, dass die Zwerge alles Böse von ihr fernhalten würden.

Eines Tages jedoch traf ein Diener ein, der eine Nachricht von der Königin überbrachte, die behauptete, Ablehnung und Ärger zu erfahren wegen der Ungerechtigkeit, die sie Schneewittchen habe zukommen lassen. Der Diener übergab Schneewittchen ein Geschenk der Königin, das ihren Sinneswandel belegen sollte. Aber der treue Diener war von der Königin getäuscht worden, denn sie trachtete ihrer Stieftochter noch immer nach dem Leben.

Mit einer bösen Vorahnung nahm Schneewittchen das Geschenk entgegen. Dabei stellte sie gar nicht die zweifelhafte Natur des königlichen Geschenkes infrage, sondern befürchtete vielmehr, ihre hübschen Prinzen zurücklassen zu müssen, falls die Königin ihre Rückkehr auf das Schloss verlangen würde.

Nachdenklich packte Schneewittchen das Geschenk der Königin aus. Und dann überkam sie eine große Freude, als sie das wunderschöne Seidenleibchen darin erblickte. Sie dachte nur noch daran, wie ihre Prinzen auf ihren Anblick in diesem frivolen, kleinen Etwas reagieren würden, und probierte es sogleich an. Aber im selben Moment, in dem das Leibchen, das mit Gift getränkt war, ihre Haut berührte, zog es sich um ihren Körper unaufhaltsam zusammen, bis sie keine Luft mehr bekam. Ohnmächtig sank sie zu Boden und blieb dort wie tot liegen.

Als die sieben Zwerge später am Tag in ihr Häuschen zurückkehrten, fanden sie Schneewittchen und hielten sie für tot. Überwältigt von Schmerz und Trauer legten sie Schneewittchen auf eines ihrer Bettchen und machten sich daran, ihr einen wunderschön gearbeiteten Sarg aus geschnitztem Mahagoni zu fertigen. Es kostete sie viele Tage, bis der Sarg fertig war, aber als schließlich die Zeit gekommen war, sie zu Grabe zu tragen, sah sie noch immer so lebendig und wunderhübsch aus, dass sie es einfach nicht über sich brachten, den Sargdeckel zu schließen. Also fertigten sie für Schneewittchen einen weiteren Sarg ganz aus feinstem Kristall, in den sie sie betteten. Sie wachten jeden Tag bei ihr und beklagten ihren Verlust unendlich.

So gingen mehrere Monate ins Land, bis die Königin ihre Unerbittlichkeit gegen Schneewittchen doch noch ernsthaft bereute. Sie sandte einen weiteren Diener in die Wälder mit dem Auftrag, Schneewittchens Leibchen aufzuschneiden und sie damit von ihrem bösen Fluch zu befreien.

Aber dieser Diener kannte sich im Wald nicht aus, konnte das Häuschen der Zwerge nicht finden und verirrte sich schließlich nach langem Umherirren vollends in den

Tiefen des Waldes. Weil er Angst davor hatte, zur Königin zurückzukehren, ohne den Auftrag ausgeführt zu haben, setzte er sich unter einen Baum, um die Sache in Ruhe zu bedenken. Nach einiger Zeit ritt ein hübscher Prinz auf einem weißen Ross vorbei.

Der Diener winkte den Prinzen herbei und erbat sich seine Hilfe in der schwierigen Angelegenheit, denn Prinzen sind dafür bekannt, genau zu solchem Behufe durch die Wälder zu reiten. Und so erklärte sich der Prinz sogleich begeistert bereit, das schöne Schneewittchen zu finden und zu erretten.

Ohne große Mühe fand der hübsche Prinz das Häuschen der Zwerge und hatte im Nu Schneewittchen in ihrem Glassarg ausfindig gemacht. Er öffnete den Sargdeckel und sah sie für einen Moment an, bevor er ihr Leibchen aufbrach. Sofort erwachte sie und sah den hübschen Prinzen an.

„Ich liebe dich, Schneewittchen", sagte er. „Heirate mich und werde meine Prinzessin."

Schneewittchen kam zwar immer wieder durcheinander, aus welchem Zwerg welcher Prinz wurde, aber sie war sich völlig sicher, dass dieser Prinz keiner von ihnen war. „Ich kann dich nicht heiraten", erwiderte sie und sah sich nach ihren eigenen Prinzen um.

Der Prinz war schockiert, denn er war sich ganz sicher gewesen, dass die Geschichte einen anderen Verlauf nehmen würde. Aber ohne weiteres Aufhebens zu machen, gab er schließlich auf und ließ Schneewittchen im Haus der Zwerge allein zurück. Und ach, welches Feiern ging vonstatten, als die Zwergenprinzen zurückkehrten und Schneewittchen gesund und lebendig vorfanden!

Natürlich unternahm die Königin noch einige Versuche, um Schneewittchen auf das Schloss zurückzuholen, aber zu jedermanns grenzenlosem Erstaunen weigerte sich Schneewittchen hartnäckig. Jedes erdenkliche Lockmittel, jede erdenkliche Zwangsmaßnahme wurde versucht, aber nichts davon konnte Schneewittchen dazu bringen, zurückzukehren. Also blieb der Königin irgendwann nichts anderes übrig, als sich zu fügen, und Schneewittchen erhielt die Erlaubnis, in dem kleinen Häuschen bei ihren Zwergen zu bleiben.

Das merkwürdige Benehmen von Schneewittchen führte zu einer Fülle von Gerüchten, aber die Königin und alle in ihren Diensten Stehenden bestehen bis heute darauf, dass Schneewittchen am Ende doch den Prinzen geheiratet hat, der sie in den Wäldern gerettet hat, und mit ihm in sein fernes Königreich geritten war. Vielleicht ist das auch der Ausgang der Geschichte, wie ihr ihn kennt.

Aber ich kann euch versichern, dass Schneewittchen in dem kleinen Häuschen der Zwerge geblieben ist, ganz tief in den Wäldern. Und es gibt keinen Zweifel, dass sie auch heute noch dort ist.

DER KAISERIN NEUE KLEIDER

Diese Geschichte handelt von einer Kaiserin. In ihrer geheimnisumwitterten Regierungszeit waren in aller Welt viele Kaiserinnen und Königinnen an der Macht. Es heißt, diese legendären Frauen seien gerechte Herrscherinnen gewesen, und ihre Länder hätten mit ihren Nachbarn freundschaftliche Beziehungen gepflegt. Und was ihre Untertanen betrifft – nun, habt ihr jemals davon gehört, dass es damals zu Aufständen gekommen wäre? Ganz sicher nicht, denn diese Frauen waren hervorragende Herrscherinnen, und es ist bis heute ein ungelöstes Rätsel der Geschichte, warum sie ihre Macht eingebüßt haben. Ich vermute, dass ein männlicher Thronfolger im Spiel war, den ein derart friedlicher Zustand langweilte, weil er es spannender fand, Machtfragen mit brutaler Gewalt zu entscheiden. Aber diese Theorie soll ein andermal erzählt werden, denn ich will mich sogleich der eigentlichen Geschichte zuwenden.

Die Kaiserin herrschte mit Weisheit und Milde über ihr Reich, und wer immer sie kannte, respektierte und bewunderte sie. Sie genoss die bedingungslose Treue ihrer Untertanen, und die Nachbarländer waren allesamt ihre Verbündeten. Der Mann an ihrer Seite, ihr Gatte und Kaiser, half ihr bei der Umsetzung ihrer Vorhaben und ließ zu keiner Zeit den leisesten Zweifel an ihrem Verstand und Urteilsvermögen erkennen.

Es gab nur eine erkennbare Eigenwilligkeit im Wesen der Kaiserin, was bei einer so bemerkenswerten und außergewöhnlichen Frau kaum verwundern wird. Es war nämlich so, dass die Kaiserin Aufmerksamkeit überaus hoch schätzte und am glücklichsten war, wenn sie im Mittelpunkt des Interesses stand und aller Augen auf ihr ruhten.

Über die Jahre verstärkte sich dieses Verlangen immer weiter. Deswegen kleidete sie sich besonders aufreizend und trug Stoffe von den leuchtendsten Farben, die man sich nur vorstellen konnte, und sie ließ sie so schneidern, dass sie so viel entblößte Haut wie nur möglich zeigten. Außerdem neigte die Kaiserin dazu, Türen unverschlossen zu halten, wo sie eher Wert auf ihre Privatsphäre hätte legen sollen.

Ihr Gatte war sich dieses zunehmend auffälligeren Charakterzuges seiner Frau nur allzu bewusst, aber wie alle anderen ihrer Eigenschaften fand er auch diese ganz besonders charmant und anziehend.

So verging die Zeit für alle durchaus glücklich, bis es zu einem sehr besonderen Vorfall kam, als anlässlich des Geburtstages der Kaiserin ein großes Festmahl ausgerichtet wurde.

Schon im Vorfeld brodelte die Gerüchteküche gewaltig. Man tuschelte darüber, dass die Kaiserin anlässlich der Feierlichkeiten einen außergewöhnlichen Schneider verpflichtet habe, dessen Entwürfe bisher weit und breit noch nicht gesehen worden waren. Selbst unter weniger spektakulären Umständen waren die Kleider der Kaiserin Gegenstand besonderen Interesses, und so wurde die allgemeine Neugier bei dieser Gelegenheit, noch dazu angesichts des geheimnisvollen neuen Schneiders, ganz besonders angestachelt. Jeder wollte einen Blick auf das Gewand der Kaiserin erhaschen.

Als schließlich der Abend des Festtages gekommen war, standen die Menschen in langen Schlangen vor dem Schloss, um ihre geliebte Regentin sehen zu können. Die Dienerschaft eilte geschäftig hin und her und beschnatterte aufgeregt, was die Kaiserin wohl tragen würde. Selbst der Kaiser erwartete den großen Auftritt seiner Frau mit einiger Neugier.

Plötzlich ging ein Raunen durch die Menge. Der Kaiser sah auf. Seine Frau, die Kaiserin, war so nackt, wie Gott sie erschaffen hatte!

Allerorten wurde vernehmlich scharf die Luft eingesogen, aber insgesamt sammelten sich die Anwesenden sehr rasch wieder. Als Erste ergriff eine Herzogin aus einer größeren Stadt des Reiches das Wort.

„Eure Hoheit“, sagte sie mit aufrichtigem Respekt, „Ihr müsst mir unbedingt den Namen Eures Schneiders verraten. Etwas Vergleichbares habe ich noch nie in meinem Leben gesehen!“

Und sofort erfüllte ein Stimmengewirr den Raum, das die Einzigartigkeit und die Pracht der kaiserlichen Kleider rühmte. Nur der Kaiser äußerte kein Wort, aber auf seinen Lippen lag ein unmerkliches amüsiertes Lächeln. Er wusste nur zu gut, dass die Kaiserin in den Augen ihres Volkes nicht fehlgehen und sie sich nicht einmal selbst eingestehen konnte, dass sie gar nichts anhatte. Und doch befand er, dass sie zu weit gegangen war, und er fühlte sich verpflichtet, seiner Frau in dieser Angelegenheit eine Lektion zu erteilen. Ihr Bedürfnis nach Aufmerksamkeit durfte schließlich keine Blüten treiben, die ihre Autorität als Herrscherin bedrohten.

Der Kaiser sah sich im Raum um und sah die uneingeschränkte Bewunderung in den Gesichtern der Untertanen, während sie ihrer Kaiserin mit zuvorkommender Eleganz zu Diensten waren. Plötzlich kam ihm eine Idee, und er lächelte breit. Aber er verhielt sich den ganzen Abend über ruhig und zurückhaltend, während er insgeheim seinen Plan entwickelte. Niemandem fiel auf, wie sehr der Kaiser in Gedanken versunken war, denn wie auch sonst beanspruchte die Kaiserin den Löwenanteil der allgemeinen Aufmerksamkeit für sich.

Einige Wochen später lächelte der Kaiser ganz ähnlich, während er sich für das ankleidete, was er so sorgfältig vorbereitet hatte. Alles hatte sich bestens gefügt. Die Kaiserin hatte seine Idee begeistert aufgenommen. Eine Theateraufführung, und das hier im Schloss! Das hatte es seit Jahrhunderten nicht mehr gegeben! Der Kaiser verweigerte jegliche Auskunft, um die Überraschung nicht zu verderben, und selbst die Dienerschaft, die ihrer Vermutung nach als Schauspieler agieren würde, äußerte sich nicht.

In umfangreichen Renovierungsarbeiten wurde ein Saal des Schlosses in ein prachtvolles Theater verwandelt. Der Raum war ausgewählt worden, weil er im Zentrum des Schlosses lag und kreisrund war. Maler waren Tag und Nacht damit beschäftigt, die gerundete Wand in Gänze zu bemalen, um der Theateraufführung den passenden Rahmen zu geben. Auf der einen Seite des Raumes wurden Sitzreihen aufgebaut, aber das eigentlich Besondere war die Loge für die Kaiserin und ihren Gatten.

Es handelte sich dabei um einen kleinen Raum, dessen Vorderfront über die gesamte Breite der Bühne reichte und der mit außergewöhnlichen Paravents aus feinstem Kristall verkleidet war. Jeder Einzelne von ihnen erlaubte einen anderen Blick auf das Ereignis: So sah durch den einen alles ganz normal aus, während es durch den nächsten vergrößert wurde und durch den wieder nächsten noch größer erschien als zuvor. Daher gab es keine Notwendigkeit für Operngläser. Wenn man besser sehen wollte, musste man nur durch ein anderes Wandteil gucken.

Als letztes Mosaikstück seiner Vorbereitungen bat der Kaiser seine Frau, am Premierenabend noch einmal dasselbe Gewand zu tragen, das sie auch bei ihrem Geburtstagsfest getragen hatte.

Als der Abend des großen Ereignisses schließlich gekommen war, betrat der Kaiser den Theatersaal kurz nach seiner Gattin. Er blieb kurz stehen, als er sie ganz allein in der gläsernen Loge sah. Ob sie auch nur die geringste Ahnung hatte, was der Abend bringen würde? Würde sie genießen, was er für sie arrangiert hatte? Wenn er ihr Verhalten bei ihrem Geburtstagsfest richtig verstanden hatte, dann würde sie fasziniert sein von dem, was er für sie vorbereitet hatte, egal wie unvorstellbar oder erschreckend es auf den ersten Blick aussehen würde.

Während er sie so durch das Glas beobachtete, konnte der Kaiser durch das eingebildete Gewand jedes Detail ihres Körpers studieren. Sie stand kerzengerade da und schaute aus der Loge, mal durch das eine, mal durch das andere Kristallglas und war vom ersten Eindruck erkennbar überwältigt.

Schließlich gesellte sich der Kaiser zu seiner Frau, und auf einen leisen Wink kam auch die Dienerschaft in den Theatersaal und nahm ihre Plätze rund um das kleine Kristallkabinett ein. Die Kaiserin schnaubte aufgeregt, als sie ihren Mann erblickte.

„Wie gefallen dir meine neuen Kleider?“, fragte er und machte eine leichte Verbeugung wie immer, wenn er sich ihr näherte.

Wie erwartet überspielte sie den Schrecken sehr schnell, hob ihr Kinn ein wenig und sagte dann wie beiläufig: „Dann hast du also herausgefunden, wer mein neuer Schneider ist!“

„Das habe ich in der Tat“, erwiderte er, beobachtete ganz entspannt durch das Kristall, was die Dienerschaft machte, und überlegte, wann die Aufführung wohl beginnen würde. Er tat, als würde er gar nicht merken, dass er unübersehbar erregt war, und auch die Kaiserin bemühte sich, diesen Umstand zu ignorieren und nach außen hin ganz würdevoll und völlig gleichgültig zu wirken. Aber ihre Brüste hoben und senkten sich zunehmend schneller und verrieten, dass ihr Bedarf an Sauerstoff stieg, wie es der Fall ist, wenn der Herzschlag sich beschleunigt. Das entging dem Kaiser nicht, und er unterdrückte ein Lächeln. Diesen Effekt hatte er sich erst für den zweiten Teil des ersten Aktes erhofft. Die Sache lief noch besser, als er sich vorgestellt hatte. Nun war es in der Tat an der Zeit, mit der Aufführung zu beginnen.

Ganz langsam streckte der Kaiser seine Hand aus und berührte die Brust der Kaiserin. Erschrocken sah die Kaiserin als Erstes durch das Kristallglas. In diesem Moment schien das Licht über ihr heller zu werden, während die Lampen außerhalb der Loge irgendwie schwächer wurden. Aber trotzdem konnte sie die Dienerschaft gut erkennen. Erwartungsvoll sahen sie sie und den Kaiser an. Fragend wandte sie sich wieder an ihren Gatten, aber er erwiderte nur stumm ihren Blick und strich dabei langsam mit der

Hand über ihre Brust, dann über ihren Bauch und ihre Hüften. Ein leichtes Zittern durchfuhr sie. So oder so hatte die Aufführung längst begonnen.

Schweigend wartete der Kaiser darauf, dass seine Frau die Situation erfasste. Er war fasziniert von der Mischung aus Verwirrung und zögerlicher Erregung, die sich in ihrem Gesicht abzeichnete.

„Ich dachte, es gäbe ein Theaterstück oder … irgendeine … Aufführung." Aber als sie diese Worte äußerte, schien es ihr ganz allmählich zu dämmern.

„Die gibt es in der Tat", antwortete der Kaiser, fasste sie bei den Schultern und drehte sie ganz sanft herum, sodass sie durch das Kristallglas direkt in die erwartungsvollen Gesichter der Zuschauer sah. Ohne sich auch nur zu rühren, stand die Kaiserin da und beobachtete die Männer und Frauen, die ungeduldig auf die Vorführung warteten, die sie vollführen würde. Von ihren Gesichtern konnte sie die verschiedensten Reaktionen ablesen, die von Neugier, Schrecken, Faszination bis Aufregung, Amüsiertheit und sogar offene Erregung reichten. Manche der jüngeren Diener grinsten lasziv, während sie sie neugierig anstarrten. Erschrocken sah sie zurück, während gleichzeitig Erregung in ihre Lenden strömte.

Die Kaiserin blieb regungslos stehen, hin und her gerissen zwischen dem Wunsch, zu bleiben, und dem Drang, zu gehen. In diesem Augenblick offenbarte sich ihr dunkelstes Begehren, das sie ebenso heftig fürchtete, wie sie sich danach sehnte. Auf dieses Dilemma reagierte sie, wie ein Reh es tut, wenn es in tiefer Nacht von einem hellen Licht getroffen wird: Sie blieb wie gelähmt stehen.

Der Mund des Kaisers fühlte sich in ihrem Nacken warm an, und seine Hände glitten an ihr entlang, streichelten ihren Rücken und ihre Hüften. Wie hypnotisiert beobachtete die Kaiserin, wie die Dienerschaft die Berührungen ihres Mannes entzückt verfolgte, vor allem als er seine Hände um ihre Taille und dann nach oben führte, bis sie ihre Brüste umfassten. Ebenso kundig wie schamlos liebkoste und streichelte er sie. Die ganze Zeit über verteilte er Küsse über ihren Nacken und ihren Rücken, während sie stumm in die Gesichter der Zuschauer blickte. Selbst als er ihre Brustspitzen plötzlich ganz fest drückte und ihr ein leises Keuchen entlockte, löste sie ihren Blick nicht vom Zuschauerraum, der das Schauspiel gefesselt verfolgte.

Wie angewachsen konnte die Kaiserin den nächsten Schritt ihres Gatten nur atemlos über sich ergehen lassen, als er seine Hände unendlich langsam an ihrem Körper hinabführte, bis sie die zarte Haut zwischen ihren Beinen ganz sacht berührten. Und während er seine Hände langsam kreisen ließ, ganz sanft über sie strich und sie neckte, folgten die Augen der Zuschauer unablässig seinen Bewegungen.

Aber der Kaiser war ungeduldig und wollte wissen, ob

die Kaiserin wirklich willens sein würde, die Rolle zu spielen, die er in dieser Inszenierung für sie vorgesehen hatte, und so wurden seine Liebkosungen, gebannt verfolgt von der Dienerschaft, immer intimer, als er mit einem Finger in sie drang, in Erwartung einer Antwort auf seine unausgesprochene Frage.

Nachdem sich die Generalprobe schon so vielversprechend gestaltet hatte, konnte der Kaiser die Premiere kaum noch erwarten. Zärtlich drückte er den Oberkörper der Kaiserin nach vorn, worauf sie sich sogleich instinktiv mit den Händen an dem Kristallglas vor sich abstützte. Gleichzeitig spreizte der Kaiser mit seinem Fuß ihre Beine, wobei er sie mit einer Hand am Rücken festhielt.

„Die angekündigte Aufführung bist du, meine Kaiserin", sagte er, während er in sie eindrang.

Wie betäubt stand die Kaiserin nur da, schwach gegen das kühle Kristall gelehnt, und konnte an nichts anderes denken als an die versammelte Dienerschaft, die schweigend zusah, wie der Kaiser sie direkt vor ihren Augen nahm. Dann sah sie zu Boden, verunsichert von den widerstreitenden Empfindungen, die sie durchströmten. Aber schließlich verflüchtigte sich ihre Trance, und sie gab sich den lustvollen Gefühlen hin, die sich in ihr aufbauten. Ganz allmählich reagierte sie auf ihren Gatten, anfangs unbewusst und mit ängstlichen kleinen Bewegungen und Stößen, die von leisem Keuchen und Stöhnen begleitet wurden. Aber je mehr der unwirkliche Charakter des Ganzen der Erkenntnis Platz machte, dass das hier tatsächlich passierte, desto mehr stieg ihre Erregung, bis ihre Bewegungen immer zügelloser und wilder wurden, bis sie ihre Hüften schließlich in lustvoller Raserei dem Körper des Kaisers entgegenstieß.

Obwohl sie den Blick zu Boden gerichtet hielt, war sich die Kaiserin der Menschenmenge um sich herum, die jede ihrer Bewegungen mit dem allergrößten Interesse verfolgte, nur allzu bewusst. Und trotzdem schob sie ihre Hand zwischen ihre Beine, um sich selbst zu liebkosen, und schloss ihre Augen ganz fest. Sie zweifelte nicht daran, dass diese vielen Augenpaare die Bewegung ihrer Hand ganz genau verfolgten, vielmehr trug das nur noch mehr zu ihrer Erregung bei. Und doch konnte sie es nicht über sich bringen, sie direkt anzuschauen.

Sie fragte sich, wie die Zuschauer auf dieses Schauspiel reagierten. Was dachten sie, während sie dasaßen und zusahen, wie das Kaiserpaar derart intime Handlungen vollzog? Sie spürte nur zu sehr das lustvolle Wohlgefühl, das ihr Gatte ihr verschaffte, aber wie wirkte das auf die da drüben?

Diese Gedanken steigerten ihre Erregung nur noch mehr, bis sie plötzlich nichts mehr wollte, als zu sehen, was sich in den Gesichtern der Menschen abzeichnete, die sich um die Kristallloge herum versammelt hatten. Sie wandte ihren Kopf zur Seite und sah ganz vorsichtig auf. Im gleichen Moment durchlief sie ein heißer Schauer, als sie in unzählige Augen blickte, die sie wie gebannt anschauten. Einige sahen auf die Stelle, an der sie und ihr Gatte miteinander verbunden waren. Andere betrachteten ihre schwingenden Brüste. Und wieder andere sahen ihr direkt ins Gesicht. All diese Augen sahen unterschiedlich groß aus, je nachdem durch welche Kristallwand sie sahen, um einen bestimmten Effekt zu genießen. Die Kaiserin erzitterte, als sie sich vorstellte, welches Bild sie vom jeweiligen Standort aus abgeben mochte. Eine Welle der Lust nach der nächsten wogte über sie hinweg, während sie ein Gesicht nach dem nächsten musterte.

Die Reaktion der Kaiserin stachelte den Kaiser noch mehr an, und nichts davon entging den wachsamen Augen des Publikums. Weder der feste Griff des Kaisers um die Hüften seiner Frau noch die kleinen Schreie aus ihrem Mund, als seine Stöße drängender und fester wurden, und auch nicht die erhebliche Mühe der Kaiserin, sich angesichts der unerbittlichen Bewegungen ihres Mannes einigermaßen sicher auf den Beinen zu halten. Aber der Kaiser ließ zum Erstaunen des Publikums nicht von ihr ab. Selbst als dic Hände der Kaiserin von der Kristallwand abrutschten und auf dem Boden Halt suchten, setzte er seine Stöße in sie ohne Erbarmen fort.

Aber das Bemerkenswerteste von alledem war, dass die

Kaiserin trotz ihrer Kämpfe und ihrer Erregung immer weiter zu ihren Zuschauern hinübersah, angestrengt ihre Gesichter musterte und sogar ihren Blick suchte.

Währenddessen erzitterte ihr Körper immer wieder in Wellen, immer und immer wieder, und offenbarte nur zu deutlich das Ausmaß ihrer Lust.

Schließlich erreichte der Kaiser den Höhepunkt, und die Kaiserin spürte seine Nässe an den Innenseiten ihrer Beine hinabrinnen. Aber selbst jetzt entließ er sie nicht sofort, sondern blieb in ihr, träge und beherrscht. Sie errötete angesichts der demütigenden Stellung, die einzunehmen sie weiter gezwungen war, und trotzdem konnte sie ihren Blick nicht von den Männern und Frauen abwenden, die sie immer noch anschauten, und bei aller Peinlichkeit spürte sie nur zu deutlich, wie ihr vor erneuter Erregung ganz heiß wurde.

Da endlich gab der Kaiser ein Zeichen. Die Dienerschaft gehorchte zögernd und verließ den Theatersaal langsam, wobei die meisten sich immer wieder umdrehten, um einen letzten Blick zu erhaschen.

Als er wieder mit seiner Frau allein war, entließ der Kaiser schließlich seine Frau aus ihrer Position und nahm sie zärtlich in seine Arme. „Das hat dir gefallen, oder?“, fragte er, nachdem er sie für einen Moment angesehen hatte. Schüchtern errötend gab sie es zu, noch immer zu verlegen, um einzugestehen, in welchem Ausmaß sie es genossen hatte.

„Das ist gut, denn eine weitere Aufführung steht schon nächste Woche auf dem Programm – diesmal vor königlichem Publikum."

Die Kaiserin stieß sich von ihrem Mann los und sah ihn ungläubig an. Sie konnte noch immer kein Wort herausbringen, aber ganz langsam wurde ihr klar, dass es ihren sicheren Untergang bedeutete, falls das Geschehene jemals nach außen drang. Es mochte ja ohne Weiteres denkbar sein, die Dienerschaft zum Schweigen zu verpflichten, aber ein königliches Publikum ...?

Der Kaiser las ihre Gedanken und lachte leise.

„Ich habe wohl vergessen, dir etwas zu erklären, meine Liebe. Das Kristall unserer kleinen Loge ist verzaubert. Wer immer hindurchsieht, vergisst hinterher unweigerlich, was er darin beobachtet hat. Nur wer von innen herausschaut, kann sich an das Gesehene erinnern." Er lächelte sie selbstzufrieden an. „Du siehst also, mein Schatz, wann immer jemand dieses Theater betritt und unserer Vorstellung beiwohnt, wird er so schockiert und fasziniert sein, als wäre er zum allerersten Mal dabei!"

„Soll das heißen, dass die Diener sich an nichts von dem erinnern werden, was sie gerade gesehen haben?", rief sie. Sie konnte ihre Freude kaum zurückhalten und klatschte aufgeregt in die Hände.

„Gefällt dir also unser neues Theater, meine Kaiserin?", fragte ihr Gatte lachend.

„Oh ja!“, antwortete sie beglückt.

Und stellt euch nur vor, wie sie von nun an all die Aufmerksamkeit erhielt, die sie sich nur wünschen konnte (und noch ein wenig mehr), ohne sich die geringsten Sorgen darüber machen zu müssen, welche Auswirkungen das für ihre Position als Herrscherin haben konnte!

Sie musste daran denken, wie erregend es gewesen war, all diese Blicke auf sich zu spüren. Was mochten sie gedacht haben, während sie ihr zusahen? Und dann überlegte sie, was der Kaiser wohl noch alles mit ihr anstellen mochte, während Dienerschaft und Fürsten gleichermaßen dabei zusahen.

Der Kaiser lachte wieder, als er beobachtete, wie sich der Gesichtsausdruck mit jedem neuen Gedanken veränderte.

„Ich habe die Herzöge und Herzoginnen aus unserem ganzen Reich eingeladen, bei der nächsten Aufführung dabei zu sein“, erklärte er. „Vielleicht sollten wir mit den Proben gleich beginnen!“

Und in der Tat verbrachten sie den Rest des Abends damit, genau das zu tun.

DIE GÄNSEMAGD

Es war einmal eine Prinzessin, die war seit ihrer Geburt einem Prinzen versprochen, der in einem weit, weit entfernten Königreich lebte. Als der Tag näher kam, da sie zu ihrem Prinzen reisen sollte, um ihn zu heiraten, brach große Trauer im Königreich aus. Denn die Prinzessin wurde von allen geliebt, weil sie so freundlich und sanftmütig war. Ihre Mutter, die Königin des Königreichs, betrübte die bevorstehende Trennung am meisten. Sie sammelte viele seltene Schätze für ihre Tochter zusammen, damit sie diese in ihre neue Heimat mitnehmen konnte.

Die Vorbereitungen für die Reise der Prinzessin benötigten viel Zeit. Als sie schließlich abgeschlossen waren, gab es so viele Truhen, angefüllt mit Schätzen, dass sie in einer Reihe aufgestellt von einem Horizont zum anderen reichten. Die Truhen waren voll mit den schönsten Dingen: Juwelen von erlesener Qualität und großem Glanz, goldenem und silbernem Schmuck in jeder denkbaren Ausführung, Ballen feinster Stoffe in allen Regenbogenfarben und vielen, vielen Dingen mehr, die hier gar nicht aufgezählt werden können. Das Beste war der Königin gerade recht, und von all den schönen Dingen war eine große Fülle da. Sie hatte kein winziges Detail unbeachtet gelassen, und so gab es alles, was eine Prinzessin brauchen konnte – und manches, was selbst einer Königin würdig gewesen wäre.

Diese randvoll gefüllten Truhen wurden nun behutsam auf Karren geladen. Die Karren wurden von Männern bewacht, die unter den treuesten Dienern des Königs im ganzen Königreich ausgewählt worden waren. Zu dieser wertvollen Fracht gab man der Prinzessin außerdem auch eine persönliche Kammerzofe zur Seite.

Dieses Mädchen sollte ihr nicht nur aufwarten, sondern auch Gefährtin sein während der langen Reise. Es war die schöne Tochter eines der treuesten Diener des Königs. Vor ihrem Vater waren schon ihr Großvater und viele weitere Vorfahren im Dienste der Königsfamilie gewesen. Dieses Mädchen wurde unter vielen anderen ausgewählt, weil es schon in der Kindheit eine geschätzte Gefährtin der Prinzessin gewesen war.

Außerdem gab man ihr für die Reise ein verzaubertes Pferd mit, das auf den Namen Fallada hörte und sprechen konnte. Zuletzt überreichte der König seiner Tochter eine hübsche Silberkette, an der ein Verlobungsring hing, dessen Gegenstück der Prinz besaß, den sie heiraten würde. Der Prinz würde so erkennen, dass sie die wahre Prinzessin wäre, und bei der Hochzeit würde sie ihm den Ring zurückgeben.

Als nun alles für die Abreise bereit war, kamen alle Leute aus dem Schloss zusammen, um der Prinzessin eine gute Reise zu wünschen. Nun war sie also endlich unterwegs! Großer Jubel herrschte, als all die Karren und die

Kutsche der Prinzessin den Innenhof verließen.

Die ersten Stunden der Reise vergingen für die Prinzessin und ihre Begleiterin wie im Flug. Aber schon bald störten sie sich an dem Tempo, das die anderen Wagen vorlegten. Ihnen würde ein gemächliches Reisetempo viel besser gefallen. Wenn sie ehrlich war, freute sich die Prinzessin nicht sonderlich darauf, zu heiraten. Und noch viel weniger gefiel es ihr, einen Prinzen zu heiraten, dem sie nie zuvor begegnet war.

Das sollte nicht heißen, dass sie irgendwelche Hoffnungen hegte, der Hochzeit entkommen zu können. Schließlich hatte ihre Mutter sie erzogen, dass sie dieser Pflicht nachkam, und mit unnachgiebiger Stärke, die wohl nur jenen zu eigen ist, in deren Adern königliches Blut floss, war sie bereit, dieses Schicksal anzunehmen und das Beste daraus zu machen.

Aber sie wollte dennoch die letzten Tage in Freiheit so lange wie möglich genießen und war fest entschlossen, sich noch etwas Zeit zu erschleichen, bevor sie ihr Reiseziel erreichten. Also befahl sie dem Gefolge, vorauszureiten. Ihre Kammerzofe und sie würden langsamer folgen. Es waren nur wenige Tagesritte bis zur Grenze des Königreichs, unterwegs passierte ihnen sicher nichts. Und die Männer gehorchten – schließlich konnte niemand der hübschen Prinzessin einen Wunsch abschlagen.

Am ersten Tag ihrer gemeinsamen Reise war es sehr

heiß. Die Prinzessin und ihre Gefährtin machten oft Rast. Schon bald war von der Reisegruppe nichts mehr zu sehen außer einer Staubwolke am Horizont. Am späten Nachmittag erreichten sie einen klaren, sprudelnden Fluss. Und weil ihnen so heiß war, schien es verlockend, nach diesem anstrengenden Ritt ein kühles Bad zu nehmen. Sie beschlossen, dass hier der perfekte Ort war, um ihr Nachtlager aufzuschlagen.

Sie sprangen aus den Sätteln ihrer Pferde, entledigten sich der staubigen Kleidung und sprangen übermütig kopfüber ins Wasser. Es fühlte sich wunderbar an! Das kühle Wasser wusch den Straßenstaub von ihrer Haut. Aber die Prinzessin, die es nicht gewöhnt war, auf sich selbst achtzugeben – dafür hatte sie immer Diener gehabt – hatte Probleme mit ihrem Haar. Die langen Strähnen verknoteten sich innerhalb kürzester Zeit im Wasser. Als ihre Gefährtin das erkannte, schwamm sie zu ihr, um sie aus dieser misslichen Lage zu befreien.

Das angenehm kühle Wasser erfrischte ihre müden Glieder, und während die Kammerzofe behutsam das Haar der Prinzessin auswusch, berührten sich die beiden Frauen immer wieder zufällig. Die Wellen trieben sie aufeinander zu, und sie waren schon bald von der Schönheit der anderen verzaubert.

Nachdem das Haar der Prinzessin gewaschen und ausgespült war, drehte sie sich um und bat die Kammerzofe, dasselbe bei ihr tun zu dürfen. So wusch die Prinzessin das Haar ihrer Gefährtin. Inzwischen wurden beide mutiger, und sie ließen es nur zu gerne geschehen, dass sie vom Wasser zueinandergetrieben wurden. Immer wieder berührten sie sich wie zufällig. In Wahrheit aber wurden sie immer erregter von den herrlichen Berührungen durch das warme, weibliche Fleisch ihrer Gefährtin und suchten den Kontakt. Als sie fertig waren, leuchtete das feuchte Haar in der Abendsonne.

Aber die Prinzessin wollte nicht, dass es hier schon aufhörte. Sie wollte sich jetzt nicht von ihrer hübschen Gefährtin trennen, und so begann sie, ganz sachte, wie in einem Traum, die Kammerzofe zu streicheln. Sie benutzte die Seife als Vorwand, tat so, als wollte sie die andere einseifen, doch in Wahrheit wollte sie nichts anderes als sie noch inniger berühren. Sie war voller Neugier, sie wollte wissen, was die Zofe bei diesen Berührungen dachte und spürte. Sie wusste nur, dass ihr eigener Körper sich beinahe schmerzhaft danach sehnte, mehr Berührungen und Zärtlichkeiten auszutauschen.

Es dauerte nicht lange, bis auch das andere Mädchen von dieser Sehnsucht erfüllt war, die auch die Prinzessin bewegte. Sie begann sanft den Körper der Freundin zu berühren und zu erkunden. Staunend entdeckten sie beide jene kleinen Besonderheiten, die jeden Frauenkörper so kostbar machten.

Nach und nach wurden sie miteinander vertraut und in ihren Berührungen mutiger. Sie entdeckten den Körper der anderen, wie es nur Frauen können, die ihren eigenen Körper kennen und lieben. Sie wussten beide aus Erfahrung, wie schön es sein konnte, wenn man sich selbst berührte – und um wie vieles war es köstlicher, wenn sie von einer fremden Hand gestreichelt wurden. Es war ein herrliches Gefühl, als die Prinzessin spürte, wie die Brust der anderen unter ihren Fingern reagierte, wie sich die Brustwarze hart zusammenzog, als sie über den prallen Hügel strich. Wie sehr es sie erregte, als sie ihre Hand langsam an der Seite der anderen hinabgleiten ließ und die verlockenden Kurven von Bauch, Hüfte und Hintern liebkoste. Ihr Herz schlug schneller, als ihre Hand vorsichtig das kleine Dreieck aus Haar zwischen den weichen Schenkeln erkundete. Als ihre Finger schließlich jenen winzigen Punkt berührten, der ihre Gefährtin erzittern und stöhnen ließ, seufzte sie. Ja, so würde auch sie zittern, wenn man sie dort berührte. Sie konnte der Versuchung nicht widerstehen, einen Finger in die weibliche Wärme gleiten zu lassen und die erhitzte, seidenweiche Feuchtigkeit zu erkunden.

In Seifenschaum gehüllt, liebkosten sie einander eifrig. Sie entdeckten entzückt die Gemeinsamkeiten ihrer Körper und stellten zufrieden fest, dass außer der adeligen Herkunft der Prinzessin kein Unterschied zwischen ihnen bestand.

Nun brauchten sie nicht mehr so zu tun, als würden sie einander beim Bad helfen. Die Prinzessin und ihre Gefährtin wuschen sich gegenseitig die Seife ab und wateten zum Strand. Sie halfen einander und trockneten den Körper der anderen mit weichen Tüchern ab und kicherten, weil sie die andere schamlos reizten.

Sie entschieden einhellig, dass ihnen für diese Nacht eine gemeinsame Lagerstatt genügen würde. Sie huschten wie zwei Elfen in einem verzauberten Wald umher, bis sie das Lager für sich gerichtet hatten. Sie liefen ohne Scham, ganz und gar entzückt von ihrer Nacktheit, über die Lichtung. Als sie sich auf das Lager niederließen, das sie sich gerichtet hatten, waren sie jedoch im ersten Moment seltsam befangen.

Die Prinzessin aber nahm ihren Mut zusammen und schob sich neben ihre Gefährtin. Sie küsste das Mädchen sanft auf die Lippen, und dieses erwiderte den Kuss leidenschaftlich. Es presste seinen Körper gegen den der Prinzessin. Sie umarmten sich so innig, als wären sie Liebende, die einander vor langer Zeit verloren hatten. Sie tauschten lange, wohlige Küsse aus, immer und immer wieder, und genossen die rosigen, weichen Lippen der anderen. Zwischen den Küssen flüsterten sie einander Zärtlichkeiten zu, gestanden der anderen aus vollem Herzen ihre Liebe. Es war ein köstliches Gefühl, das ihren ganzen Körper durchrann, wenn ihre Brüste sich berührten, die Beine über die weichen Schenkel der anderen strichen und sie eifrig ihre erblühte Weiblichkeit aneinander rieben. Sie wollten beide mehr.

Die Prinzessin drehte sich herum, sodass sie an der Seite ihrer Gefährtin lag, aber ihr Kopf hinab zu den Füßen schaute. Für sie beide war dies nun eine völlig neue Erfahrung, aber sie wussten trotzdem, was zu tun war. Jede fand genau die richtige Position neben der anderen. Zunächst blickten sie nur auf das verlockend weibliche Fleisch der anderen und sie erbebten vor Leidenschaft. Dann begannen sie behutsam die köstlichen Hautfalten der anderen zu lecken und mit der Zunge zu erkunden. Leises Stöhnen entrang sich dabei ihren Lippen, während sie eifrig diese neue Lust entdeckten, die sie einander auf diese Weise schenken konnten.

Während ihre Lust wuchs, bewegten sie ihre Hüften fordernder, um der Zunge ihrer Liebhaberin entgegenzukommen. Ihre Zungen wurden immer schneller und heftiger, und hätte man sie aus der Ferne beobachtet, so wären sie dem Betrachter eher wie ein einzelnes Lebewesen vorgekommen und nicht wie zwei. Ihre Lustschreie wurden von dem dunklen Wald zurückgeworfen, während ihre Pferde abseits standen und still zusahen.

Es war allzu schnell vorbei, aber die Prinzessin und ihre Gefährtin hielten sich danach fest in den Armen. Sie zitterten vor Lust und flüsterten einander noch lange liebevolle Dinge ins Ohr.

Später in der Nacht wachte die Gefährtin der Prinzessin auf, weil sie das Gefühl hatte, auf einem harten Gegenstand zu liegen. Sie löste sich vorsichtig aus der Umarmung der schlafenden Prinzessin und tastete suchend über die Decken. Sie hielt plötzlich den königlichen Ring in der Hand. Beim Liebesspiel hatte sich wohl die Silberkette vom Hals der Prinzessin gelöst. Flink versteckte das Mädchen den Ring in seinem eigenen Gepäck. Ein schrecklicher Plan kam ihr plötzlich in den Sinn und nahm langsam Gestalt an, während sie wach neben der Prinzessin lag.

Das Mädchen wusste, dass es mit seinem Leben und seiner Position als Gefährtin der Prinzessin mehr als zufrieden sein konnte. Eine freundlichere Herrin konnte es in keinem Königreich geben, das wusste sie. Und die Prinzessin hatte das Mädchen immer mehr wie eine Schwester als wie eine Dienerin behandelt. Vielleicht war es diese Gutmütigkeit der Prinzessin, die ihre Kammerzofe so unzufrieden machte.

Was auch immer der Grund für diese Unzufriedenheit war, das Mädchen war eifersüchtig auf die Prinzessin und begehrte all deren Besitztümer und ihre vornehme Stellung. Zu guter Letzt – und das war das Schlimmste! – war sie neidisch, dass die Prinzessin einen Prinzen heiraten durfte. Die Kammerzofe war sicher, dass eine Heirat mit einem Prinzen ihr all die Freiheit und Macht geben würde, nach der sie sich selbst so sehr sehnte. Sie würde ebenfalls eine Prinzessin sein und alles bekommen, was sie sich wünschte.

Die Idee, ihre Herrin zu betrügen, schlug schnell Wurzeln in der Kammerzofe. Sie wuchs sich aus und übernahm die Kontrolle über alles Denken und Handeln des Mädchens. Es gab keinen anderen Gedanken mehr als den, selbst Prinzessin zu werden, koste es, was es wolle. Sie war auch nicht mehr länger für die Freundschaft, die sie mit der Prinzessin verband, empfänglich. Auch als ihr aufging, dass sie für diesen Wunsch das Leben der Prinzessin völlig auf den Kopf stellen musste, schreckte sie davor nicht zurück, denn der Wunsch wurde schier übermächtig in ihr. Ihre eigenen Wünsche waren ihr wertvoller, als es die Freundschaft zur Prinzessin war. Sie beschloss, dass sie alles in ihrer Macht Stehende tun würde, damit der Prinzessin kein Leid geschah. Sie verbrachte den Rest der Nacht damit, einen Plan zu schmieden, und die ganze Zeit drehte sie den königlichen Ring in ihren Händen.

Das Mädchen offenbarte der Prinzessin nicht sofort am nächsten Tag ihr Vorhaben. Stattdessen brütete sie vor sich hin, während sie am Morgen ihre Reise fortsetzten. Zur Mittagsstunde erreichten sie einen weiteren Fluss. Die Prinzessin war von der anstrengenden Reise durstig, und sie bat die Kammerzofe: „Bitte hol mir etwas Wasser, damit ich meinen Durst stillen kann."

Aber das Mädchen weigerte sich, weil es ebenso vom

Pferd steigen musste wie die Prinzessin. „Du kannst dir das Wasser genauso gut selbst holen“, sagte sie. Diese Worte verwirrten die Prinzessin, aber sie war zu freundlich, um etwas zu sagen. Sie nahm die Sache auch gar nicht so wichtig und glitt vom Pferderücken, um sich selbst Wasser zu holen. Sie kniete am Fluss nieder und schöpfte das kühle Wasser mit der hohlen Hand.

Doch Fallada, das sprechende Pferd der Prinzessin, beobachtete all das und merkte es sich.

Als sie ein Stück weit des Weges weitergeritten waren, war die Prinzessin schon wieder durstig, und da sie schon wieder vergessen hatte, was passiert war, bat sie ihre Kammerzofe erneut: „Bitte steig vom Pferd und bring mir etwas Wasser aus dem Fluss, ich bin durstig.“

Wieder gab die Kammerzofe der Prinzessin eine unfreundliche Antwort, und wieder war die Prinzessin gezwungen, selbst vom Pferd zu steigen und sich Wasser zu holen. Aber als sie ihren Durst gestillt hatte und sich zur Kammerzofe umdrehte, musste sie sehen, dass diese auch vom Pferd gestiegen war.

Als sie der Kammerzofe in die Augen blickte, griff die Angst kalt nach ihrem Herzen. Denn die Augen des Mädchens blitzten so gefährlich, als wollte sie die Prinzessin im nächsten Moment umbringen. Stattdessen forderte sie die Prinzessin auf, ihre königliche Kleidung abzulegen und stattdessen die Kleidung der Kammerzofe anzuziehen. Das war zwar eine merkwürdige Forderung, vor allem als die Prinzessin mit ansehen musste, wie ihre Gefährtin die königlichen Gewänder anlegte. Trotzdem gehorchte die Prinzessin stumm. Dann stieg die Kammerzofe in den Sattel von Fallada und überließ der Prinzessin ihr eigenes Pferd.

Die Prinzessin fragte sich zwar, wohin das alles führen mochte, aber sie dachte, dass es besser wäre, abzuwarten, was passierte. Bis sie die Grenze des Königreichs erreichten, würde sich schon eine Gelegenheit finden, die Kammerzofe zu fragen, warum sie sich so merkwürdig verhielt. Sie schob den Zeitpunkt, da sie die Kammerzofe zur Rede stellen würde, immer weiter hinaus. Entweder, die Zofe würde schon erzählen, was sie zu diesem Verhalten bewog, oder aber sie erreichten die Grenze des Königreichs – spätestens dann, so nahm sich die Prinzessin vor, würde sie die Zofe zur Rede stellen.

So ritten sie weiter. Die Prinzessin hatte Angst; die Zofe aber dachte über ihr gemeinsames Schicksal nach. Als sie schließlich nach langem Ritt die Weggabelung erreichten, an der das Königreich des Prinzen begann, mit dem die Prinzessin verlobt war, wusste die Kammerzofe, dass sie nicht länger warten konnte. Sie zügelte das Pferd der Prinzessin und befahl ihr, abzusteigen.

Bevor die Prinzessin auch nur ein Wort sagen konnte, zückte die Kammerzofe einen Dolch und bedrohte sie damit. Sie richtete den Dolch auf das Herz der Prinzessin und stellte folgende Bedingung: Entweder die Prinzessin schwor, die wahre Identität der Kammerzofe nie einer Menschenseele zu verraten, oder sie würde sie umbringen.

Die Prinzessin war entsetzt. Sie brachte kein Wort hervor. Die Kammerzofe unterstrich ihre Worte derweil mit dem Dolch so beredt, dass kein Zweifel daran blieb, wie ernst sie es meinte. „Ich weiß, dass du einen königlichen Schwur nie brechen wirst, also schwöre jetzt, oder ich werde dich töten!"

Was sollte die Prinzessin in dieser ausweglosen Situation machen? Um ihr eigenes Leben zu retten, schwor sie, was die Kammerzofe von ihr verlangte.

Und so kam es, wie die Kammerzofe es in jener Nacht geplant hatte. Als die beiden Frauen das Ziel ihrer Reise erreichten, wurde die Kammerzofe sofort von allen für die wahre Prinzessin gehalten. Sie wurde mit einem großen Festumzug in das Schloss des Prinzen geleitet, dem sie versprochen war. Die wahre Prinzessin aber musste sich nun verhalten wie eine Zofe. Sie wurde in die Kammer der Zofe gebracht und angewiesen, jene Besitztümer auszupacken, die einst ihr gehört hatten und über die nun die Zofe als Prinzessin verfügte. Und um all das nur noch schlimmer zu machen, gab die Zofe den Befehl, dass das gesamte Gefolge der Prinzessin noch am selben Tag in das Königreich zurückkehren sollte.

Da ihr Plan so wunderbar funktionierte, verlor die falsche Prinzessin keine Zeit und heiratete schon am nächsten Tag den ahnungslosen Prinzen.

Die wahre Prinzessin weigerte sich jedoch, ihrer heimtückischen Zofe zu dienen. Weil sie aber keinerlei Erfahrung oder Fähigkeiten hatte, anderweitig im Schloss beschäftigt zu werden, ließ man sie schließlich im königlichen Hof die Gänse hüten. Von diesem Tag an nannte man sie die Gänsemagd.

So lebten der Prinz und seine Braut glücklich zusammen, während die Gänsemagd ein Leben in Armut und Elend führte, in dem die Gänse, die sie im Hof hütete, ihre einzigen Gefährten waren.

Eines Tages wollte der Prinz ausreiten. Da sein Pferd aber gerade beim Hufschmied war, um neu beschlagen zu werden, wählte er aus dem Stall Fallada, das Pferd der Prinzessin.

Und schon ritt er davon, in schnellem Galopp, denn Fallada war ein edles Pferd, das diesen Ausritt ebenso genoss wie sein Reiter. Erst als sie die Weggabelung erreichten, an der die Zofe einst die Prinzessin gezwungen hatte, jenen schicksalhaften Schwur zu machen oder ihr Leben zu lassen, verfiel Fallada in einen langsamen Schritt.

„Hier ist der Ort, an dem die kleine Dienerin deine wahre Prinzessin getötet hätte, wenn sie ihr nicht geschworen hätte, das Geheimnis ihrer Herkunft zu wahren“, murmelte Fallada.

Von dieser Eröffnung war der Prinz schockiert. Aber er antwortete nicht und ließ das Pferd auf dem Weg weitertraben, weil er wissen wollte, ob es ihm noch mehr berichten konnte. Sie ritten weiter, bis sie an eine andere Wegmarkierung kamen. Und wieder sprach das Pferd: „Hier hat die Dienerin deine wahre Prinzessin gezwungen, mit ihr die Kleidung zu wechseln", sagte es.

Wiederum hielt der Prinz seine Zunge im Zaum und trieb das Pferd behutsam vorwärts, bis sie den Fluss erreichten, an dem die beiden Frauen einst Rast gemacht und gemeinsam ein Bad genommen hatten.

Fallada blieb stehen und sprach ein drittes Mal zum Prinzen: „An diesem Ort haben die Dienerin und deine Prinzessin einander beim Bad geholfen und sich liebkost. Und dabei ist der königliche Ring von der Kette um den Hals der Prinzessin geglitten und so in die Hände der Dienerin gefallen."

An diesem Punkt hatte der Prinz genug gehört. Er wendete Fallada und trieb das Pferd im gestreckten Galopp zurück zum Schloss. Als er dort angekommen war, ließ er sofort nach seiner Frau schicken, von der er nun wusste, dass sie in Wahrheit die Zofe war. Obwohl die Strafe für ein solch großes Vergehen immer hart sein musste, wollte der Prinz seiner Frau dies ersparen. Denn er hatte sich in der Zwischenzeit in seine Frau verliebt, ob sie nun eine Dienerin war oder nicht. Er wollte nicht, dass man ihr etwas antat.

Nachdenklich ging er auf und ab, während er überlegte, was eine angemessene Bestrafung für ihre Taten war.

Plötzlich hörte er die leichtfüßigen Schritte seiner Frau hinter sich.

„Was wünschst du, mein Gemahl?“, fragte sie mit einem unschuldigen Lächeln.

„Ich wünsche, dass du meine wahre Braut zu mir bringst“, sagte er ruhig.

Diese unerwartete Forderung ihres Mannes ließ sie erbleichen. Er trat zu ihr und legte ihr eine Hand auf die Wange. „Tu es einfach“, fügte er hinzu.

Die ehemalige Dienerin hatte Angst vor dem Schicksal, das sie nun erwarten würde und eilte hinaus, um den Wunsch ihres Ehemanns zu erfüllen. Sie fand die Gänsemagd im Hof und berichtete ihr vom Begehr des Prinzen. Als die Gänsemagd den entsetzten Gesichtsausdruck ihrer ehemaligen Dienerin sah, erkannte sie, dass ihr Geheimnis aufgedeckt war. Doch zur Überraschung ihrer einstigen Zofe ergriff die Gänsemagd ihre Hand und versicherte ihr: „Ich werde dafür sorgen, dass man dir nichts antut!“

Aber sie wusste selbst nicht so genau, wie sie das anstellen sollte. Denn es ist nun mal so, dass es auf Erden keine Macht gibt, die groß genug ist, eine Frau zu schonen, die ihresgleichen so etwas antut, wie es die ehemalige Zofe getan hatte.

Die Zofe war von der Freundlichkeit ihrer einstigen

Herrin überrascht. Aber nun, sie konnte nicht ändern, was sie getan hatte, auch wenn sie es inzwischen bitter bereute. Zitternd klammerten die beiden Frauen sich aneinander, als sie die Räumlichkeiten des Prinzen betraten. Als er sie so ängstlich sah, war der Prinz gerührt. Doch er hatte sich für seine Ehefrau eine Bestrafung ausgedacht, und er war bereit, diese bis zum Ende durchzuführen.

„Ich will haben, worum dein Betrug mich gebracht hat, Frau“, stellte er fest. Aber als er die Gänsemagd ansah, änderte er beinahe seine Meinung. Ihr Äußeres hatte sich durch den Dreck im Hof und ihre schlechte Unterbringung verändert.

„Zunächst aber wird sie ein Bad nehmen“, entschied der Prinz und wies auf die Gänsemagd. Seine Frau wollte nach den Dienern läuten, damit sie ein Bad bereiteten, doch er hielt sie auf. „Du wirst die Gänsemagd baden, wie du es damals im Fluss getan hast“, wies er sie an.

Die Frau des Prinzen half der Gänsemagd, sich auszuziehen. Als sie in die hübschen, freundlichen Augen im dreckigen Gesicht der Gänsemagd blickte, errötete sie. Sie schämte sich, weil sie sich daran erinnerte, wie freundlich die Prinzessin immer zu ihr gewesen war. Schon bevor ihr kleines Geheimnis herausgekommen war, hatte sie bedauert, was sie der Prinzessin angetan hatte. Ach, aber sie hatte es so sehr genossen, eine Prinzessin zu sein!

Als die Gänsemagd vollständig entkleidet war, führte

die Zofe sie zu einer großen Badewanne, die mit heißem Wasser gefüllt war, das mit duftenden Essenzen versetzt worden war. Die Gänsemagd ließ sich in das dampfende Wasser gleiten, und die Frau des Prinzen beugte sich über sie, um sie zu waschen.

„Es wäre vielleicht einfacher, wenn du mit ihr baden würdest“, unterbrach sie ihr Ehemann. „Hast du es nicht so gemacht, als du sie im Fluss gewaschen hast?“

Nur widerwillig und mit zitternden Händen zog sich seine Frau aus und kletterte zur Gänsemagd in die Wanne. Trotz ihrer Ängste über ihre unsichere Zukunft konnte sie das vertraute Kribbeln in sich aufsteigen spüren. In ihrer gegenwärtigen Situation war es gleichermaßen verwirrend und angenehm. Sie kniete sich so hin, dass die Hüften der Gänsemagd zwischen ihren Knien ruhten. Behutsam begann sie das verfilzte Haar der Gänsemagd zu waschen. Tränen der Reue rannen über ihre lieblichen Wangen, als sich ihr Blick mit dem der Gänsemagd traf. Diese schaute zurück ohne auch nur eine Spur von Ärger im Blick.

Der Prinz beobachtete die beiden Frauen stumm. Die Gänsemagd begann mutig, auch die Haare ihrer ehemaligen Zofe zu waschen, wie sie es einst in jener Nacht im Fluss getan hatte.

Als die Haare beider Frauen glatt und sauber schimmernd über ihre feuchten Rücken fielen, griffen sie nach der Seife und begannen langsam, seidig weiße Spuren aus

Schaum auf den Körper der anderen zu zeichnen. Mit wachsender Begeisterung beobachtete der Prinz, wie die Frauen einander mit derselben Innigkeit wuschen, wie sie es wohl einst in den Wäldern getan hatten. Sie wuschen einander allein mit der Seife und den eigenen Händen und achteten sorgsam darauf, keinen Teil des Körpers der anderen auszulassen. Die Gänsemagd war von der Schönheit ihrer einstigen Zofe so entzückt, dass sie gar nicht mehr daran dachte, dass der Prinz sie beobachtete. Sie beugte sich vor und berührte die Lippen der anderen sanft zu einem ersten Kuss. Ach, wie sehr hatte sie sich mit den Dingen herumgequält, die ihre Zofe ihr angetan hatte, als sie Gänsemagd war! Aber am meisten hatte sie das Gefühl gehabt, dass die Zofe ihr das Herz gebrochen hatte, denn sie hatte jedes einzelne der liebevollen Worte, die sie einst in jener Nacht geäußert hatte, ernst gemeint.

Ihre ehemalige Zofe jedoch war hin und her gerissen von widerstreitenden Gefühlen. Sie erwiderte den Kuss nicht und stand abrupt auf, um aus der Badewanne zu steigen.

Der Prinz reichte seiner Frau ein weiches Handtuch und befahl ihr, den Körper der Gänsemagd damit abzutrocknen. Sie folgte dem Befehl wortlos, und danach tat die Gänsemagd wie selbstverständlich dasselbe bei ihr. Nun führte der Prinz die beiden Frauen zu seinem Bett. Obwohl er vor Erregung zitterte, sagte er mit fester Stimme: „Jetzt zeigt mir bitte, wie ihr einander am Flussufer verwöhnt habt.“

Die Frauen zögerten und blickten einander verlegen an. Vom Bad war ihre Haut gerötet, und sie fühlten sich entspannt, aber sie waren zugleich verunsichert. Der Prinz aber war ungeduldig. Er wollte wissen, was zwischen seiner Frau und der Prinzessin damals am Fluss passiert war. Das Zögern der Frauen war für ihn eine Qual, und darum sagte er ungeduldig zu den beiden Frauen, die so verlockend vor ihm standen in ihrer Nacktheit: „Ihr habt mich beide betrogen. Die eine mit ihrer Untreue, die andere mit ihrer Durchtriebenheit. Wenn es nach dem Gesetz geht, so kann ich euch bestrafen, wie ich es will. Ihr könnt beide eure Schuld begleichen, hier und jetzt. Oder aber ihr werdet die volle Strafe erleiden, die das Gesetz vorsieht."

Obwohl er diese Worte so hart aussprach, meinte er es nicht so. Denn es war die Erregung, die ihn dazu trieb. Er wünschte sich so sehr, die beiden anzuspornen, was auch immer dazu nötig war. In Wahrheit hatte der Prinz den beiden Frauen schon alles vergeben, als er sie bei ihrem gemeinsamen Bad beobachtet hatte.

Die Frauen kletterten ängstlich auf das Bett. Sie legten sich so nebeneinander wie sie es in jener Nacht getan hatten, die Gesichter den Hüften der anderen zugewandt. Der Prinz beobachtete stumm, wie sie gegen ihre Verlegenheit ankämpften. Er blinzelte nicht einmal, weil er nicht jenen Moment verpassen wollte, wenn sie das weiche, zarte Fleisch der anderen behutsam öffneten und das Innere dieser Blüte seinem Blick offenbarten. Sie begannen das feste Fleisch mit ihren Zungen zu liebkosen. Der Prinz schlich um das Bett, weil er ihnen aus jedem Blickwinkel zusehen wollte, der sich ihm bot. Ihn faszinierte der Anblick der kleinen rosafarbenen Zunge der Gänsemagd, die ihren Weg fand zu dem geheimsten Ort seiner Ehefrau, von dem er bisher geglaubt hatte, der einzige Eindringling zu sein. Er war ebenso verzaubert vom Anblick seiner Frau, die dasselbe außergewöhnliche Ritual mit ihren eigenen Lippen und der Zunge vollbrachte. Er konnte ihr nicht länger widerstehen und beugte sich vor, um seine Frau zu küssen. Ihre Lippen schmeckten fremd und wunderbar zugleich.

Die Gänsemagd bemerkte nicht einmal, was der Prinz tat. Sie war so glücklich, dass sie ihre Zofe endlich wieder in den Armen halten und liebkosen konnte. Sie genoss jedes Schaudern, jeden Laut, den sie von ihrer Liebhaberin wahrnahm.

Und schließlich entspannte sich die Zofe langsam, nachdem sie an diesem Tag so vielen widerstreitenden Gefühlen ausgesetzt gewesen war. Es war so schrecklich gewesen – erst war ihr Verrat entdeckt worden, und sie hatte große Angst vor den Konsequenzen ihres Tuns gehabt. Und dann hatte ihr Ehemann zu ihrer Erleichterung verkündet, dass ihre Bestrafung nicht über das, was in diesem Raum geschah, hinausgehen würde. Man hatte ihr mehr Freundlichkeit entgegengebracht, als sie verdiente. Und die Bestrafung war keine, denn in den letzten Monaten hatte sie immer wieder von ihrer Herrin geträumt. Sie liebte zwar ihren Ehemann aufrichtig, aber sie hatte nie vergessen, wie wunderschön das Liebesspiel mit der Prinzessin gewesen war.

Es brauchte ein paar Minuten, bis sich ihr Körper von dem Schock erholt hatte, den die Ereignisse dieses Tages ihr beigebracht hatten. Doch dann verlor sie sich in den Liebkosungen der Prinzessin und vergaß die Welt um sich herum wie einst bei ihrem Liebesspiel am Flussufer.

Der Prinz hielt es nicht länger aus, Beobachter zu sein. Er schob seine Frau behutsam beiseite und kniete sich zwischen die Beine der Gänsemagd. Er blickte in die Augen seiner Frau.

„Berühre sie", sagte er.

Seine Frau streckte die Hand aus und berührte unsicher die Gänsemagd mit ihren Fingern. Der Prinz beobachtete, wie ihre Finger am geheimen Garten der Gänsemagd herumspielten, und er drückte sacht gegen ihre Hand, damit ihre Finger hineinglitten. Er beugte sich hinüber und küsste seine Frau, und während sich ihre Lippen noch berührten, forderte er leise: „Erzähl mir, wie es sich für dich anfühlt."

Sie zitterte, weil unzählige Gefühle sie überschwemmten. Sie hörte ihre Stimme antworten, als gehörte sie nicht zu ihr: „Weich, feucht." Und nach einer kurzen Pause fügte sie hinzu: „Warm."

Er zog sich von ihr zurück und widmete sich der Gänsemagd, doch er konnte den Blick nicht von seiner Frau abwenden. Die Gänsemagd beobachtete die beiden interessiert, öffnete die Beine weit und seufzte leise.

„Öffne sie für mich“, sagte der Prinz.

Die Zofe wurde von plötzlicher Eifersucht gepackt. Aber im nächsten Moment dachte sie: Welches Recht habe ich schon, eifersüchtig zu sein? Ich habe der Prinzessin all das genommen. Und wie kann ich eifersüchtig sein, wenn ich sie doch beide liebe?

Denn das erkannte sie in diesem Moment. Sie liebte die Prinzessin noch immer. Und sie schwor sich im Stillen, dass sie die Prinzessin nie wieder betrügen würde.

Ohne zu zögern half die Zofe der Gänsemagd, für ihren Ehemann bereit zu sein. Sie zitterte, weil so viele Gefühle über sie hinwegschwemmten. Der Herzschlag rauschte durch ihren Körper, als sie mit ansah, wie ihr Ehemann die Gänsemagd behutsam das erste Mal nahm. Die Gänsemagd stöhnte vor Lust, als er in sie eindrang, wie er es schon so viele Male zuvor mit seiner Ehefrau getan hatte. Dabei ließ er seine Frau nicht ein einziges Mal aus den Augen, und dies erhöhte nur seinen Genuss.

Die Zofe konnte den Blick nicht von dem Bild wenden, das sich ihr bot. Das Gesicht der Gänsemagd war gerötet, und sie wand sich vor Lust in den Armen der Zofe, die hinter ihr kniete. In diesem Moment wurde ihr erst bewusst, welches Leid die Gänsemagd ihretwegen hatte durchmachen müssen. Die Zofe legte die Finger auf das Gesicht der Gänsemagd und ließ sie über die halb geöffneten Lippen gleiten. Ihre Hand glitt langsam hinab, erkundete die Linie des Halses, bis sie zu den kleinen, festen Brüsten gelangte und diese liebkoste. Die Gänsemagd stöhnte ungehalten. Sie war in ihrer Erregung an einem Punkt angelangt, an dem es kein Zurück gab, und die Zofe wollte ihr helfen. Sie ließ ihre Hand langsam tiefer gleiten, bis sie jenen geheimen Ort ihrer Herrin erreichte. Dort begann sie ihre Finger sacht zu bewegen, in immer schnelleren Runden.

Die Gänsemagd stöhnte nun lauter und schnappte nach Luft. Der Prinz stieß weiter in die Gänsemagd und beobachtete seine Frau. Sie lächelte, als sie seinen Blick bemerkte und machte weiter, behutsam, aber mit festem Druck. Sie spürte, wie auch ihre Erregung stieg und beugte sich über ihre Herrin und küsste ihre heißen Lippen. Die Gänsemagd wimmerte und stöhnte, und immer noch stieß der Prinz in sie, und immer noch liebkosten die Finger seiner Frau sie schneller und schneller.

Plötzlich weiteten sich die Augen der Gänsemagd, und ihr Körper wurde von einem heftigen Zittern erfasst, als sie vor Lust aufschrie. Im Taumel der Lust umarmte sie ihre Zofe und küsste sie immer und immer wieder.

Da war immer noch der Prinz. Nachdem die Gänsemagd erschöpft neben ihr lag, blickte die Zofe zu ihrem Ehemann auf.

„Leg dich hin“, verlangte er von ihr.

Sie zitterte vor Erwartung. Doch plötzlich stiegen ihr Tränen in die Augen.

Die Gänsemagd war sogleich an ihrer Seite und nahm sie tröstend in den Arm, aber der Prinz zog seine Frau von der Gänsemagd fort. Er zog sie in seine Arme, und dann nahm er sie, behutsam und liebevoll, während die Gänsemagd die beiden beobachtete. Er küsste die tränennassen Wangen seiner Frau und versuchte sie zu beruhigen.

„Du bist meine rechtmäßige Ehefrau“, sagte er, „denn du hast es dir wahrhaftig gewünscht, mich zu heiraten.“

Er wusste nun, dass die Gänsemagd ihn auch glücklich gemacht hätte, aber für dieses Glück war es zu spät, da er sich schon in ihre Zofe verliebt hatte.

Als sie seine Worte hörte, war seine Frau wieder glücklich. Sie blickte zur Gänsemagd hinüber, während ihr Ehemann sie weiter zärtlich liebte. Die Gänsemagd kroch neben sie und küsste sie zärtlich.

Die Zofe umarmte die Gänsemagd und zog sie so dicht an sich, bis sich ihre Brüste berührten. Erregende Gefühle durchschossen ihren Körper, da sie sich nun fühlte, als wäre sie in der Mitte zwischen ihren beiden Liebhabern geteilt. Vom Bauch aufwärts hing sie in inniger Umarmung an der Gänsemagd, die ihr kleine Liebkosungen zuflüsterte und ihre Brüste streichelte, während sie sich küssten.

Vom Bauch abwärts war sie aber in einer viel wilderen

Umarmung mit ihrem Ehemann, dem Prinzen, verbunden. Sie umschlang ihn mit den Beinen, während er immer und immer wieder in sie hineinstieß und die Augen nicht von den beiden Frauen lassen konnte, die einander so innig umarmten, jede von der anderen fasziniert. Und wieder, wie schon zuvor, erwiderte die Gänsemagd einen Gefallen, den die Zofe ihr zuerst getan hatte, als sie die Hand ausstreckte zu jenem geheimen Ort, an dem sie und ihr Ehemann verbunden waren. Sie liebkoste ihre Geliebte mit einem wissenden Lächeln. Die Zofe klammerte sich verzweifelt an die Gänsemagd und ihren Ehemann, als sie ihre Lust herausschrie.

Der Prinz wollte seine Frau nun für sich allein haben und schob die Gänsemagd sanft beiseite. Er lehnte sich vor und küsste seine Frau, schob ihre Beine weiter auseinander. Nun konnte er sich ganz seiner eigenen Lust hingeben. Die Gänsemagd beobachtete am Bettrand sitzend, wie der Prinz und seine Frau ihre gemeinsame Erfüllung fanden.

Und später, als die drei still beisammenlagen, streckte die ehemalige Zofe die Hand nach der wahren Prinzessin aus. Sie hatte plötzlich Angst, dass die Prinzessin von ihr Wiedergutmachung fordern würde für das Leid, das sie ihr angetan hatte. Sie wusste nun, dass sie nie wieder einer Frau irgendwas antun würde, um ihre eigenen Ziele zu erreichen.

„Du musst zu uns ins Schloss kommen und hier als königliche Prinzessin leben“, flüsterte sie. „Ich werde wieder deine Zofe sein und Tag und Nacht alles tun, was du von mir verlangst!“

Ihr Mann hob den Kopf und wollte ihrem Vorschlag widersprechen. Doch die Gänsemagd war schneller.

„Wenn du wirklich wünschst, dass ich im Schloss wohne, werde ich das gern tun. Aber ich kann von einer Prinzessin nicht verlangen, dass sie mir als Zofe dient.“

„Aber wir wissen doch, dass ich keine Prinzessin bin“, murmelte die Zofe.

„Du bist eine Prinzessin“, antwortete die ehemalige Gänsemagd bestimmt.

„Natürlich bist du eine Prinzessin“, mischte sich nun der Prinz ein. „Man sollte doch meinen, dass du eine Prinzessin geworden bist, als du mich geheiratet hast.“ Die beiden Prinzessinnen lächelten einander an.

Der Prinz schlief wieder ein, während die Prinzessinnen einander Liebesworte zuflüsterten und Pläne für die Zukunft schmiedeten – für ihre gemeinsame Zukunft. Und es kam ihnen beiden nicht in den Sinn, dass sie den Prinzen in ihre Pläne einbeziehen müssten. Aber auch wenn es komisch klingt, es machte dem Prinzen nichts aus. Von diesem Tag an war er mit jeder Entscheidung, die seine Frau traf, einverstanden.

Ich bin eine Lady. Ich verhalte mich jederzeit, wie es sich für eine Lady geziemt. Für meine Bemühungen werde ich, wie andere Ladys auch, gebührend entlohnt, indem mir Männern und Frauen, die meinesgleichen sind, Respekt erweisen. Das mag angesichts der Beschwerlichkeiten, die man auf sich nehmen muss, um den hohen Erwartungen zu entsprechen, als eine geringe Belohnung erscheinen, und ich gebe offen zu, dass ich mir mit den Jahren dessen immer bewusster werde, ebenso dem daraus erwachsenden Mangel an Gelegenheiten, die sich mir bieten. Aber was bleibt mir anderes übrig?

Das soll keineswegs heißen, dass ich meine Entscheidungen bereue. Von allen möglichen Lebenswegen, die eine Frau einschlagen kann, war dies zweifellos der annehmbarste. Nichtsdestotrotz komme ich nicht umhin, immer wieder darüber nachzudenken, wieso ausschließlich Frauen mit beschränkter Entscheidungsfreiheit in streng gezogenen Grenzen leben müssen.

Ist Ihnen beispielsweise jemals aufgefallen, dass ein bestimmter Typ Frau mit einem ausgeprägten Muttertrieb dazu neigt, die jenseits ihrer Mutterrolle liegenden Seiten ihrer Persönlichkeit zu vergessen? Sei es aus eigener Ansicht oder aus ihr nahegelegten Konventionen, das vermag ich nicht zu beurteilen, jedenfalls scheint sie es als eine Art

Bedrohung zu verstehen, irgendetwas zu tun, was der Mutterrolle nicht entspricht. Sie lässt berufliche Chancen vorüberziehen, verleugnet sexuelle Bedürfnisse, sie kleidet sich manchmal sogar prüde. So werden die Gelegenheiten, die sich ihr in sexueller oder beruflicher Natur bieten, immer seltener, bis sie auf jeden, der keine Windeln trägt, langweilig und nichtssagend wirkt.

Dann gibt es natürlich auch die Frau, die ihr Leben nach ihrem Beruf ausrichtet. Sie befindet sich ständig auf gefährlichem Terrain. Sie kann sich ihres guten Rufs wegen nicht den weniger kultivierten Seiten ihrer Persönlichkeit hingeben; möglicherweise würde sie sonst verlieren, wofür sie so hart gearbeitet hat. Sie muss jederzeit darauf achten, wie sie sich kleidet und wie sie sich benimmt. Hat sie Kinder, so wird sie immer Schuldgefühle haben, denn meist geht der berufliche Erfolg damit einher, dass sie ihre mütterlichen Instinkte hintanstellt, um von ihren Zeitgenossen nicht als schwach und unprofessionell angesehen zu werden.

Aber das schlimmste Schicksal erleidet ohne Zweifel die Frau, die ihre Sexualität zum Lebensinhalt macht – im Allgemeinen eine Wahl, die mit mangelndem Widerstand einhergeht oder sich weniger als Wahl denn als bloßer Ausweg darstellt. Diese Frau erfährt zwar offenbar männliche Bewunderung, ist jedoch eher einsam, denn sie wird benutzt. Sie zeigt sich in knapper Kleidung, greift nach dem erstbesten Strohhalm, den sie in Reichweite wähnt, und verliert damit ihre einzige Chance auf Liebe und Sicherheit. Am Ende steht sie oft ohne etwas da, denn sie befremdet andere Frauen und entbindet Männer von jeglicher Verantwortung.

Männer dagegen kennen dergleichen nicht – dabei sind es doch ausgerechnet sie, die das größte Interesse daran zeigen, diese Grenzen aufrechtzuerhalten. Ich weiß nicht recht, warum das der Fall ist, denn sie machen damit die Dinge für sich selbst fast ebenso unangenehm wie für die Frauen. Aber offenbar geben diese Beschränkungen ihnen eine gewisse Sicherheit, denn sie ermöglichen, Frauen in ihrer Lebensart zu definieren. Das funktioniert so weit gut und dürfte in den Augen der Männer die Nachteile einigermaßen ausgleichen.

Wie ich bereits sagte, habe ich nie meine Entscheidung bereut, sondern eher, dass ich mich überhaupt entscheiden musste. Und auch wenn ich innerhalb meiner Grenzen eine ausgesprochen glückliche Frau bin, habe ich doch dann und wann darüber gegrübelt, wie es wohl wäre, vorübergehend in eine andere Wirklichkeit zu entfliehen.

Aber wie sollte ich eine solche Flucht, selbst eine kurze, bewerkstelligen, ohne alles, was ich erreicht hatte, leichtfertig aufs Spiel zu setzen?

Darüber hatte ich ausgiebig nachgedacht, vor allem in den letzten Jahren, und war zu dem Ergebnis gelangt, dass es nur eine mögliche Antwort darauf gab: Ich musste für eine Weile jemand anderes werden. Aber wer?

Das war eine wichtige Frage. Denn wenn ich ein solches Experiment tatsächlich unternehmen wollte, musste ich doch sicher sein, den größtmöglichen Genuss zu erlangen. Daher sah ich nur einen einzigen Weg, dieses Ziel zu erreichen.

Eines Abends ging ich meinen Gatten wegen der Angelegenheit an. Selbstverständlich tat ich das nicht direkt, denn das wäre in der Tat töricht gewesen, und selbstverständlich wollte ich nichts tun, was ihn hätte ängstigen oder befremden können. Trotzdem bedurfte ich seiner unwissenden Unterstützung und wollte von seiner Erfahrung profitieren. Die Ironie dessen entging mir nicht, und ich gebe zu, es missfiel mir, aber dies war nicht der geeignete Moment, um meinem Gatten vorzuwerfen, dass er ein Mann war und vermutlich Erfahrungen gesammelt hatte, die mir vorenthalten waren.

Im Allgemeinen fällt es mir nicht besonders schwer, von meinem Mann zu bekommen, was ich möchte – ich habe über die Jahre meine Methode verfeinert, und er ist so lieb und sanftmütig, wie es ein Ehemann nur sein kann. Es mag zwar ein reichlich umständlicher Weg sein, das gebe ich freimütig zu, und er ist sicher auch ein wenig kindisch. Aber dennoch hat er sich als so wirkungsvoll erwiesen, dass ich meine Strategie hier kurz darlegen werde. Vielleicht ist die werte Leserin geneigt, es selber einmal auszuprobieren.

Wenn ich etwas von meinem Mann will, stelle ich als Erstes seine Liebe zu mir infrage. Das bereitet die Sache vor, denn er muss eine Erklärung abgeben, auf die ich ihn kurz darauf festnageln werde. Mit einem so vorteilhaften Start kann man eigentlich gar nicht scheitern. Abgesehen davon liebe ich es über alles, wenn er es sagt.

Als Nächstes mache ich meinem Mann klar, dass ich etwas von ihm will, werde aber seine Zusage einfordern, bevor er erfährt, worum es geht. Seine Antwort wird positiv ausfallen, auch wenn er noch einen Moment zögern mag, und vielleicht wird er eine Einschränkung anfügen wie „Wenn ich kann“ oder etwas anderes in der Art. Dem schenke ich jedoch keine weitere Beachtung. Wichtig ist nur, dass er mir wie die meisten Ehemänner gerne einen Gefallen tut, wenn es ihm irgend möglich ist. Und das fällt ihm umso leichter, je mehr er das Gefühl hat, mir einen ganz besonderen Liebesdienst zu erweisen. Was tut es da zur Sache, dass ich manchmal denke, ich hätte auf diese kleinen „Geschenke“ auch ein Anrecht, ohne an das Ego meines Mannes appellieren zu müssen? Solche Überlegungen sind reine Zeitverschwendung, denn sie sind nichts weiter als ein romantisches Hindernis auf dem Weg zum Ziel, der Erfüllung eines Wunsches einer Lady. Man lässt sie besser nicht zu, zumal sie nichts mit Liebe zu tun haben. Denn bei all seinen Fehlern weiß ich doch, dass mein Mann mich liebt.

In diesem besonderen Fall jedoch war ich unsicher. Sollte ich meinem Mann tatsächlich erzählen, worauf ich aus war? Ich wusste doch, dass es ihm zunächst nicht gefallen würde, weshalb ich es ein wenig hinauszögerte und ihn warnte, es wäre keine leichte Sache, aber desto wichtiger für mich. Mein Flehen kam aus tiefstem Herzen, sodass mir sogar Tränen in die Augen stiegen und ich mich für einen Moment sammeln musste, bevor ich fortfahren konnte. Tief betroffen nahm mein Gatte meine Hand in seine und versicherte mir mit bewegter Stimme, dass er sein Äußerstes tun würde, um meinen Wunsch zu erfüllen. Mit dieser Zusicherung fuhr ich fort: „Mein Wunsch ist es, jedes Detail des außergewöhnlichsten und aufregendsten sexuellen Erlebnisses zu erfahren, das du jemals hattest." Ich sah zu, wie sich seine Betroffenheit in Schock verwandelte. Dann lachte er. Vermutlich war es lächerlich, deswegen so viel Aufhebens zu machen, aber Sie müssen wissen, dass von mir als untadeliger Lady im Schlafzimmer nicht viel erwartet wurde. In letzter Zeit war dort sogar ausgesprochen wenig vor sich gegangen. Ich befürchtete ernsthaft, er würde mich gar nicht ernst nehmen.

Sein Lachen war allmählich verebbt, und er sah mich mit väterlichem Lächeln an. Wie ich befürchtet hatte, war er kurz davor, die Sache mit einer unserer harmlosen körperlichen Begegnungen abzuwiegeln.

„Bevor du meine Frage beantwortest, hör mir zu", setzte

ich erneut an. „Ich weiß, dass du mich liebst und respektierst. Und aus diesen beiden Gründen, die ich sehr wertschätze, solltest du mich aus den Erinnerungen ausschließen, aus denen du auswählst. Es geht nicht um Liebe oder Romantik. Ich will nur von dem bemerkenswertesten, ungewöhnlichsten und aufregendsten sexuellen Erlebnis erfahren, das du je mit einer Frau hattest – egal wie schockierend, wie erschreckend oder beschämend. Ich möchte nichts weiter, als dass du das beste Erlebnis auswählst und es nicht herunterspielst, um meine Gefühle zu schonen."

Ich glaubte, jede Regung lesen zu können, die sich auf dem schönen Gesicht meines Gatten je abzeichnete, aber diesen besonderen Gesichtsausdruck hatte ich noch nie zuvor an ihm bemerkt. Er öffnete seinen Mund, als wollte er etwas sagen, aber dann schloss er ihn wieder.

Da wurde mir klar, dass er tatsächlich eine solche Erinnerung hatte. Und in diesem Moment war sie wieder in seinem Kopf! Mein Herzschlag beschleunigte sich. Ich musste es einfach erfahren! Diesmal waren es echte Tränen, die in meine Augen traten, während ich nach seinen Händen griff.

„Ich weiß, das ist ein abwegiger Wunsch, aber ich möchte es wirklich wissen", erklärte ich. In Wahrheit wäre die einzige andere Möglichkeit gewesen, mich an einen völlig Fremden zu wenden, aber dafür war mir die gegenwärtige Situation nicht unangenehm genug.

Schließlich gab mein Mann nach, natürlich, aber ich schwöre, dass es diesmal noch schwieriger gewesen war als in einem früheren Fall, als es um ein schrecklich teures Diamantarmband gegangen war.

Als er mir endlich sein Erlebnis anvertraute, fühlte er sich sichtlich unbehaglich. Das Erlebnis hatte vor vielen Jahren in seiner Jugend stattgefunden, und als er mir die Affäre zögernd beschrieb, gab es keinen Zweifel an seiner Aufrichtigkeit, denn sein Gesichtsausdruck und seine Stimme zeugten von leichter Unsicherheit. Glücklicherweise stieß mich der Vorfall nicht ab. Es war etwas, das ich noch nie zuvor versucht und von dem ich nicht vermutet hatte, dass es meinen Mann reizen könnte. Andererseits war es etwas, was ein Mann nicht ohne Weiteres an eine Lady wie mich herantragen würde. Wie merkwürdig, dass der bloße Gedanke daran Wellen der Erregung durch meinen Körper sandte. Ja, diese Strategie war genau die Richtige gewesen! Nun wusste ich, auf wessen Spuren ich meiner Wirklichkeit entfliehen würde, um die Freuden einer gänzlich anderen Existenz auszukosten.

Ich stellte meinem Mann viele Fragen. Und nach einer Weile, vor allem nachdem er gesehen hatte, dass ich weder enttäuscht noch abgestoßen war, fühlte er sich wieder sicherer. Er beantwortete alles zu meiner Zufriedenheit. Er berichtete alles, was er von jener Frau wusste, was allerdings nicht viel war, weil er ihr nur dieses eine Mal begegnet war. Wie eng die Grenzen für solche Frauen doch sein können! Ich wäre fast eifersüchtig auf sie geworden, wenn nicht – trotz des unvergesslichen Vergnügens, das sie meinem Mann bereitet hatte – sein Interesse an ihr eine einmalige Sache geblieben wäre.

Von meinen Beweggründen ahnte mein Mann nicht das Geringste, und ich hütete mich, sie ihm mitzuteilen. Ich wollte ihn überraschen.

Tagelang bereitete ich mich vor. Und selbst als alles bis ins Detail arrangiert war, schob ich die Umsetzung weiter hinaus, weil ich zugegebenermaßen ausgesprochen nervös war.

Aber dann war ich eines Tages endlich so weit. Eigentlich passierte es eher zufällig. Aus reiner Neugierde trug ich die blonde Perücke, die ich eigens für diesen Anlass gekauft hatte, und betrachtete mich im Spiegel. Schon im nächsten Moment begann mein Herz zu rasen. In meinem Bauch flatterten Schmetterlinge wild durcheinander. Ja, ich war ganz offensichtlich so weit.

Langsam und sorgfältig trug ich das neue Make-up auf, das ich gekauft hatte. Zuerst verteilte ich den dunkleren Kohlstift um meine Augen, der sie viel größer aussehen ließ, als sie waren. Dann folgte der Lippenstift. Es musste mindestens zehn Jahre her sein, seitdem ich zum letzten Mal Lippenstift getragen hatte, aber dieses besondere Rot hatte ich ganz sicher noch nie verwendet. Ich konnte kaum aufhören zu kichern, während ich ihn auftrug. Ein bisschen fühlte ich mich wie ein kleines Mädchen, das in fremde Kleider schlüpft.

Als Nächstes kamen die Seidenstrümpfe. Schwer zu glauben, dass sich Frauen mit denen hatten begnügen müssen, bevor die Feinstrumpfhose erfunden wurde. Aber was war es für ein wunderbares Gefühl, sie ohne Höschen zu tragen! Wie leicht einen die Luft umspielte. Wunderbar. Und wieder konnte ich ein Kichern nicht unterdrücken. Ich hoffte nur, ich würde mein Vorhaben nicht ruinieren, weil ich die ganze Zeit über lachen musste.

Ein Drink wäre ein gutes Mittel gewesen, aber ich wollte damit bis zum letzten Moment warten und mir dann nur einen genehmigen. Schließlich wollte ich nicht beschwipst sein. All meine Sinne sollten reibungslos arbeiten, damit ich jede Gefühlsnote bis ins Letzte auskosten konnte.

Als ich Perücke, Make-up und Strümpfe trug, war ich fertig. Ich kam mir unvollständig vor, denn ich fühlte mich ohne Kleidung immer etwas unbehaglich, aber nun gab es kein Zurück mehr.

So entschieden, stellte ich mich mit großen Augen vor den Spiegel. Die Frau, die mich aus dem Spiegelbild anschaute, sah merkwürdig verwundbar aus. Sie war schön, von einer anrührenden, einsamen Schönheit, wie sie Frauen eigen ist, die sich in Spitze und Seide zeigen und sich dabei so gut wie möglich kleiden, in der Hoffnung auf Liebe,

Ruhm, Geld oder Glück. Und da dachte ich: Aber das kann doch jede Frau. Das ist doch so einfach wie ein Kostüm zu kaufen! Mein leuchtend roter Mund lächelte mir zu.

Plötzlich fiel mir noch etwas ein. Ich durchwühlte meine Schminksachen und zog einen braunen Eyeliner heraus. Und dann drückte ich sehr sorgfältig einen hübschen kleinen Schönheitsfleck direkt über meine Oberlippe. Perfekt! Ich gestattete mir ein weiteres nervöses Kichern.

Wie immer kam mein Mann pünktlich nach Hause. Ich versteckte mich im Dunkel unseres Esszimmers, bis der richtige Moment gekommen war. Fast lächerlich, wie sehr mir das Herz im Leib pochte. Versteckte ich mich da gerade vor meinem eigenen, so vertrauten Gatten? Wie immer kam er durch die Vordertür und rief nach mir. Aber diesmal antwortete ich ihm nicht. Ich wollte, dass jede Einzelheit dieses Abends anders war, einprägsam.

Er rief ein zweites Mal nach mir. Ich hörte, wie er die Treppe hinauflief und dabei zwei Stufen auf einmal nahm. Gedämpft vernahm ich, wie er oben ein weiteres Mal nach mir rief und dann noch einmal. Das Herz klopfte mir bis zum Hals. Ich hatte regelrecht Angst. Das Gefühl war so ähnlich wie als Kind, wenn ich Verstecken gespielt hatte.

Wieder hörte ich seine Schritte auf der Treppe, diesmal kam er herunter. Jetzt klang Besorgnis in seiner Stimme, als er in die Küche ging und ein weiteres Mal nach mir rief. Schließlich stand ich auf und schlüpfte lautlos ins Wohnzimmer. Unauffällig stellte ich mich vor eine Wand in dem großen Raum.

Ein paar Minuten darauf kam er ins Wohnzimmer, blieb stehen und kratzte sich am Kopf. Ich stand völlig regungslos, während ich ihn beobachtete. Nach einem Augenblick spürte er meine Anwesenheit. Er drehte den Kopf in meine Richtung und erschrak spürbar, als er mich dort stehen sah. Zuerst schien er mich nicht einmal zu erkennen.

Ich lachte nicht, lächelte nicht einmal. Ein neues Gefühl überkam mich und erstickte meinen vorherigen Impuls, zu kichern. Ich konnte kaum atmen, während mein Mann mich sprachlos ansah. Aber schließlich verging seine Verwirrung, und wir sahen uns wissend an. Er kannte mich, und ich kannte ihn. Er verstand, was ich von ihm wollte, und ich kannte das Drehbuch natürlich in- und auswendig.

Als er langsam auf mich zukam, sagte er kein Wort. Sein Blick wanderte über mich, nichts entging ihm. Dann formte sich ein Lächeln auf seinen Lippen, das aber ganz plötzlich wieder verschwand. Und als wir uns in die Augen sahen, wurde er mit einem Mal sehr ernst.

„Bist du sicher, dass du das willst?“, fragte er weich.

Das hätte mich fast in Tränen ausbrechen lassen, aber ich zwinkerte sie schnell zurück. Ich schätzte seine Liebe und seine Sorge mehr als alles in der Welt, aber jetzt wollte ich etwas anderes von ihm. Um das andere konnten wir uns hinterher wieder kümmern. Ich widerstand also dem

Drang, mich in seine Arme zu stürzen und ihm meine Liebe zu gestehen.

Stattdessen reckte ich das Kinn in die Höhe und sagte wie gleichgültig: „Das hängt von dir ab“, und widerstand seinem Blick. Dann fügte ich listig hinzu: „Und davon, wie viel Geld du bei dir hast.“

„Geld habe ich jede Menge“, konterte er und machte mit. „Und mir wurde gesagt, dass du genau die Frau bist, die ich suche.“

„Dann sag mir doch, was du willst, und dann sage ich dir, ob ich dir helfen kann“, antwortete ich völlig ruhig.

„Du weißt, was ich will“, erwiderte er. „Das, weswegen alle Männer zu dir kommen. Mir sagte man, das sei deine Spezialität.“

„Ja“, gab ich zu und zitterte ein wenig. „Ich glaube, jetzt weiß ich, was du willst.“

„Dann wollen wir nicht noch mehr Zeit verlieren“, meinte er und zog sich aus.

Ich sah ihm dabei zu. Den Beweis für seine Erregung konnte ich an seiner Hose deutlich ablesen. Ich konnte mich nicht einmal erinnern, wann ich das zum letzten Mal gesehen hatte. Und während ich ihn anschaute, rang ich nach Luft, so sehr klopfte mein Herz. Endlich stand er völlig nackt vor mir, die Männlichkeit ganz aufgerichtet.

„Wo möchtest du mich haben?“, fragte ich und kam direkt zum Geschäft. Denn das war es doch schließlich, was von mir erwartet wurde.

Er sah sich in unserem Wohnzimmer um, als wäre er zum ersten Mal hier. Dann zeigte er auf eine kleine viereckige Ottomane, auf der man seine Füße ablegt. „Lehn dich darüber."

Ich schlenderte an ihm vorbei, um seiner Aufforderung nachzukommen, und reichte ihm dabei eine Tube, in der sich Gleitgel befand. „Das wirst du brauchen", sagte ich und versuchte angestrengt, beiläufig zu klingen. Ich wollte nicht zu sehr von meinem Drehbuch abweichen, aber ich wusste ebenso, dass ich beim ersten Mal etwas brauchte, das den Schmerz linderte.

Ich beugte mich so liederlich über die Ottomane, wie ich mir die andere Frau nach allem, was mein Mann mir erzählt hatte, dabei vorstellte. Tatsächlich hatte ich die Position allein schon mehrmals übungsweise eingenommen und dabei diverse Plätze im ganzen Wohnzimmer erprobt. Und jedes Mal hatte ich dabei zitternd vor erregter Vorfreude auf die Umsetzung gewartet. In der Zwischenzeit bereitete sich mein Gatte mit dem Gleitgel vor, das ich ihm gegeben hatte. Ich wartete und aalte mich in den Gefühlen, die die ungewohnte Stellung in mir auslösten. Ich musste daran denken, was wohl die andere Frau an jenem bemerkenswerten Abend vor so langer Zeit empfunden haben mochte. Was mich betraf, so war ich noch nie zuvor auf so merkwürdige Weise so sehr erregt gewesen.

Plötzlich spürte ich meinen Mann sehr nahe bei mir. Er schob mich ein wenig nach vorn und richtete mich so aus, dass ich, wie ich annahm, in derselben Position hingestreckt war wie sie damals. Als ich nach seinem Geschmack dalag, waren mein Kopf und meine Arme auf dem Boden und die Knie weit gespreizt auf der Ottomane. In dieser Stellung ragten meine Hüften enorm hoch in die Luft und öffneten sich weit. Angst und aufgeregte Erwartung versetzten mich in eine leichte Stimmung und ließen mir nur eine vage Erinnerung an diese ersten Augenblicke. Aber als ich spürte, wie seine Hände nach meinen Hüften griffen in Vorbereitung dessen, was folgen würde, waren meine Sinne mit einem Mal wieder bis aufs Äußerste angespannt.

Ich hielt den Atem an, als ich die Härte meines Mannes an meiner hinteren Öffnung spürte. Instinktiv zog sich meine Hüfte zusammen, wollte sich verschließen und vorrücken, um sich ihm zu entziehen. Aber weder meine Stellung noch sein Griff um meine Hüften erlaubten eine solche Flucht, sodass ich stillhalten musste, während er in mich eindrang. Trotz aller guten Absichten schrie ich auf vor Schmerz.

Mein Mann hörte sofort auf. Er zog sich nicht zurück, sondern hielt ganz still seine Position. Tränen der Enttäuschung traten mir ins Gesicht. Diesen ersten, stechenden Schmerz hatte ich nicht erwartet.

Im nächsten Augenblick jedoch ließ der Schmerz nach.

Aber selbst dann war es noch schrecklich unangenehm. Trotz allen Schmerzes und aller Unbehaglichkeit war ich gleichwohl noch immer unglaublich erregt. Und ich war weit davon entfernt, so vorschnell aufzugeben.

Ich kann jetzt nicht aufhören, dachte ich. Ich bin schon viel zu weit gegangen. Und außerdem – was sie konnte, kann ich schon lange!

Mit erneuter Entschlossenheit beugte ich meinen Rücken, drückte meine Hüften nach oben und öffnete mich meinem Mann damit noch mehr. Seine Finger gruben sich in meine Haut. Dann bewegte er sich ganz langsam, schob sich ganz allmählich weiter in mir vorwärts, und ich erkannte an seinem Stöhnen, dass er sich ungemein beherrschen musste, um nicht schneller zu werden. Und trotzdem biss ich mir auf die Lippen, um nicht wieder aufzuschreien.

Aber dann war er ganz in mir. Diese Kombination von Schock, Erregung und Unwohlsein hatte ich noch nie gefühlt. Aber nachdem ich mich an die Unbehaglichkeit gewöhnt hatte, war ich fast enttäuscht, so besonders war dieser Aspekt der Intimität mir vorgekommen.

Er zog sich allmählich zurück und stieß dann wieder langsam vor. Er war sehr vorsichtig und liebevoll, weil ich es war, in die er eindrang. Aber an diesem Abend wollte ich nicht ich selber sein. Ich wollte *sie* sein. Und wenn ich wirklich fühlen wollte wie sie damals, dann musste er jede Rücksicht fahren lassen.

„Gefällt es dir?“, fragte ich meinen Mann, während er sich weiter langsam in mir vor und zurück bewegte.

„Ja“, krächzte er.

„Gefällt es dir mit mir besser, als es dir mit ihr gefallen hat?“, brachte ich heraus.

„Viel besser!“

Ich gewöhnte mich allmählich an ihn. Es war immer noch schwer erträglich, aber auf eine merkwürdige Art verstärkte das meine Erregung nur noch mehr. Ich bewegte meine Hüften, zog sie zusammen und entspannte sie wieder, wie sie es nach seiner Beschreibung getan hatte. „Hat sie sich auch so bewegt?“, stieß ich aus, während meine Hüften seinen Rhythmus aufnahmen.

„Ja!“

„Sie mochte es hart und schnell, nicht wahr?“, fuhr ich fort, weil ich mich an seinen Bericht erinnerte.

„Ja, sie mochte es hart und schnell“, wiederholte er so leise, dass ich es kaum verstand.

„Dann mach es mir auch so“, befahl ich. „Ich will es hart und schnell!“

„Liebes“, krächzte er, „ich will dir nicht wehtun.“ Aber er wurde schneller.

„Das war dir bei ihr auch egal“, widersprach ich. Ich bewegte meine Hüften ebenfalls schneller.

„Sie war ganz anders“, sagte er, ohne recht zu merken, was er überhaupt sagte.

„Tu so, als wäre ich sie“, spornte ich ihn an. Plötzlich sagte ich zu ihm, was sie ihm gesagt hatte, genau wie er es mir erzählt hatte.

„Fester!“, rief ich und bewegte meine Hüften immer schneller und massierte ihn in mir. „Ja, das ist besser so … jetzt bekommst du was für dein Geld …“ Ich war längst über den Punkt hinaus, mich darum zu scheren, was ich tat oder wie ich mich gebärdete. Es war, als wäre ich tatsächlich diese andere Frau, die hart arbeitete, um einen völlig Fremden des Geldes wegen zu befriedigen. Und meinem Mann ging es nicht viel anders. Er stieß in mich mit einer Wucht, die ich an ihm nie bemerkt hatte. Schamlos griff ich zwischen meine Beine und liebkoste mich.

„Was bin ich?“, fragte ich plötzlich, weil ich die Worte hören wollte.

„Was?“ Er war fast taub für alles um ihn herum.

„Sag mir, was ich bin“, bat ich.

„Du bist meine Frau … Liebling … meine wunderbare Frau.“ Er sprach zunehmend undeutlich.

„Nein!“ Ich rieb noch heftiger zwischen meinen Beinen, ich konnte einfach nicht aufhören. „Sag mir, dass ich so bin wie sie damals“, flüsterte ich.

Er stöhnte.

„Bitte … bitte“, bettelte ich und bewegte meine Hüfte weiter, während er sich in mir vor und zurück bewegte. Er rang hörbar nach Luft. Mir kam der Gedanke, dass ich trotz der mangelnden Erfahrung mindestens so gut war wie sie, wenn nicht besser.

„Hure!“, murmelte er. Und dann entfuhr ihm ein donnernder Schrei, und er rammte sich bis zum Schaft in mich hinein. Ich spürte ihn in mir erbeben. „Ach, was bist du für eine süße kleine Hure!“

Ich schloss die Augen und erschauerte, als eine Welle der Lust nach der anderen mich durchfuhr. Und in diesem Bruchteil einer Sekunde spürte ich die Hemmungslosigkeit und das besondere Vergnügen einer verderbten Hure, aber ohne das Bedauern oder die Einsamkeit, die sie anschließend verspürt haben mochte.

Später hielt mich mein Mann selbst noch im Schlaf eng umfangen, während ich – viel zu erschöpft, um Schlaf zu finden – den Abend noch einmal Revue passieren ließ. Hätte ich nicht eine verräterische Weichheit in meinem Gesäß verspürt, hätte ich nicht glauben können, dass ich es wirklich getan hatte. Und was meinen Mann betraf, so hatte ich ihn noch niemals dermaßen erschüttert erlebt. Aber dies war nicht seine einzige Reaktion gewesen, und hinterher, als er mich in seine Arme genommen hatte, hatte er nicht weniger heftig gezittert als ich.

Ein triumphierendes Lächeln legte sich über mein Gesicht, während ich mich an den warmen Körper meines Gatten kuschelte. Instinktiv nahm er mich noch fester in den Arm. Ich hatte es geschafft, die Grenzen zu übertreten, die mein Leben so lange definiert hatten, und das Ergebnis war höchst befriedigend. Man konnte sogar sagen, dass es ein voller Erfolg gewesen war. Nicht nur hatte ich ein ungewohntes Vergnügen entdeckt, sondern dabei auch eine Menge über die Vergangenheit meines Mannes erfahren. Und es gab keinen Zweifel, dass diese neue Erinnerung, die mein Mann und ich uns gerade geschaffen hatten, in ihm die Erinnerung an das länger zurückliegende Ereignis ersetzen würde.

Und war es nicht eigentlich sehr leicht gewesen? Diese Frauen haben uns doch eigentlich gar nichts voraus! Jede Lady kann tun, was sie tun will. Es ist nur eine Frage der veränderten Erscheinung, so wie der sprichwörtliche Wolf, der sich einen Schafspelz anlegt – auch wenn es in diesem Fall eher das Schaf ist, das sich einen Wolfspelz überzieht.

Ich werde diese verlockende Rolle ganz sicher wieder einnehmen. Ich muss nur vorsichtig sein … damit ich den Weg zurück wieder finde!

DAS HÄSSLICHE ENTLEIN

Es waren einmal ein Mann und eine Frau, die hatten fünf Töchter. Die vier älteren Mädchen waren ausnehmend schön, doch die Jüngste hatte viel zu lange Beine und wirkte auf den Betrachter hoch aufgeschossen und linkisch. Sie wurde deshalb immer wieder von ihren Schwestern gehänselt. Auch ihre Eltern taten wenig, um ihre Enttäuschung zu verbergen. Im Gegenteil, sie jammerten offen darüber, dass ihnen das Schicksal ein solches Kind beschert hatte, und fragten sich laut, ob ihre jüngste Tochter je etwas erreichen würde.

Sie alle kritisierten das arme Mädchen immerzu und gaben ihr Ratschläge wie: „Wenn du weniger isst, bleibst du vielleicht kleiner“, oder „Reib Zitronensaft in dein Haar, dann ist es nicht so stumpf.“

In Wahrheit ging das unglückliche Kind oft genug hungrig ins Bett und rieb eine Zitrone nach der nächsten in sein Haar. Aber nichts von alledem half; es gab immer etwas, das die anderen auszusetzen hatten.

Die Leute in der Stadt waren da nicht anders. Auch sie kritisierten und beschimpften die jüngste Schwester, weil sie so gewöhnlich war. Und weil alle ihre älteren Schwestern schöner fanden, kannte man die jüngste Tochter bald überall als „das hässliche Entlein“.

Als die Mädchen größer wurden, wurden die vier älteren Töchter mit jedem Tag schöner und schöner, gleichzeitig aber auch arrogant und taktlos. Das hässliche Entlein wurde jedoch mit jedem Tag freundlicher und großzügiger. Und so kam es, dass ihre älteren Schwestern die Gesellschaft der Jüngsten genossen – auch wenn sie nicht aufhören konnten, sie zu tadeln.

Bald schon wuchsen die Mädchen zu Frauen heran.

Die älteste der fünf Schwestern war von auffallender Schönheit. Sie dachte bei sich: „Warum sollte ich mich anstrengen? Ich werde den Männern gestatten, meine Schönheit zu bewundern." Tatsächlich konnten Frauen zu dieser Zeit ein Vermögen damit verdienen, ihre Schönheit zu präsentieren. Und so zog die älteste Tochter in die Welt hinaus, um ihr Glück zu machen.

Die zweitälteste Schwester war ebenfalls sehr hübsch. Sie dachte bei sich: „Warum sollte ich arbeiten, wenn mich Männer doch so schön finden, dass sie alles für mich tun?" Und so ging sie in die Welt hinaus, um sich von ihren zahlreichen Bewunderern aushalten zu lassen und so ihr Glück zu machen.

Die drittälteste Schwester hatte noch keine Pläne gemacht. Das war auch gar nicht nötig, denn das Schicksal kam ihr dazwischen, und ehe sie sich's versah, war sie mit dem Mann verheiratet, dessen Kind sie unter dem Herzen trug.

Die vierte Schwester dachte sich: „Ich bin noch schöner

als meine drei älteren Schwestern. Wozu brauche ich Männer?“ Und so beschloss sie, Model zu werden und die Laufstege der Welt zu erobern. Und sie zog aus, um ihr Glück zu machen.

Die jüngste Schwester jedoch wusste, dass sie ihren Lebensunterhalt nicht mit ihrem Aussehen verdienen konnte, und beschloss, ihre Ausbildung fortzusetzen. Sie fand eine kleine Universität in einem hübschen, kleinen Örtchen, das weit weg war von all den grausamen Vorurteilen, denen sie in ihrer Heimatstadt begegnete. Sie blieb allein, mietete ein kleines Haus in der Nähe des Campus und begann ein neues Leben.

Das hässliche Entlein fühlte sich von Anfang an wohl als Studentin. Sie hatte viel Freude an ihren Studien, und den Leuten, mit denen sie sich zusammentat, war es gleich, ob sie hübsch war oder nicht. Ihnen waren andere Dinge wichtiger. Und weil sie hier nicht ständig an ihr Aussehen erinnert wurde, begann das hässliche Entlein langsam Vertrauen in sich selbst zu gewinnen. Sie war immer wieder erstaunt über die kleinen Freuden, die sich ihr im Alltag boten, und war glücklicher als je zuvor.

An einem Frühlingsnachmittag ruhte sich das hässliche Entlein in seinem Garten im Schatten eines großen Baumes aus. Sie las ein Buch, als plötzlich ein dunkler Schatten auf sie fiel. Da blickte sie auf und sah sich dem schönsten Wesen gegenüber, das sie je in ihrem Leben getroffen hatte.

Es war ein junger Mann, dunkel und groß gebaut, und er blickte lächelnd auf sie herab. Halb glaubte das hässliche Entlein, dass er Einbildung sein musste – vielleicht eine Person, die direkt dem Liebesroman entsprungen war, den sie gerade las? Sie starrte ihn sprachlos an. Als er bemerkte, dass er sie erschreckt hatte, erhob er seine freundliche Stimme und erklärte ihr, er sei auf dem Weg zu einem nahe gelegenen Weiher, um dort zu schwimmen. Anscheinend führte der einzige Weg zu diesem geheimnisvollen kleinen Teich durch den Garten des hässlichen Entleins.

Sie erkannte den jungen Mann als einen Studenten aus ihrem Jahrgang, mit dem sie bisher nie ein Wort gesprochen hatte. Insgeheim spürte sie, dass es ihr große Freude machen würde, wenn er an heißen Sommertagen durch ihren Garten zu dem Weiher ging, um dort zu schwimmen. Vielleicht war sie ein bisschen zu überschwänglich, als sie ihm anbot, ihren Garten so oft zu durchqueren, wie er wollte.

Nachdem sie ihm diese Erlaubnis erteilt hatte, blieb der junge Mann bei ihr. Er fragte sie über das Buch, das sie gerade las, ihre Seminare an der Universität und alles andere, was sie betraf, aus. Sie antwortete ihm gerne, denn nie zuvor hatte ein Mann sich so für sie interessiert.

Ihre Augen leuchteten glücklich, während sie mit ihrem neuen Freund plauderte. Aber plötzlich erschienen ihre vier schönen Schwestern vor ihrem inneren Auge, als wollten sie sie schmerzhaft daran erinnern, dass sie doch hässlich war. Plötzlich schämte sie sich, weil der hübsche Mann sie so eingehend betrachtete. Sie stand abrupt auf und erfand eine fadenscheinige Entschuldigung, um ins Haus zu gelangen und das Gespräch nicht fortsetzen zu müssen. Vom Fenster aus beobachtete sie dann, wie der junge Mann zum Weiher ging. Seine Bewegungen waren energiegeladen und kraftvoll, er hatte kräftige Arme und breite Schultern. Zum tausendsten Mal wünschte sich das hässliche Entlein, dass es so schön wäre wie ihre Schwestern.

Die Tage wurden langsam wärmer, und schon bald waren die Bäume und Blumen zu voller Pracht erblüht. Der junge Mann durchquerte nun beinahe täglich den Garten des hässlichen Entleins auf seinem Weg zu dem Weiher. Und jedes Mal hatte er Zeit, um ein paar Minuten mit ihr zu plaudern. Langsam gewöhnte sich das hässliche Entlein an seine Aufmerksamkeit und begann ihre Befangenheit abzulegen. Schon bald freute sie sich auf seine Besuche, und sie lernten einander immer besser kennen. Manchmal, wenn sie sich auf dem Campus der Universität begegneten, rief er ihr hinterher, und dies ließ sie vor Freude erschauern.

Und so kam es, dass der hübsche junge Mann eines Tages das hässliche Entlein fragte, ob sie ihn nicht einmal zu dem Weiher begleiten wollte. Sie lehnte zwar brüsk ab, verspürte aber von diesem Tag an den starken Drang, ihm dorthin zu folgen. Oft fragte sie sich, wie sich wohl das Wasser auf ihrer Haut anfühlen würde, wenn sie dort mit ihrem hübschen Freund herumplanschen würde.

Eines Morgens wachte das hässliche Entlein besonders früh auf. Es war ein ungewöhnlich heißer Sommertag, und als das hässliche Entlein aus dem Bett kroch, beschloss es, die frühe Stunde zu nutzen und ganz allein zum Weiher zu gehen. Sie wollte nur einen Blick auf den Tümpel werfen, doch als sie am Ufer stand, genoss sie die außergewöhnliche Schönheit und Stille an diesem versteckt gelegenen Platz. Sie blickte sich schuldbewusst um, doch um diese Zeit würde sich bestimmt niemand hierher verirren.

Ach, sie würde doch nur kurz ins Wasser gleiten und danach sofort zurück zu ihrem Haus gehen. Ehe sie sich's versah, hatte sie das Nachthemd über den Kopf gestreift und watete in das erfrischende Nass.

Es war herrlich! Das Mädchen planschte vergnügt im Wasser herum und schwamm ein paar Züge. Oh, es war einfach wunderbar! Das Wasser fühlte sich auf ihrer Haut an wie kühle Seide! Als sie des Schwimmens müde wurde, ließ sie sich einfach treiben und blickte hinauf zu den weichen Schäfchenwolken am blauen Sommerhimmel. Weil sie davon ganz und gar gefangen war, vergaß sie die Zeit.

Sie bemerkte ihn erst, als sie hörte, wie er in den Weiher sprang, und plötzlich erstarrte sie in der Mitte des Weihers, voller Angst, dass er direkt vor ihr auftauchen und sie sehen könnte. Sie hoffte inständig, dass er die Augen nicht unter Wasser geöffnet hatte, denn sie schämte sich ihres Körpers. Und wie um alles in der Welt sollte sie aus dem Weiher gelangen und ihr Nachthemd wieder anziehen, ohne dass er sie nackt sah?

Schließlich durchstießen sein Kopf und seine Arme die Wasseroberfläche. Er lächelte sie an.

„Ich hab dich ja immer für ein normales Mädchen gehalten, aber ich habe nie zu träumen gewagt, dass du hierfür die Nerven hast“, freute er sich.

Also hatte er unter Wasser die Augen geöffnet und sie nackt gesehen! Das hässliche Entlein war so entsetzt, dass ihr die Tränen in die Augen traten. Er schwamm langsam auf sie zu. Sie wollte ihn bitten, sich umzudrehen, damit sie aus dem Wasser gehen konnte. Aber sie fürchtete, dass ihre Stimme kaum mehr als ein Piepsen sein würde, weil sie so zitterte.

Er lächelte noch immer, als er sie erreichte. Er hielt etwas in seiner Hand, und als sie wie betäubt die Hand danach ausstreckte, erkannte sie mit Schrecken, dass es seine Badehose war. Er hatte sie abgestreift. „Jetzt sind wir gleich!“, rief er lachend.

Machte er sich etwa über sie lustig? Denn das hässliche Entlein hatte nicht das Gefühl, auch nur die geringste Ähnlichkeit mit diesem wunderschönen jungen Mann zu haben – geschweige denn, *gleich* zu sein.

Aber er schien ihr Unwohlsein zu spüren. Er nahm behutsam die Badehose aus ihrer starren Hand und warf sie ans Ufer. Er stand nun sehr dicht vor ihr. Sie konnte nur daran denken, wie hässlich er sie finden musste. Jeden Moment würde er laut auflachen oder sie beleidigen. Aber zu ihrem Entsetzen beugte er sich stattdessen über sie und berührte behutsam ihre Lippen.

Das Gefühl, das durch ihren Körper rann, war so wunderschön und unbeschreiblich, dass sie beinahe den Boden unter ihren Füßen verlor. Doch im selben Moment umarmte der junge Mann sie und zog sie näher an sich heran, damit sie ihm nicht entwischte. Sein Körper wärmte ihren, seine Lippen waren fordernd und fest auf ihre gedrückt. Seine Arme zogen sie so nah heran, bis sich ihre Körper aneinanderschmiegten. Um sie herum plätscherte es leise.

In der Aufregung des ersten Kusses vergaß das hässliche Entlein, dass es hässlich war. Sie erwiderte den Kuss des jungen Mannes mit all der Leidenschaft, die sie nun empfand. Sie erkannte, dass sie sich gerade in ihn verliebte, und sie fragte sich, ob er ihre Gefühle wohl erriet. Und wenn er sie erriet oder erahnte, was fühlte er? Als sie an diesem Punkt angelangt war, lösten sich seine Lippen von ihren, und er blickte ihr tief in die Augen. Er lächelte, als sie ihn voller Unsicherheit anblickte. Da beugte er sich zu ihr herunter und gestand ihr, dass er sie ebenso sehr liebte wie sie ihn. Dann küssten sie sich wieder und wieder und immer wieder … Nun umarmte sie ihn. Sie wollte ihn nie wieder loslassen.

Seine Küsse wurden immer leidenschaftlicher. Das hässliche Entlein spürte, wie seine Hände über ihren ganzen Körper glitten. Sie entdeckte, dass sie dieses Gefühl genoss, das sie überflutete, wenn sie ihren nackten Körper an seinen presste. Vor lauter Glück fühlte sie sich ganz benommen, seine Hände und Lippen auf ihrer Haut waren das köstlichste Gefühl, das sie je kennengelernt hatte. Seine Küsse wurden jedoch immer fordernder, und sie konnte seine Erregung spüren. Niemand hatte sie darauf vorbereitet, was passierte, wenn Mann und Frau einander liebten.

Mit einem leisen Schrei stieß sie den jungen Mann von sich fort und blickte ihn aus großen Augen an. Sie fragte sich, ob seine Liebeserklärung wirklich dazugehörte oder ob diese nur Teil eines Betrugs an ihr war. Sie wusste ja, dass er sie irgendwie mochte, aber konnte das wirklich Liebe sein? Sie würde es nicht zulassen, dass er sie einfach als selbstverständlich annahm, ob sie nun hässlich war oder nicht.

Ob das nun letztlich gut oder schlecht endet – ich will mir sicher sein, dass er mich respektiert. Und ich will wissen, ob ich mit dem, was passiert, wirklich einverstanden bin, dachte sie.

Einen Moment standen sie einander stumm gegenüber,

und es schien, als wäre er beinahe wütend auf sie, weil sie ihn zurückgewiesen hatte. Schließlich lächelte er.

„Was hältst du davon, wenn ich aus dem Wasser steige und dir den Rücken zuwende, während du dich anziehst?", fragte er sie behutsam. „Wirst du dann auf mich warten, bis ich mich angezogen habe?"

„Ja", versprach sie. „Ich werde auf dich warten."

„Na, wenn das nicht unser hässliches Entlein ist!", riefen alle vier Schwestern hocherfreut.

Die Jüngste lächelte die anderen warm an. „Tut mir leid, dass ich mich verspätet habe", sagte sie. „Es ist schön, euch alle mal wieder beisammen zu sehen."

„Ich muss schon sagen, die letzten Jahre haben dir gutgetan", bemerkte die älteste der Schwestern zur jüngsten. „Du hast nie besser ausgesehen! Wie machst du das nur?"

Das hässliche Entlein lächelte. „Erzählt mir von euren aufregenden Leben", antwortete sie. „Meines ist nicht besonders interessant."

Sie errötete leicht, als sie an die vergangene Nacht dachte, in der sich ihr Ehemann und sie so leidenschaftlich wie einst in ihrer ersten Nacht geliebt hatten. Sie war sicher, dass ihre Schwestern, auch wenn sie allesamt schöner waren, niemals glücklichere Erfahrungen hatten machen können als sie selbst.

„Aufregend!", erwiderte die dritte Schwester gallebitter. „Ich wurde betrogen."

„Aber du bist wenigstens verheiratet", murrte die Zweitälteste genauso frustriert.

„Verheiratet, ja!", erwiderte die Drittälteste. „Gefangen wäre das passendere Wort für diese Ehe!"

„Bist du denn nicht glücklich mit deinem Mann?", fragte das hässliche Entlein schockiert.

„Sehe ich etwa glücklich aus?", antwortete die Dritte. Plötzlich schwammen ihre schönen Augen in Tränen. Sie wandte sich ab.

Ihre vier Schwestern starrten sie überrascht an.

„Mein Ehemann hat mich nie geliebt!", gab sie schließlich schluchzend zu. „Als wir jung waren, fand er mich attraktiv, aber er wollte sich nur mit meiner Schönheit schmücken. Und er wollte immer nur das eine! Ich habe das irrtümlich für wahre Zuneigung gehalten. Ich habe mich nie gefragt, was er wirklich für mich fühlt, im Gegenteil! Seine Aufmerksamkeit machte mich glücklich, und ich war mir sicher, dass er mich liebte, weil ich so hübsch war. Aber er hat mich nie geliebt! Für ihn sind Frauen nur austauschbare Lustobjekte, und während ich zu Hause bleibe und mich um die Kinder kümmere, hat er zahllose Affären mit anderen Frauen!"

„Oh mein Gott!", rief die Älteste. „Und ich dachte, dass ich es schlimm getroffen hätte …"

„Ich würde alles dafür geben, mit dir tauschen zu können!“, rief die unglückliche Ehefrau aus.

„Nein, das glaube ich nicht“, erwiderte die Älteste müde. Dann wandte sie sich an ihre Schwestern und erzählte ihre eigene traurige Geschichte.

„Wisst ihr, nachdem ich das Haus unserer Eltern verlassen hatte, bin ich Unterhaltungskünstlerin im Varieté geworden und habe viel Geld verdient, indem ich den Männern meine Schönheit gezeigt und vor ihnen getanzt habe. Ich hatte viele Bewunderer. Doch bald schon kamen jüngere Mädchen und verdrängten mich von meinem Platz …“

„Du hättest vielleicht einen deiner zahlreichen Verehrer heiraten sollen“, schlug die unglückliche Ehefrau vor, ohne die Ironie ihrer Worte zu erkennen.

„Dann wäre ich ja jetzt genauso arm dran wie du!“, erwiderte die älteste Schwester empört. „Und die meisten von ihnen waren ohnehin bereits vergeben“, fügte sie hinzu und seufzte unglücklich. „Wie könnte ich einem Mann vertrauen, von dem ich weiß, wie lüstern er sich beträgt, sobald er nicht mehr von seiner Frau beaufsichtigt wird?“

„Du hast natürlich recht“, sagte die zweitälteste Schwester. Sie hatte Männern gestattet, viel mehr mit ihr zu tun, als sie nur anzusehen. „Wenn du erst mal gesehen hast, wie die Männer sind, kannst du ihnen nicht mehr vertrauen.“

Sie blickte ihre ältere Schwester traurig an. „Und wenn du dich erst mal an sie verkauft hast, gehört dein Körper nicht mehr dir selbst“, fügte sie hinzu. „Es wird eine lästige Beschäftigung. Ich habe es in all den Jahren nie genießen können, mit einem Mann zusammen zu sein, denn ich hatte nie das Gefühl, dass es dabei um mich und meine Wünsche ging."

„Ihr habt es den Männern verdammt einfach gemacht, euch so zu behandeln", sagte die unglücklich verheiratete Schwester scharf und fügte leise hinzu: „Und für uns wird es dadurch auch nicht einfacher."

„Ach, dann ist es also unser Fehler, dass die Männer so sind?", fragte die älteste Schwester. „Warum sind Frauen eigentlich immer so schnell bereit, anderen Frauen die Schuld in die Schuhe zu schieben? Warum sind nie die Männer schuld?"

„Wahrscheinlich liegt es daran, dass du für ein bisschen Geld das machst, was die Männer wollen", gab die verheiratete Schwester aufgebracht zurück. Sie war nun wahrhaftig wütend. „Sie müssen sich einfach nicht anstrengen. Schließlich können sie die schönsten Frauen haben, wenn sie nur mit einem Bündel Geldscheine wedeln."

„Vielleicht tröstet es dich ja, dass wir einen verdammt hohen Preis dafür gezahlt haben", gab ihre Schwester gereizt zurück.

„Gut, das sehe ich wohl", sagte die Drittälteste langsam. „Aber du hast dich für diesen Weg entschieden und gewusst, was es dich kosten wird. Und du hast es getan, weil du das Geld wolltest. Wir anderen haben diese Entscheidung nicht getroffen und haben nicht das große Geld gemacht, aber wir müssen trotzdem den Preis für das bezahlen, was ihr tut!"

Nach diesem emotionalen Ausbruch war es am Tisch für einen Moment still.

„Es ist doch so", mischte sich nun die zweitjüngste der Schwestern ein, die bis zu diesem Zeitpunkt geschwiegen hatte, „von uns wird erwartet, dass wir perfekt sind, und das in einer Welt, in der Perfektion nicht existiert. Die Anforderungen sind so absurd, dass keine Frau sie je erfüllen kann. Und in der Zwischenzeit lehnen sich die Männer entspannt zurück und genießen die Show, die wir ihnen bieten. Sie müssen sich um ihr eigenes Aussehen keine Sorgen machen, weil das nie jemand wahrnimmt. Sie sind unsichtbar."

Die Schwestern lachten und nickten zustimmend.

„Aber du hast diese Perfektion doch erreicht. Schau dich doch an!", wandte das hässliche Entlein ein, die den Tiraden ihrer Schwestern mit großen Augen gelauscht hatte. „Du bist doch gerade wieder Titelmädchen bei diesem tollen Modemagazin."

„Soll ich ehrlich sein? Ich schäme mich für dieses Bild", sagte die Schwester aufgeregt. Damit fesselte sie die Aufmerksamkeit all ihrer Schwestern und machte sich nun daran, ihre Geschichte zu erzählen.

„Ich weiß, dass ich eine schöne Frau bin, und ich habe

mein ganzes Leben der Schönheit gewidmet. Aber das ist nicht genug, um die Herausgeber dieser sogenannten *Frauen*magazine zu befriedigen." Sie seufzte und machte eine bedeutungsvolle Pause. „Um überhaupt eine Chance als Model zu haben, musste ich einige Schönheitsoperationen über mich ergehen lassen, und ich durfte nichts mehr essen, damit ich meine Figur halten konnte. Und all das nur, um es auf das Titelbild dieses Magazins zu schaffen. Aber ob ihr es glaubt oder nicht, selbst dann war ich ihnen nicht schön genug! Und bevor das Bild veröffentlicht wurde, wurde es noch bearbeitet."

Tränen standen in ihren Augen, als sie ihre jüngste Schwester anblickte. „Die Frau auf dem Foto bin nicht ich. Es ist nur ein Geist."

Sie blickte jede ihrer Schwestern traurig an und fügte hinzu: „Und genau damit, mit dieser geisterhaften Illusion von Perfektion, wurde das Leben von jeder Einzelnen hier beeinflusst. Es tut mir leid."

Einen Moment schwiegen sie nachdenklich. Dann drehten sich die vier Schwestern plötzlich, wie auf Kommando, zur jüngsten in ihren Reihen um.

„Wie ist es dir denn ergangen?", fragte die älteste Schwester.

„Ich bin zufrieden mit meinem Leben", antwortete die Jüngste bescheiden. Sie wollte ihr eigenes Glück nicht in den schönsten Farben schildern, nachdem sie die Geschichten ihrer Schwestern gehört hatte.

„Du hast deine Ausbildung fortgesetzt und sogar beendet, nicht wahr?“, fragte eine andere Schwester. „Was hast du noch mal studiert?“

Ängstlich begann das hässliche Entlein den Schwestern von ihrem Studium zu erzählen. Sie fand stets die richtigen Worte, um ihren Schwestern die fremde Welt der Universität nahezubringen. Aber die Stille beunruhigte sie, und schließlich verstummte sie. Sicher fanden ihre Schwestern, dass sie ein lächerlich langweiliges Leben hatte.

Aber ihre älteren Schwestern lachten nicht. Sie stellten neugierige und kluge Fragen, und nach einiger Zeit erzählte das hässliche Entlein ihnen von ihren zahlreichen Interessen und sogar von ihrer Hochzeit und der kleinen Tochter, die sie seit einiger Zeit hatte. Sie fühlte sich schlecht, weil sie ihr Glück gefunden hatte. Und darum vermied sie es in ihrer Bescheidenheit, ihren Schwestern von den vielen kleinen Freuden des Alltags zu berichten. Sie erzählte nicht, dass ihr Ehemann sich nicht gehen ließ oder dass er nie die Lust am gemeinsamen Liebesspiel verloren hatte. Sicher konnten die Schwestern dieses Glück auch so sehen, es stand ihr ins Gesicht geschrieben. Vielleicht waren sie sogar neidisch auf die jüngste unter ihnen, weil sie trotz der mangelnden Schönheit so vieles errungen hatte.

Die drittälteste Schwester war die verbittertste unter ihnen. Als das hässliche Entlein geendet hatte, bemerkte sie: „Das hört sich ja fast so an, als hätten wir mehr Glück im Leben gehabt, wenn wir alle hässlich geboren worden wären!“

Doch die älteste Schwester sprang dem hässlichen Entlein sofort zur Seite: „Du bist doch nur eifersüchtig“, sagte sie.

Die jüngste Schwester atmete tief durch. Die Worte der Ältesten machten ihr Mut.

„Ich glaube nicht, dass ich mehr Glück hatte, weil ich hässlich bin“, sagte sie nachdenklich. „Natürlich hat man mir nicht den Weg geebnet, weil ich schön war, und das hat sicher dazu beigetragen, mir nichts vorzumachen. Vor allem aber habe ich immer versucht, mir selbst treu zu bleiben, und mir immer vorher überlegt, ob meine Ziele ihren Preis wirklich wert waren.“

Sie blickte jene Schwester an, die unglücklich verheiratet war. „Du hast gesagt, wenn du gewartet hättest, dann hättest du vielleicht herausgefunden, dass dein Ehemann dich nicht wirklich liebte. Aber du hast dich von seinen Schmeicheleien blenden lassen, ohne zu merken, dass er sich in Wahrheit nicht viel aus dir gemacht hat.“

Sie wandte sich an die anderen Schwestern und fuhr fort: „Jede von euch hat auf ihre Weise gelitten, weil ihr euch für den Moment als Objekte der Schönheit habt ausnutzen lassen. Ihr wurdet dafür bezahlt, aber es war nicht genug Geld, um eure Ansprüche an ein glückliches Leben zu erfüllen. Auf eine gewisse Weise habt ihr die Männer ihrer Verantwortung enthoben."

Danach gab es nicht mehr viel zu sagen.

Nachdem das hässliche Entlein die Tür hinter sich geschlossen hatte, seufzte sie. Es war spät geworden, aber jemand hatte ein kleines Licht auf der Eingangstreppe des Hauses stehen lassen, das sie willkommen hieß. Auf dem kleinen Tischchen in der Diele standen frische Blumen. Sie war wieder daheim.

Als sie in das obere Stockwerk ging, führte ihr Weg zunächst zu dem kleinen Kinderzimmer zur Linken. Auf Zehenspitzen schlich sie zu dem kleinen Bettchen und lauschte. Der leise Atem ihres schlafenden Kindes war kaum zu hören. Sie beugte sich zu ihrer Tochter hinab, küsste sie sanft auf die Wange und ordnete das Durcheinander der Bettdecken. Ein letztes Mal blickte sie auf ihre Tochter hinab, die schon genauso schön war wie ihre Tanten. Das hässliche Entlein schwor sich, dass sie ihrer Tochter beibringen würde, ihre Schönheit zu genießen, statt den Rest ihres Lebens darauf aufzubauen.

Sie zog die Tür zum Kinderzimmer hinter sich zu und schlich zu dem großen Schlafzimmer am Ende des Gangs. Bevor sie eintrat, hielt sie an der offenen Tür inne. Sie atmete tief den bekannten Geruch des Aftershaves ein, das ihr Ehemann benutzte. Die Nacht war angenehm warm, und als sie sah, wie sich die langen Gardinen sachte im leisen Wind bewegten, seufzte sie zufrieden.

Sie legte ihre Kleidung ab und kroch neben ihren Ehemann in das warme Bett. Er war noch wach, und ohne ein Wort zu sagen, nahm er sie in die Arme und umschloss sie mit der Wärme seines Körpers. Sie kuschelte sich an ihn und spürte seine vertraute Reaktion auf ihre Nähe.

– ENDE –

Bertrice Small
Der Teufel in meinem Bett
Band-Nr. 35007
8,95 € (D)
ISBN: 978-3-89941-380-9
304 Seiten

Megan Hart
Dirty
Band-Nr. 35009
8,95 € (D)
ISBN: 978-3-89941-382-3
400 Seiten

Alison Kent
Gewagte Spiele
Band-Nr. 35014
8,95 € (D)
ISBN: 978-3-89941-415-8
304 Seiten

Deutsche Erstveröffentlichung

Kayla Perrin
Enthemmt!
Band-Nr. 35004
8,95 € (D)
ISBN: 978-3-89941-353-3
416 Seiten

Deutsche Erstveröffentlichung

Suzanne Forster
Im Reich der Lust
Band-Nr. 35002
8,95 € (D)
ISBN-10: 3-89941-320-2
ISBN-13: 978-3-89941-320-5
352 Seiten

Deutsche Erstveröffentlichung

Jina Bacarr
Die blonde Geisha
Band-Nr. 35001
8,95 € (D)
ISBN-10: 3-89941-306-7
ISBN-13: 978-3-89941-306-9
352 Seiten

Sandra Henke
Loge der Lust
Band-Nr. 35011
8,95 € (D)
ISBN: 978-3-89941-391-5
432 Seiten

Sandra Henke / Kerstin Dirks
Begierde des Blutes
Band-Nr. 35006
8,95 € (D)
ISBN: 978-3-89941-355-7
304 Seiten

Kerstin Dirks
Die Wildkirsche
Band-Nr. 35010
8,95 € (D)
ISBN: 978-3-89941-384-7
336 Seiten